Andreas Pichler

Die Goldene Rüstung

Der Orden des Schwertes

Bibliografische Information der Deutschen Nationalbibliothek: Die Deutsche Nationalbibliothek verzeichnet diese Publikation in der Deutschen Nationalbibliografie; detaillierte bibliografische Daten sind im Internet über dnb.dnb.de abrufbar.

Verlag: BoD · Books on Demand GmbH, In de Tarpen 42,

22848 Norderstedt, bod@bod.de

Druck: Libri Plureos GmbH, Friedensallee 273, 22763 Hamburg

ISBN: 978-3-7693-2585-0

Band 2

1. Kapitel

„Bist du sicher, dass wir es nicht besser lassen sollten?",
fragte Arbor, der alte Schamane von Barstaras und sah
ein wenig unsicher auf die kleine Flasche, die sein Kollege
in der Hand hielt.

Es war nicht zu überhören, dass er von Cargo Calligis
Idee nicht gerade überzeugt war. Dieser hielt in diesem
Moment eine kleine Flasche in der Hand, in der sich eine
zähe, bernsteinfarbene Flüssigkeit befand und war über
eine kleine Schüssel gebeugt.

„Ja! Sie sollten ein wenig mehr Vertrauen in mich haben.",
versicherte Cargo nun sicher schon zum sechsten Mal,
obwohl ihm selbst der Schweiß über die Stirn lief. „Ich
weiß, was ich tue. Das Harz wird das Nudibranch sicher
noch viel strapazierfähiger machen!"

„Du vertraust zu viel darauf, dass alles so funktioniert wie
du es dir vorstellst!", erwiderte Arbor misstrauisch. „Dein
Nudibranch ist bei den letzten Versuchen wegen dem
Harz fast explodiert. In den vielen Jahren, in denen ich
schon für Königin Betula Tränke herstelle, habe ich
gelernt, dass dieses Harz eine überaus riskante Zutat ist."

Cargo stöhnte innerlich auf. Er hatte nicht vor zu bestreiten, dass Arbor im Laufe seines langen Lebens eine unheimliche Weisheit angesammelt hatte, aber allmählich nervte es, dass der alte Schamane so wenig Vertrauen in ihn hatte. Es stimmte zwar, dass es bei den letzten Versuchen überaus knapp gewesen war, aber Arbor konnte sich nicht erwarten, dass sie die richtige Menge auf Anhieb finden würden. Vor ein paar Tagen hatten sie zwar zusammengearbeitet, um die königliche Armee von Barstaras mit waffenfähigen Elixieren auszustatten, aber schon da hatte ihn Arbor mehr als seinen Assistenten betrachtet.

Nachdem Cargo von einer besonderen Substanz gehört hatte, die es nur in Barstaras gab, war er sofort auf die Idee gekommen, ein kleines Experiment zu wagen. Cargo nahm eine Hand voll Pulver aus einem kleinen Säckchen und schüttete es in die Flasche. Nachdem er sich ein wenig in der Stadt umgesehen hatte, hatte er festgestellt, dass die vielen Baumhäuser von einem unwahrscheinlich strapazierfähigen Harz an den Bäumen gehalten wurden, das aus einem besonderen Baum gewonnen wurde, der nur in Barstaras wuchs. Cargo war ein Alchemist, ein Mensch, der mit verschiedenen Substanzen, Mineralien und Pflanzen Tränke herstellen konnte, die magische

Fähigkeiten besaßen. Dieser Beruf war auch der Grund gewesen, weswegen er vor ein paar Tagen zu einer Mission auf das Schloss Ignis geholt worden war (Das, und die Tatsache, dass man ihn für einen Spion gehalten hatte, aber damit hatte er sich mittlerweile abgefunden). Jedenfalls war ein Trank in seiner Ausrüstung ein so genannter Nudibranch, der sich bei Luftkontakt ausdehnte und zu einem, beinahe unzerreißbaren, Schleim wurde, der sich allerdings auflöste, wenn er mit Wasser in Berührung kam. Dieser Trank hatte sich schon sehr oft als überaus nützlich erwiesen.

Baumharz war auch eine wichtige Zutat, die der Nudibranch benötigte. Deswegen hatte Cargo sich eine Flasche von dem Harz besorgt und stand nun im Alchemieraum von Arbor, dem Schamanen von Barstaras, über eine Schale blauer, wabernder Flüssigkeit gebeugt, um das Nudibranch mit einem Harz zu verstärken, das sogar in der Lage war, Häuser zusammenzuhalten. Doch der Besitzer dieser, nicht ganz unbeachtlichen Einrichtung, war bisher noch nicht überzeugt von der Idee und das zurecht, denn immerhin war diese Schale der fünfte Versuch und die Flasche mit dem vollkommen reinen Baumharz fast leer. Die Dosierung war bei diesem speziellen Harz offenbar eine andere, und so blieb Cargo nichts anderes übrig, als zu raten, was er vor dem uralten Magier und Alchemisten niemals zugegeben hätte.

„Wenn irgendetwas schon wieder nicht so gelingt, hören wir auf! Verstanden?"

Cargo nickte stumm. Er hatte genauso wenig wie der Schamane vor, in seine Einzelteile gesprengt zu werden und er hatte genug Erfahrung, um mit einer ungewollten Reaktion umzugehen. Auch wenn es Arbor vielleicht nicht wusste, war Cargo nun schon seit gut zehn Jahren als Alchemist tätig und für einen Fünfzehnjährigen war das keine schlechte Leistung.

„Dann wollen wir mal! Eins…zwei…drei!"

Mit einem Ruck drehte Cargo die Flasche um, sodass ihr geöffneter Hals auf die Schale zeigte. Langsam rann das Harz aus der Flasche und tropfte in die Schale. Nachdem der Großteil in der Tonschale verschwunden war, legte Cargo die Flasche neben sich auf den Tisch und ging vorsichtig ein paar Schritte zurück. Gespannt starrten sie auf die Schale. Ein paar Sekunden lang passierte nichts, dann kam Bewegung in den zähflüssigen Schleim. Nach dem Hinzufügen des normalen Harzes begannen normalerweise ein paar Blasen aufzusteigen, die zerplatzten und einen fauligen Geruch hinterließen.

Danach war das Elixier fertig und konnte abgefüllt werden. Doch so kam es nicht.

Langsam begannen mehrere Blasen mit einem merkwürdigen Zischen vom Grund der Schale aufzusteigen. Gebannt beobachteten Arbor und Cargo wie sich eine Blase nach der anderen durch die zähflüssige Flüssigkeit kämpfte und an der Oberfläche nach ein paar Sekunden zerplatzte. Ein ekelhaft süßlicher Geruch schlug den Beiden entgegen, worauf Cargo angewidert das Gesicht verzog.

„Und?", fragte Arbor ein wenig skeptisch.

„So sollte das eigentlich nicht laufen.", murmelte Cargo und beobachtete die Schale.

Immer mehr Blasen stiegen auf und zerplatzten an der Oberfläche, bis das Zeug mit einem Höllenlärm zu brodeln begann. Der unangenehme Geruch bündelte sich nach wenigen Sekunden zu einem gewaltigen Gestank, der Cargo nach Luft schnappen ließ. Er bemühte sich, den merkwürdigen Dampf so wenig wie möglich einzuatmen und versuchte, nach kurzen Atemzügen die Luft anzuhalten. Der gelbe Dampf der Schale hatte sich schon im gesamten Raum verteilt und da Arbors Alchemieraum keine Fenster besaß und nur von ein paar fluoreszierenden Pilzen beleuchtet wurde, steigerte sich der Gestank mit jeder Sekunde.

„Um Himmels...Willen Cargo! Raus mit...der Schale, sofort!", schrie Arbor keuchend gegen den Lärm des Nudibranchs an. Er hustete stark und keuchte rasselnd nach jedem Atemzug.

Cargo brachte nur ein Nicken zu Stande. Ihm drehte sich alles vor seinen Augen und er musste sich wirklich zusammenreißen, bevor er es schaffte, zur Schale zu stürzen und sie von ihrer Halterung zu nehmen. Mehr stolpernd als laufend schaffte Cargo es zur Tür des Labors. Er riss sie auf und warf die Schale im hohen Bogen vom uralten Baum, auf dessen alten, knorrigen Ästen das mysteriöse Haus des Schamanen errichtet worden war. Seufzend lehnte sich Cargo gegen die äußere Wand des Hauses. Mit langen, tiefen Atemzügen sog er die warme Sommerluft ein, um möglichst schnell den ekelhaften Gestank des Nudibranchs aus seinen Lungen zu bekommen.

„Jetzt reicht es! Wir werden dieses Experiement nicht weiterführen.", verkündete Arbor hustend und verließ ebenfalls den Alchemieraum.

„Es hätte schlimmer laufen können!", widersprach Cargo, bevor er von einem heftigen Husten unterbrochen wurde. „Eine kleine Rauchentwicklung zeigt, dass es fertig ist!" „Dann lauf und sieh nach, ob du recht hast.", erwiderte der alte Mann und zeigte mit seinem Gehstock auf die Schale, die auf einer Plattform ein ganzes Stück unter ihnen aufgeschlagen war. „Ich sehe in der Zeit zu, dass ich diesen ekelhaften Qualm aus meinem Haus herausbekomme."

Cargo nickte schnell, stand eilig auf und rannte neugierig zum nächsten Fahrstuhl, der das Haus von Arbor mit der Plattform unter ihnen verband. Von dieser Plattform aus konnte man mit Seilrutschen, Hängebrücken und Fahrstühlen die anderen Plattformen oder Baumhäuser erreichen. Die Technik der Fahrstühle gab es in Barstaras schon seit Ewigkeiten. Entsprechend modern waren die Maschinen, die einen von einer Plattform zur anderen transportierten. Innerhalb weniger Sekunden hatte die hölzerne Kabine Cargos Ziel erreicht. Schnell öffnete er die Holztür, die verhinderte, dass ein ungewollter Ruck den Passagier sein Ziel noch schneller erreichen ließ, als es gewollt war. Die Schale war nicht gerade weit gekommen, sondern lag ungefähr auf der Mitte des Platzes. Neugierig hob Cargo sie auf. Die Schale war in einer wunderschönen, goldgelb glänzenden, ein wenig durchsichtigen Kugel eingeschlossen. Anders als normales Nudibranch, war die Flüssigkeit nicht zu einem lilafarbenen Schleim angeschwollen, sondern hatte sich zu einem festen Klumpen verformt. Er war nicht besonders groß, nicht größer als Cargos Kopf und außer der Tatsache, dass die Ausdehnung nur sehr klein gewesen war, hatte der Klumpen auch sonst wenig mit Nudibranch gemeinsam. Cargo kniff die Augen zusammen. Die Tonschale war vollkommen unversehrt. Das bedeutete, dass der Trank sich im Flug ausgedehnt hatte und sie vor dem Aufprall geschützt haben musste. Trotzdem hatte die Kugel den Aufprall auf dem Plateau ohne einen Kratzer überstanden. Wasser würde diese Art von Nudibranch ganz sicher nicht auflösen können. Cargo drehte die Kugel in seinen Händen und betrachtete sie von allen Seiten. So sehr er auch suchte, dieses Bernsteinzeug schien keinen einzigen Kratzer aufzuweisen. Um seine neue Entdeckung noch einmal zu testen, holte Cargo aus und warf die Kugel so hoch er konnte. Lautlos schoss sie in die Höhe, blieb ein paar Sekunden in der Luft, um dann mit lautem Krachen auf den Holzbrettern zu landen. Erschrocken hob Cargo die Kugel hoch. Tatsächlich! Der Bernstein hatte die Bretter beschädigt! Was er auch immer hergestellt hatte, es schien tierisch hart zu sein. Seine Entdeckung würde sicher später noch einmal nützlich sein.

Stolz nahm Cargo sein Notizbuch mit dem dicken Ledereinband aus seiner kleinen Tasche und schrieb die verwendete Mischung auf. Hoch kompliziert war sie nicht wirklich, da der einzige Unterschied zu normalen Nudibranch das besondere Harz aus dem einzigartigen Baum war. Trotzdem kam es nicht sonderlich oft vor, dass er etwas Neues entdeckte, was sein berühmter Vater nicht vorher schon in das Buch geschrieben hatte. Jede Mischung, die ihm je gelungen war, füllte die vergilbten Seiten des unscheinbaren, kleinen Buches, das er immer in einer kleinen Tasche mit sich herumtrug. Schon sein Vater, der große Alchemist Fang Calligis, hatte mit diesem kleinen Buch gearbeitet und die Mischungen, die er gebraut hatte, auf diese Seiten geschrieben.

Seufzend steckte er das Buch wieder weg, hob den Klumpen wieder auf und machte sich auf den Rückweg. Es war ja schön und gut, dass er eine neue Mischung entdeckt hatte, die ihm sicher noch hilfreich werden konnte, aber sein eigentliches Ziel hatte er nicht erreichen können. Kurz bevor Cargo sich vor zwei Tagen mit den restlichen Soldaten auf den Weg nach Silva Lupus gemacht hatte, um den goldenen Brustpanzer vor der gefährlichen Schwarzen Armee zu retten, hatte Arbor eine Bemerkung gemacht. Er hatte gesagt, dass Aramas nicht die Einzige von ihnen wäre, die über magische Kräfte verfügte. Aramas war eine mächtige Gladiamagierin, die Cargo zusammen mit seinem Freund, dem Schützen Surho, dem General Solon und dem König von Aventana Shiron auf die lange und gefährliche Reise begleitete, um die vier Teile der goldenen Rüstung zu finden, bevor sie der böse Zauberer Erversors in die Hände bekam und mit ihnen die ganze Welt erobern würde.

Der Schamane hatte es jedenfalls bei dem einen Satz belassen und seitdem nicht ein weiteres Wort darüber verloren, was er Cargo anvertraut hatte. Cargo stellte sich in den Fahrstuhl, legte den Klumpen ab und betätigte den Hebel, der dafür sorgte, dass sich die Kabine langsam und gemächlich wieder nach oben bewegte.

Kurz nach ihrer Rückkehr hatte Cargo den alten Mann darüber ausgefragt, wen er gemeint hatte. Aber nachdem Arbor allen Fragen ausgewichen war, hatte er es über einen anderen Weg versucht. Vor einer halben Stunde war Cargo zu Arbor gegangen und hatte ihn um Hilfe bei dem Experiment mit dem Nudibranch gebeten. Auf diese Weise hatte er sich erhofft, irgendetwas aus dem

Schamanen herauszubekommen und ihn zum Reden zu bringen, obwohl es ihm nicht leicht gefallen war, so zu tun, als würde er die Hilfe des Schamanen unbedingt brauchen. Vor allem, weil der Schamane Cargos Fähigkeiten als Alchemist nicht besonders respektierte. Doch was das anging, war der Versuch der komplette Schlag ins Wasser gewesen. Wie schon die Versuche davor, hatte sich der alte Schamane geschickt aus den Fragen gewunden und das Thema gewechselt. Somit war jede einzelne Frage unbeantwortet geblieben.

„Und?", hörte Cargo schon die kratzige Stimme von Arbor. „Was ist passiert?"

2. Kapitel

Cargo seufzte. Sah man von der neu entdeckten Mischung ab, war sein Versuch, aus dem Schamanen noch einige Informationen zu bekommen, der vollkommene Reinfall gewesen. Nachdem er noch ein paar Mal versucht hatte, aus Arbor ein paar Antworten zu bekommen, hatte Cargo schließlich aufgegeben, Arbor die verwendete Mischung überlassen, sich verabschiedet und schließlich das Feld geräumt.

Nun saß er auf der kleinen Bank vor seinem Baumhaus und betrachtete die acht Soldaten, die unter den neugierigen Blicken einiger Bewohner der Stadt, eine große Holzkiste voller verbeulter Rüstungsteile an einer Seilwinde nach oben zogen. Hier und da rollte ein kleines Stück eines Rüstungshandschuhs oder eines Helmes von dem Haufen und stürzte in die Tiefe, aber das schien die Männer nicht im Geringsten zu interessieren.

Bei diesem Anblick musste Cargo grinsen und seine Laune besserte sich ein wenig. Zu gerne hätte er das Gesicht von Erversors gesehen, als er von der Niederlage der Schwarzen Armee und deren General Secur gehört hatte. Die Schwarze Armee waren die Krieger von

Erversors. Wobei es keine normalen Krieger waren. Es waren leblose Rüstungen, die, soviel sie wussten, durch Zauberei von Erversors lebendig gemacht worden waren. Sollten die Rüstungen besiegt werden, fielen sie zwar in sich zusammen, konnten sich aber nach ein paar Sekunden wieder zusammensetzen und kämpfen, als wäre nichts gewesen. Diese Fähigkeit hatte sie am Anfang wie einen unüberwindbaren Gegner aussehen lassen, aber schlussendlich hatte Cargo entdeckt, dass es möglich war, die Rüstung vom Aufbau abzuhalten, wenn man sie entweder so zerstörte, dass sie nicht mehr dazu in der Lage waren, oder sie von ihrem Kopf getrennt wurden. Als er, Surho und Aramas es damals geschafft hatten, den Brustpanzer in ihren Besitz zu bringen, hatte Aramas ihn dazu genutzt, die tobende Schlacht zwischen den Soldaten von Barstaras und der Schwarzen Armee zu beenden. Wobei „beenden" ein sehr freundliches Wort war, um zu beschreiben, was sich auf der Lichtung zugetragen hatte.

„Morgen Kumpel.", hörte Cargo plötzlich eine Stimme hinter sich rufen. „Ist das Experiment schon vorbei?"

Cargo erkannte seinen Freund Surho, der gut gelaunt über die Hängebrücke marschierte und sie bei jedem Schritt schaukeln ließ.

„Es war nicht allzu kompliziert.", log Cargo, zog eine kleine Flasche mit einem orange-gelben Inhalt hervor und präsentierte sie dem Schützen.

Natürlich hatte sich Cargo sofort neues Harz besorgt, eine weitere Flasche des Trankes hergestellt und an seinen Gürtel gehängt, wo sie sich den Platz mit Cargos einfahrbarem Schwert und noch drei anderen Tränken teilte. „Geht es Aramas eigentlich besser?"

„Den Umständen entsprechend schon. Sie kann von Glück reden, dass sie den Brustpanzer getragen hat. Vielleicht hätte sie sogar den Arm verlieren können."

Der magische Brustpanzer hatte die Fähigkeit, körperliche und magische Fähigkeiten des Trägers, um das Hundertfache zu verstärken.

Aramas hatte die Fähigkeit, Waffen wie Schwerter und Äxte in ihren Händen erscheinen zu lassen und mit ihnen zu kämpfen. Nachdem sie es geschafft hatte, sich den mächtigen Brustpanzer überzuziehen, hatte sie mit seiner Hilfe den großen Wolf Lupus, das gefährlichste Wesen von Barstaras, mit einer einzigen Handbewegung vernichtet.

In seinen Gedanken hörte Cargo noch immer das aggressive Jaulen des pechschwarzen Wolfes mit seinen glühenden grünen Augen, die wie Laternen im Kopf des

Monsters saßen und den gelben, bedrohlichen Zähnen. Er erinnerte sich noch genau an die vielen Pfeile, die im zotteligen Fell des Ungeheuers gehangen hatten und davon erzählten, wie oft die Bewohner von Barstaras schon versucht hatten, den gefährlichen Wolf zu besiegen. Irgendwann hatten sie es schließlich aufgegeben, nämlich als Lupus den König von Barstaras gefressen hatte. Seitdem hatten die Soldaten nur noch selten den Boden betreten und den gewöhnlichen Bürgern war es ganz verboten worden.

„Hat sie dich ihn einmal anziehen lassen?", fragte Cargo grinsend.

„Sie hat ihn mich nicht einmal ansehen lassen.", beschwerte sich Surho missmutig. „Wieso haben Shiron und Betula ausgerechnet Aramas den Brustpanzer überlassen?"

„Ist das dein Ernst?", fragte Cargo mit hochgezogener Augenbraue.

Nachdem Aramas den gigantischen Körper des Wolfes mit einem langen, furchteinflößenden Schwert regelrecht aufgespießt hatte, waren sie so schnell sie konnten zurück zum Schlachtfeld geeilt, wo sie Zeugen eines großartigen Schauspieles wurden. Wie ein Hurrikan war Aramas durch die vielen Reihen der Rüstungen gezogen und hatte jeden Soldaten zerstört, der ihren Weg gekreuzt hatte. Jede einzelne Rüstung hatte sie mit einer solchen Wucht getroffen, dass diese nicht mehr in der Lage waren, sich wieder zu vervollständigen. Doch der große Metalldrache Fulgur, der zu den stärksten Kämpfern der Schwarzen Armee zählte, hatte sich noch einige Zeit gewehrt, wobei es ihm tatsächlich gelungen war, der Magierin eine fiese Wunde am Arm zuzufügen. Danach hatte er aber schließlich auch aufgegeben und war in den Wolken verschwunden.

„In Kombination mit dem Brustpanzer ist sie wahnsinnig stark, das hat sogar Solon zugegeben."

„Vielleicht wäre ich auch so stark geworden.", murmelte Surho. „Wer weiß? Vielleicht macht der Brustpanzer alle seine Träger gleich stark."

Cargo wandte sich kopfschüttelnd ab. Trotz Surhos andauernden Jammern und vieler Verletzter war die Mission ein Erfolg gewesen. Nicht nur wegen des Brustpanzers, sondern auch wegen des Metalls, das die Soldaten auf dem Schlachtfeld hatten sammeln können. In Barstaras gab es so gut wie kein Metall, da eine Stadt in den Bäumen keinen Bergbau betreiben konnte. Cargo sah zur kleinen Schmiede, aus deren Schornstein eine große Rauchwolke drang, die fast die Hälfte des

Blätterdaches verdeckte. Die Soldaten hatten alles, was sie an Rüstungsteilen auf dem Schlachtfeld auftreiben konnten, gesammelt und lagerten sie nun in einem kleinen Lagerhaus in der Nähe der Schmiede, wo sie auf das Einschmelzen warteten.

Seitdem die erste Ladung Metall in Barstaras eingetroffen war, arbeitete die Schmiede rund um die Uhr. Mit einem beeindruckenden Ergebnis. Obwohl sie wirklich nicht gerade groß war, hatten es die Soldaten geschafft, schon die Hälfte der Rüstungen in Barren einzuschmelzen. Wenn es so weiterging, würde Barstaras in kurzer Zeit nicht mehr von dem merkwürdigen Baum, dessen Harz Grundlage für jedes der Häuser war, abhängig sein.

Die Bewohner der Baumstadt hatte die Neuigkeiten über Lupus Tod so erleichtert, dass die Tatsache, dass eine Armee von schwarzen Rüstungen durch den Wald zog und zusammen mit einem Metalldrachen versuchten sie zu finden, fast vollständig vergessen war. Betula hatte es auch nicht wirklich für nötig gehalten, zu verheimlichen, dass sie den goldenen Brustpanzer geborgen hatten. Erversors wusste es sowieso und somit konnte es nicht schaden, dass das Volk einen Grund zur Freude hatte.

„Aber das ist jetzt auch egal.", redete Surho aufgeregt, wobei er wild auf der Hängebrücke, auf der er noch immer stand, hin und her schaukelte und sie bedenklich wackeln ließ. „Shiron hat mir gesagt, dass ich dich holen sollte. Er möchte etwas mit dir besprechen."

„Muss das jetzt sein?", fragte Cargo ein wenig gequält. Eigentlich hatte er vorgehabt, seine freie Zeit zu nutzen, bevor Shiron den magischen Brustpanzer benutzte, um das nächste Teil der goldenen Rüstung mit Hilfe ihrer magischen Karte ausfindig zu machen.

„Ja, das muss jetzt sein.", erwiderte Surho streng und zog Cargo von seiner Bank. „Ich könnte natürlich auch zurückgehen und Shiron ausrichten, dass du keine Zeit hattest, mit ihm über etwas sehr Wichtiges und Geheimes zu reden, weil du lieber auf dieser Bank sitzt und faulenzt!"

„Na gut.", stöhnte Cargo und stand auf. „Du hast gewonnen. Ich komme schon."

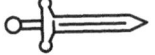

Als König von Aventana (und mittlerweile guter Freund der Königin) besaß Shiron natürlich das größte Baumhaus, das für Gäste zur Verfügung stand. Es war mit mehreren Etagen ausgestattet, hatte drei verschiedene Eingänge und sogar einen privaten Zugang zum königlichen Palast. Es war mit Schlingpflanzen und

Ranken verziert, die um die Wände des Baumhauses wuchsen und nicht viel der Eichenholzwand zeigten. Die Bretter waren trotzdem mit dem geheimnisvollen Harz überzogen, was, wie er von dem Prinzen Kercus erfahren hatte, eine Möglichkeit war, Holz sehr lange Zeit haltbar zu machen.

Skeptisch betrachtete Cargo die, mit Buntglas verzierte Tür des prächtigen Hauses. Wieso gab sich jemand so viel Mühe bei der Errichtung eines Hauses für hohen Besuch, wenn die Wahrscheinlichkeit eines solchen Besuches so gering war? Immerhin waren sie die ersten und einzigen Besucher eines anderen Reiches, seitdem sich das große Reich getrennt hatte.

Cargo zuckte zusammen, als sich die Tür schwungvoll öffnete und krachend gegen die Hauswand schlug. Im Türrahmen stand der König von Aventana, der Cargo mit einem breiten Lächeln entgegensah. Shiron schien seine Kleidung gewechselt zu haben, was aber nicht hieß, dass er sich eleganter gekleidet hatte als sonst. Der König hatte die Angewohnheit nichts anzuziehen, was verraten könnte, dass er Herrscher eines Königreiches war. Er trug immer ein zerschlissenes braunes Lederhemd, eine dazu passende Hose und alte Lederstiefel. Wie immer war das Einzige, das seinen Status verriet, die nicht gerade eindrucksvolle Krone, die er auf dem Kopf trug. Auch Cargo hätte ein Kleidungstausch nicht schaden können, immerhin trug er seine Sachen schon seit fünf Tagen und die Kämpfe gegen Monster, Rüstungen und der Marsch durch Silva Lupus war nicht ohne Spuren an ihm vorbeigegangen.

„Cargo! Schön, dass du vorbeikommst!", begrüßte er Cargo gut gelaunt und zog ihn ins Innere des Baumhauses.

„Ähm, geht es Ihnen gut?", fragte Cargo verwirrt und betrachtete seinen König.

Er konnte sich nicht erinnern, ob Shiron, seitdem er erfahren hatte, dass ein größenwahnsinniger Zauberer versuchte die Welt zu erobern, auch nur einmal gelächelt hatte.

„Natürlich.", erwiderte Shiron strahlend. „Und übrigens, wir beide haben zusammen mit den anderen mehrere Monsterangriffe überlebt, eine Armee verzauberter Rüstungen geschlagen, einen magischen Brustpanzer geborgen und das gefährlichste Wesen von Barstaras getötet. Du kannst ruhig du zu mir sagen."

„Ähm, wenn Sie…ich meine, wenn du meinst.", antwortete Cargo irritiert und verkniff sich den Kommentar, dass der

König weder bei der Bergung des Brustpanzers noch bei der Tötung von Lupus anwesend gewesen war.

Cargo sah sich um. Von innen war das Haus nicht weniger eindrucksvoll als außen. Überall standen Töpfe, in denen die seltsamen leuchtenden Pilze wuchsen und den Raum taghell ausleuchteten. Das war wahrscheinlich auch nötig, da die meisten Fenster reich verzierte Buntglasfenster waren, die zwar wunderschön aussahen, aber wenig Licht in den Raum ließen. Jeder freie Fleck der Wand war mit Wandteppichen verdeckt, die Bilder von Soldaten, verschiedenen Pflanzen und auch einigen Monstern zeigten. Kurzum war Cargos Haus im Vergleich zum Baumhaus des Königs ein Kuhstall.

„Gut!", fuhr der König fort, nachdem er sich auf einen Ledersessel gesetzt hatte. „Ich habe gute Neuigkeiten und möchte, dass du sie als Erster hörst."

„Haben die Soldaten endlich Secur gefunden?", fragte Cargo aufgeregt.

Secur war der junge General der Schwarzen Armee. Bei der Schlacht hatte er seine Krieger als Ablenkung benutzt, um ungestört nach dem Brustpanzer suchen zu können. Zum Glück hatten Cargo und Aramas es geschafft, den General unter größter Anstrengung zu besiegen und gefangen zu nehmen. Doch leider hatte Secur es geschafft, sich zu befreien und seitdem fehlte von ihm jede Spur.

„Nein, leider nicht.", gab Shiron zu. „Die Soldaten durchsuchen den gesamten Wald, aber bisher haben wir ihn nicht finden können."

„Was ist dann…"

Der Rest des Satzes ging in einem lauten Donner unter, der wie aus dem Nichts kam. Cargo zuckte zusammen und griff sofort nach dem kleinen Stab, der sich innerhalb eines Wimpernschlages in ein starkes Schwert verwandeln konnte.

Langsam waberte ein grauer, dichter Nebel zwischen den Brettern des Holzbodens hervor und bildete eine Gestalt, die mit jeder Sekunde deutlicher wurde. Cargo machte ein paar Schritte zurück und hielt den Atem an. Diesen Nebel kannte er nur zu gut. Auf diese Weise konnten Zauberer miteinander über weite Entfernungen kommunizieren. Eine Methode, die auch Erversors schon genutzt hatte, um mit ihnen zu sprechen.

Doch dieses Mal erschien, zu Cargos Erleichterung, nicht der böse Magier. Aber auch nicht Pentor, der Hofmagier von Aventana, sondern ein Mann mittleren Alters mit kurzem Bart, braunen Haaren und einem dicken Verband um Arm und Schulter, der Cargo und dem König müde, aber lächelnd entgegensah.

„Fang!", rief Shiron erfreut. „Schön dich endlich zu sehen. Perfektes Timing!"

3. Kapitel

„Ich glaube es nicht.", keuchte Cargo und betrachtete fassungslos das Bild seines Vaters. „Ich dachte...also Pentor sagte, du würdest mindestens noch Wochen schlafen! Wie kann es sein, dass du schon wach bist!"

Fang brachte ein Grinsen zu Stande. „Es ist schon mehr nötig als eine Riesenschlange um einen echten Calligis zu beseitigen"

„Da hast du recht!", antwortete Cargo lächelnd.

Vor über zwei Wochen, als Cargo in seinem Garten von einer Monsterschlange angegriffen worden war, wurde sein Vater so schwer verletzt, dass Pentor ihn nach ein paar Behandlungsversuchen in einen magischen Schlaf schicken musste. Der Hofmagier selbst hatte Cargo mitgeteilt, dass er nicht wisse, wann und ob der große Alchemist wieder erwachen würde. Insgeheim hatte Cargo sich schon damit abgefunden, dass sein Vater vielleicht jahrelang schlafen würde.

„Wie geht es dir?", fragte Shiron ein wenig besorgt und betrachtete die vielen Verbände, die um Fangs Brust gewickelt waren.

Der König war schon seit Jahren ein sehr guter Freund von Cargos Vater und war nicht selten zu Besuch in der

Holzhütte gewesen, die Cargo und Fang bewohnten. Shiron war nach der Nachricht über den Tiefschlaf beinahe genauso besorgt gewesen wie Cargo, auch wenn er es sich selten anmerken ließ.

„Eigentlich gut.", antwortete Fang und versuchte die Hand für ein Daumenhoch zu heben, was er sofort wieder sein ließ. „Wer hätte gedacht, dass gebrochene Rippen so weh tun können?". Theatralisch legte er sich vorsichtig die Hand auf den Verband und seufzte. „Bei meinem Glück sind die Rippen natürlich eine der wenigen Teile des Körpers die nicht mit Sanartränken behandelt werden dürfen."

„Wie lange dauert es noch, bis du die Krankenstation verlassen kannst?", fragte Cargo schnell. Er kannte seinen Vater gut genug, um zu wissen, dass man ihn besser unterbrach, wenn er mit dem Jammern anfing.

„Cargo, ich bin gestern aus einem magischen Tiefschlaf erwacht und kann momentan nicht einmal laufen, oder wenigstens Türen öffnen."

„Ich habe mir mit meinen Tränken eine ausgekugelte Schulter und ein gebrochenes Bein innerhalb eines Tages geheilt.", konterte Cargo.

Shiron stand von seinem Sessel auf und ging in Richtung der Tür. „Wenn es für euch okay ist, werde ich mich jetzt verabschieden. Ich habe mit Solon und Betula noch einiges zu besprechen, was ich so schnell wie möglich erledigt haben möchte."

Kurz bevor er die Tür geschlossen hatte, steckte er noch einmal seinen Kopf durch den Spalt. „Und Cargo vergiss nicht, in einer Viertelstunde werden wir mit dem Brustpanzer den nächsten Teil der Karte freischalten. Sei pünktlich und Fang, gute Besserung!"

Mit diesen Worten nickte er Vater und Sohn noch einmal zu und verschwand.

„Also.", begann Fang aufgeregt. „Wie ist es gelaufen? Musstet ihr schon gegen Monster kämpfen?"

„Ein paar Mal.", erwiderte Cargo.

Fang machte ein besorgtes Gesicht. „Versteh mich nicht falsch. Ich bin stolz auf dich und weiß, dass du auf dich aufpassen kannst, aber trotzdem finde ich es riskant von Shiron dich mitzunehmen."

„Er hat mich gefragt und ich habe ja gesagt.", stellte Cargo klar. „Wir müssen Erversors aufhalten und wenn wir das nicht schaffen, wird er gefährlicher als alles sein, was ich bisher bekämpft habe."

„Von diesem Erversors hat man mir schon erzählt.", erwiderte Fang und ballte die Fäuste. „Wenn der mir zwischen die Finger kommt, ich schwöre dir, er wird sich wünschen, nie geboren worden zu sein."

Plötzlich kam Cargo eine Idee. „Du kennst doch sicher die Mitglieder der Reise, oder?"

„Natürlich.", bestätigte Fang ein klein wenig irritiert. „Wenn ich mich nicht irre, Surho, Solon, Aramas, Shiron und natürlich du. Wieso fragst du?"

„Ich weiß von dem Schamanen von Barstaras, ein Schamane ist eine Art Alchemist, dass einer von uns Zauberkräfte besitzt, aber er will mir nicht verraten, wer es ist.", erklärte Cargo. „Hast du vielleicht eine Ahnung, ob irgendwer einen Magier in der Familie hat und Zauberkräfte besitzen könnte?"

Für einen Wimpernschlag glaubte Cargo, dass Fang bei der Frage zusammengezuckt wäre, aber sicher handelte es sich nur um das Wabern der Nebelübertragung, denn er antwortete in einem festen Tonfall und ohne sich etwas anmerken zu lassen.

„Lass mich einmal überlegen.", murmelte sein Vater und strich nachdenklich über seinen Bart. „Wenn ich genau darüber nachdenke…ich glaube da gibt es tatsächlich jemandem. Pentor könnte vielleicht einmal darüber gesprochen haben, als ich vor einiger Zeit eine Lieferung in den Palast bringen sollte. Ich denke es ist diese Aramas."

Enttäuscht ließ Cargo sich auf den Ledersessel fallen. Der kleine Funke Hoffnung war soeben erloschen. Kurz hatte er geglaubt, dass er nun tatsächlich erfahren sollte, wen Arbor gemeint hatte, dabei wusste sein Vater anscheinend noch weniger als er.

„Gibt es den keinen anderen, der magische Kräfte haben könnte?", fragte Cargo hoffnungsvoll. „Vielleicht hatte Solon einmal einen Onkel, der..."

„Sonst habe ich von niemandem gehört.", unterbrach ihn Fang in einem merkwürdigen Tonfall. „Es tut mir leid, dass ich dir nicht helfen kann, Cargo!"

„Ähm, nicht so schlimm.", erwiderte Cargo überrascht. Er wusste nicht, was sein Vater hatte, aber da er ihm wohl wirklich nicht helfen konnte, war es wohl besser das Thema auf sich beruhen zu lassen. Immerhin gab es auch andere Wege, endlich etwas darüber herauszufinden. Fang schien den gleichen Gedanken zu haben.

„Also, hast du schon ein Rezept für Serpentinagift gefunden?"

„Woher weißt du, dass ich mir welches genommen habe?", fragte Cargo erstaunt. „Ich meine, wie kommst du darauf, dass ich welches genommen haben sollte? Ich weiß, dass es verboten ist. Niemals würde ich mir..."

„Du bist ein furchtbarer Lügner.", unterbrach Fang ihn. „Außerdem kenne ich dich gut genug, um zu wissen, dass du dir einen Zahn herausgebrochen, das Gift daraus herausgelöst und das Gift und den Zahn mit ins dunkle Land genommen hast, um ein Rezept dafür zu finden. Habe ich recht?"

„Hast du.", gab Cargo kleinlaut zu. Fang kannte ihn wirklich gut. „Ich weiß, dass es verboten ist. Ich dachte nur, es ist eine großartige Chance und die Soldaten konnten mit dem Gift sowieso nichts anfangen Das Gift wäre bei ihnen doch nur schlecht geworden. Das wäre eine riesige Verschwendung gewesen!"

„Du hast recht."

„Ich weiß ja, dass ich es Shiron hätte sagen sollen, aber dann hätte ich wahnsinnigen Ärger bekommen, vielleicht hätte er mich sogar in den Kerker geworfen und...warte mal. Hast du gesagt, ich hätte recht?"

„Habe ich.", bestätigte Fang. „Das Gift hätte seine Wirkung verloren. Eine ungeheuer wertvolle Substanz wäre verloren gewesen. Ich habe schon seit Jahren versucht, an Serpentinagift zu kommen, habe es aber nie geschafft. Es war richtig, es aus dem Zahn zu entfernen und aufzubewahren. Und wenn du mich jetzt nach Rezepten fragen willst, hätte ich da einen guten Vorschlag..."

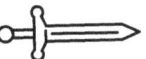

„Ein uraltes Rezept?", fragte Surho neugierig.
Nachdem die Viertelstunde verstrichen war, hatte sich Cargo von Fang verabschiedet, der versprochen hatte, mit Hilfe eines Magiers der sich bereit erklären sollte, so bald wie möglich eine neue magische Verbindung aufzubauen und alles zu erzählen, was auf dem Schloss Ungewöhnliches passiert war. Nun war Cargo zusammen mit dem Schützen auf dem Weg zum königlichen Palast von Barstaras, einem riesigen Baumhaus in dem für gewöhnlich die streng geheimen Treffen abgehalten wurden, zu denen nur die engsten Vertrauten der Königin und die Mitglieder der Reise Zutritt hatten. Dazu zählten eigentlich nur Prinz Kercus, der gleichzeitig der Hoferfinder war und der alte Schamane Arbor. Selbst die Königliche Wache durfte den Raum, während einer solchen Besprechung nicht betreten, sondern musste die Umgebung bewachen.

„Ganz genau.", bestätigte Cargo und blieb kurz stehen, da die Brücke unter ihren Schritten so heftig wankte, dass er fast das Gleichgewicht verloren hätte. „Ein uraltes Rezept. Niedergeschrieben wurde es von einem unbekannten Autor, der angeblich einer der Magier sein soll, der auch an der Erschaffung der Rüstung beteiligt gewesen sein soll. In dem Buch sind der Legende nach, die stärksten Rezepte der Alchemie aufgelistet, vom Frostrank bis zum legendären Stein der Weisen. In den alten Sagen nennen wir Alchemisten es die Schrift der Ältesten."

„Das ist der Wahnsinn.", flüsterte Surho und ging ebenfalls ein wenig langsamer, um das Gleichgewicht zu halten. „Weiß Fang, wo das Buch ist?"

Während ihrer Reise hatten die beiden sich angewöhnt, Wichtiges sehr leise zu besprechen, da schon zu vieles von Spionen abgefangen worden und innerhalb von Stunden zu Erversors gelangt war.

„Leider nein.", gab Cargo ebenso leise zu. „Das weiß keiner. Man erzählt sich, dass im Laufe der Zeit viele Seiten verloren gegangen sein sollen, als sie aus Sicherheitsgründen aus dem Buch entfernt wurden."

Mit einem großen Schritt verließen die beiden die wackelige Hängebrücke und hasteten die wenigen Stufen zum Eingangstor hinauf.

„Viele junge, unbekannte Alchemisten haben es mit den einzelnen Rezepten zu einer großen Berühmtheit gebracht. Andere aber konnten mit den mächtigen Rezepten nicht umgehen und sind... nun ja, du weißt schon. Eines Tages, vor vielen Jahren hat mein Vater auf einer Suche nach Zutaten im dunklen Land eine kleine Reisetasche gefunden, die dort sicher schon seit Jahrzehnten gelegen hatte."

Cargo musste seine Erzählung kurz unterbrechen, um das riesige Eingangstor zu öffnen, um den Hauptflur zu erreichen, der den kürzesten Weg zum Thronsaal darstellte. Das gesamte Tor war aus getrocknetem Harz gegossen, was es hart, aber trotzdem federleicht machte. Einige Soldaten standen auf den Gängen, bewachten die einzelnen Türen und betrachteten die beiden Jungs ein wenig skeptisch. Selbst nach der erfolgreichen Mission in Silva Lupus trauten manche Soldaten den Fremden nicht und ließen sie nicht aus den Augen.

„Jedenfalls," fuhr Cargo noch ein wenig leiser fort. „befanden sich in dieser Tasche zwei Seiten aus eben diesem Buch. Sicher hatten sie einem Alchemisten gehört, der durch das dunkle Land gezogen war und schließlich von irgendeinem Ungeheuer gefressen wurde. Auf jeden Fall waren auf diesen Seiten zwei Tränke festgehalten. Zum einen der Frostrank, den mein Vater sofort in sein Notizbuch notiert hat und auch ich hin und wieder benutzte und zum anderen ein überaus mächtiger, uralter Zauber. Nachdem er das Rezept an einem sicheren Ort versteckt hatte, hat er jahrelang nach den Zutaten des zweiten Trankes gesucht. Sozusagen als Notfallplan um Aventana zu schützen. Der Trank ist in der Lage, Zauberern und Gegenständen ihre magische Kraft zu entziehen! Für immer."

Surho fiel die Kinnlade herunter. Ihm war anzusehen, dass er Cargo noch etwas fragen wollte, doch in dieser Sekunde öffnete Cargo das Tor zum Thronsaal und Surho schloss den Mund schnell wieder.

„Da seid ihr ja endlich!", begrüßte sie Solon auf seine gewohnt schlecht gelaunte Art. „Wir haben schon gedacht ihr würdet nicht mehr kommen!"

„Nicht so schlimm Solon.", verteidigte Shiron die beiden Jungs. „Die paar Minuten werden wir noch verkraften können."

Solon sah den König verständnislos an, sagte aber nichts. Cargo nickte Shiron dankend zu und beeilte sich, zu seinem Stuhl zu kommen, der schon für ihn bereitstand. Solon, der General von Aventana saß ihm an dem langen Tisch des Thronsaals gegenüber und trommelte unruhig mit den Fingern auf die Tischplatte. Wie immer trug er seinen Brustpanzer, ohne den Cargo ihn noch nie zu Gesicht bekommen hatte und seine wertvoll verzierte Schwertscheide mit dem schlichten, aber überaus starken Schwert. Neben ihm saß Aramas, die wohl genau wie Shiron ihre Kleidung gewechselt hatte. Sie trug zwar immer noch ein knielanges Kleid, welches auch weiß schimmerte und genau wie früher mit Goldfäden verziert war, doch es war nicht so verdreckt und zerrissen wie das alte. Sie schien ihre Kleidung wohl von der Königin bekommen zu haben, obwohl Barstaras seinen gesamten Stoff aus einer speziellen Schafspezies bezog, der ausschließlich grüne Wolle wuchs. Da es sehr schwer war, der Wolle die grüne Farbe zu nehmen, war so ziemlich jedes Kleidungsstück in Barstaras grün und nur der Königin und dem Prinzen waren es erlaubt, weißen Stoff zu tragen. Doch Aramas war seit der Schlacht in Silva Lupus eine Heldin im gesamten Königreich von Barstaras und damit hatte man es als selbstverständlich empfunden, Aramas weißes Kleid zu erneuern, weshalb es nun aussah wie neu. Um ihren linken Arm wand sich nach wie vor der grüne Verband, den sie tragen musste, seitdem der Metalldrache Fulgur sich mit einem ordentlichen Schwanzhieb gewehrt hatte, bevor auch er das Weite gesucht hatte.

Königin Betula wartete noch bis Cargo und Surho auf zwei der Stühle Platz genommen hatten und stand von ihrem, mit rotem Stoff gepolsterten Sessel auf. Die magische Karte, die in der Lage war, die Teile der magischen Rüstung überall auf der Welt ausfindig zu machen, war schon auf dem Tisch ausgebreitet. Cargo konnte deutlich die fünf Königreiche auf dem Leder erkennen, die überall auf der Karte verteilt waren.

„Nun, nachdem wir hier vollständig versammelt sind, können wir endlich den nächsten Teil der magischen Karte freischalten." Sie machte eine kurze Pause und strich über einen kleinen Fleck in der Landkarte. Sofort erschien das Bild des magischen Brustpanzers, das diesmal nicht über Silva Lupus, sondern tatsächlich über der Stadt von Barstaras auftauchte. Betula streckte die Hand aus. „Aramas, wenn ich bitten darf."

Die Magierin nickte und zog ihren Reiserucksack unter dem großen Holztisch hervor. Nachdem die angeschlagenen Soldaten von Silva Lupus zurückgekehrt waren, hatte man sich geeinigt, dass, bis alle wieder in der Lage waren, eine weitere Reise auf sich zu nehmen, Aramas den Brustpanzer bewachen sollte. Immerhin waren die Ereignisse der letzten Tage Beweis genug, dass Aramas mitsamt des Brustpanzers in der Lage war, ihn gegen alles und jeden zu verteidigen. Für die Magierin war diese Aufgabe eine gewaltige Ehre gewesen, deswegen hatte sie die mächtige Waffe in ihrem magischen Reiserucksack verstaut und diesen in den letzten Tagen kein einziges Mal abgenommen.

Andächtig öffnete sie den Verschluss des Rucksackes und zog die mächtige Waffe langsam heraus. Fasziniert betrachtete Cargo den Brustpanzer. Er sah genauso aus, wie man sich einen mächtigen, magischen Brustpanzer vorstellte. Er war überall mit Tieren, Pflanzen und merkwürdigen Mustern verziert, die so fein bearbeitet aussahen, als könnten sie unmöglich durch einen Schmiedehammer entstanden sein. Hin und wieder zuckte ein kleiner, goldener Blitz über die glänzende Oberfläche und ließ sie strahlen.

Wortlos übergab Aramas den Brustpanzer an die Königin von Barstaras und setzte sich wieder. Obwohl sie sich bemühte, möglichst ernst zu wirken, war es ihr deutlich anzusehen, wie aufgeregt sie war.

Langsam ließ Betula die mächtige Waffe auf das fleckige Leder sinken. Alle hielten den Atem an, als der Brustpanzer die magische Karte berührte. Für einen kurzen Moment geschah nichts und Cargo beugte sich nach vorne, um mehr zu erkennen. Doch plötzlich fing die Karte an, hell zu strahlen. Sie leuchtete so hell, dass Cargo die Augen zusammenkneifen musste.

4. Kapitel

Das intensive Leuchten dauerte fast zehn Sekunden, dann verschwand es so schnell, wie es erschienen war. Cargo öffnete langsam die Augen und sah gespannt zur Karte. Der dreidimensionale Brustpanzer war verschwunden. An seiner Stelle war der Kopf eines alten Mannes erschienen. Cargo staunte. Was sie hier sahen, schien ein in die Karte eingearbeiteter Mechanismus zu sein, der bei der Berührung mit dem ersten Teil eine Nachricht aktivierte. So etwas wurde von Magiern eher selten benutzt, da Zauberer für gewöhnlich eine Übertragung starteten, wenn sie sich was zu sagen hatten.

Das Bild war nicht besonders groß. Etwa eine Handlänge, aber trotzdem konnte man deutlich die vielen Falten in seinem Gesicht erkennen. Es war schwer, das Alter des erschienen Kopfes zu schätzen. Sein Gesicht war mit vielen, tiefen Falten überzogen, die ihn bei weitem älter wirken ließen als der Hofmagier Pentor, doch sein Bart war noch durchgehend schwarz und wies kein einziges graues Haar auf.

Sein Atmen war flach und langsam und machte deutlich, dass es dem Mann nicht gut zu gehen schien. Selbst über die Übertragung konnte Cargo das laute, rasselnde Atmen des Mannes ganz deutlich hören. In den langen Bart waren mehrere goldene Ringe eingeflochten, die von eingravierten Symbolen geschmückt wurden, die Ähnlichkeit mit den Symbolen hatten, die Cargo in Arbors Labor gesehen hatte. Mit kaltem Blick starrte er die sich im Raum befinden Personen an, als könnte er sie sehen. Keiner sagte ein Wort.

Mit kratziger Stimme begann die Erscheinung zu sprechen. „Wie ich erkenne, habt ihr es geschafft den ersten Teil der goldenen Rüstung zu finden." Ein kräftiger Hustenanfall ließ ihn unterbrechen. Nachdem dieser nachgelassen hatte, fuhr er mit schwacher Stimme fort.

„Nun, da sich mein Ende immer weiter nähert, möchte ich noch eine Nachricht für die künftigen Sucher der mächtigsten Waffe der Welt hinterlassen, bevor ich die Karte morgen vergrabe. Nun besitzt ihr den goldenen Brustpanzer, der einem Menschen unvorstellbare Kräfte verleihen kann. Mit seiner Hilfe wird es euch möglich sein, die restlichen Teile zusammenzubringen."

Ein weiteres Mal musste er unterbrechen und mehrere Male tief durchatmen, bevor er weitersprach. „Solltet ihr die Rüstung für das Gute nutzen wollen, so wünsche ich euch viel Glück für den restlichen Weg. Und einen guten

Rat will ich denen geben, die die Kraft der Rüstung nur benutzten wollen, um ihre Gier zu stillen! Edelmut ist mit Macht vereinbar, Gier ist es nicht. Bestraft werden diejenigen werden, die die ganze Macht der Rüstung für sich alleine wollen."

Mit diesen Worten löste sich das Bild in Rauch auf und verschwand, als ob es nie da gewesen wäre.

Es dauerte eine ganze Weile, bis sich alle von der Überraschung erholt hatten.

Shiron war der Erste, der langsam von seinem Sessel aufstand und sich über die Karte beugte. „Nun ja, ähm, wo das geklärt wäre, bin ich gespannt, wo wir als Nächstes hinmüssen!"

Er streckte langsam den Arm aus und wischte über das komplette Leder, um jeden Fleck zu berühren, der eventuell das Versteck des nächsten Teils zeigte. Zentimeter für Zentimeter glitt sein Arm über die Karte, bis schließlich etwas zu passieren schien. Gespannt standen alle von ihren Stühlen auf und starrten auf die Karte. Die Stelle, an der Shiron angekommen war, begann plötzlich zu knistern. Der König zog seine Hand sofort zurück und betrachtete den Teil der Karte. Das Knistern wurde immer stärker. Funken sprühten, das Leder zischte und plötzlich stieg das dreidimensionale Bild eines Schwertes aus dem fleckigen Leder der Karte.

„Das goldene Schwert!", flüsterte Kercus ehrfürchtig.

„Das Schwert, das seinem Träger die Macht verleiht, die Schritte seines Gegners vorauszusehen.", fügte Cargo hinzu.

Langsam erhob sich das Bild über die Karte, bis es das Leder vollständig verlassen hatte. Die Funken erloschen und das laute Knistern erstarb vollständig.

Gespannt betrachtete Cargo das eingezeichnete Gebiet. Es war eindeutig die Wüste, in der sich das Schwert befand, aber wie sie hieß, wusste Cargo nicht. „Weiß irgendwer, wo das ist?"

Solon musterte die Karte. „Das ist in der Wüste Desturm! Dort lebt ebenfalls eines der Königreiche, allerdings kann ich euch nicht viel über sie erzählen. Ihre Entfernung zu Aventana war viel zu groß, als dass wir viel über sie wissen."

„Da ist es gut, dass ihr uns habt.", begann Kercus. „Der König, der Barstaras in der Zeit der Flucht von Ignis regierte, bewunderte das Volk, das heute in Desturm lebt, sehr und schrieb viel über sie auf. Ich habe eine Menge der alten Schriften gelesen und ich glaube, ich kann euch ein wenig weiterhelfen."

Der Prinz räusperte sich. „Die Menschen aus Desturm sind hervorragende Schmiede, die selbst mit den weichsten Metallen starke und harte Waffen schmieden können. Im alten Königreich waren sie die Ersten, die mit der Bearbeitung von Metallen begannen. Ihre Dienste wurden immer sehr hoch bezahlt und viele ihrer Leute gingen in die Geschichte ein. Der Legende nach sollen sie vor ewigen Zeiten von den Zwergen persönlich erlernt haben, Metalle zu schmieden und zu bearbeiten. Der Anführer ihrer Krieger trug immer einen sehr mächtigen Morgenstern, der von einem der ersten Schmiede aus einem Metall geschmiedet wurde, das ein Freundschaftsgeschenk der Zwerge gewesen sein soll. Die Zwerge haben es sehr tief aus der Erde geholt, so tief, wie es noch kein Mensch geschafft hat."

„Das sind gute Neuigkeiten.", unterbrach Solon den Prinzen. „Solchen Leuten wird es nicht schwerfallen, sich gegen die Schwarze Armee zu wehren."

„Was kein Grund ist mit der Abreise zu warten.", fügte Shiron hinzu. „Sobald es möglich ist, reisen wir ab."

„Zwei Tage dürfte es schon dauern.", gab Betula zu. „Jedenfalls wenn ihr warten wollt, bis eure Ausrüstung repariert ist."

Cargo musste der Königin leider rechtgeben. Der Kampf gegen die Schwarze Armee und den Wolf Lupus war nicht so reibungslos an ihnen vorbeigegangen, wie Cargo es sich in den letzten Tagen gerne eingeredet hatte. Cargos Handschuh, der in der Lage war, ein Schild auszufahren, war von den Kämpfen und den Schwertschlägen der Rüstungen so beschädigt, dass der Einfahrmechanismus nicht mehr funktionierte. Surhos Rüstung war von den Soldaten der Schwarzen Armee, den Monstern auf der Reise nach Barstaras und dem Ablenkungsmanöver für Lupus, nur noch ein Haufen Altmetall.

Shirons Schwert war nach einem Angriff auf Fulgur zerbrochen. Nur Solon, der es geschafft hatte, sich während der Schlacht aus größerem Ärger herauszuhalten und Aramas, die ohnehin keine Waffen aus Metall nutzte, hatten nichts zu beklagen, was repariert werden musste.

„Könnte es nicht schneller gehen?", fragte Shiron ein wenig enttäuscht. „Ich habe endlich das Gefühl, dass wir Erversors voraus sind. Ich will unseren Vorsprung nicht wieder verlieren."

„Ich will das genauso wenig wie du.", erwiderte Betula ruhig. „Aber unsere bisherigen Vorräte sind erschöpft und bevor wir nicht genug Metall eingeschmolzen haben,

haben wir nicht genug, um eure Ausrüstung zu reparieren."

„Wenn das so ist.", seufzte Shiron. „Da ich nicht wüsste, was wir noch besprechen sollten, würde ich das Treffen für beendet erklären. Oder willst du uns noch etwas mitteilen Betula?"

Als die Königin den Kopf schüttelte, standen Cargo, Aramas und Surho eilig auf, verabschiedeten sich und verließen den Raum.

Eilig drückten sie sich an den Palastwachen vorbei, um so schnell wie möglich ins Freie zu kommen und unter sich über die Ereignisse zu sprechen.

„Was meint ihr, was dieser Zauberer gemeint hat, als er gesagt hat, dass Macht nicht mit Gier vereinbar ist?", fragte Aramas nachdenklich.

„Keine Ahnung.", log Cargo schnell. „Vielleicht nur eine von diesen kitschigen Sprüchen, um solchen Leuten wie Erversors Angst zu machen und sie davon abzuhalten, weiter nach der Rüstung zu suchen."

Insgeheim konnte Cargo sich denken, was der Zauberer gemeint hatte. Als sie noch in Aventana waren, hatte Cargo von König Shiron erfahren, dass die Rüstung so mächtig war, dass sie jeden tötete der alle Teile der Waffe gleichzeitig anlegte. Um das zu verhindern, musste man das Calvariaamulett tragen, das es seinem Träger unmöglich machte, eines gewaltsamen Todes zu sterben. Shiron hatte Cargo damit beauftragt, das Amulett zu finden, damit sie es schließlich mit der Macht der Rüstung zerstören konnten und sie damit für Erversors unbrauchbar zu machen. Nur Cargo, der Hofmagier Pentor und Shiron wussten von dem Amulett, da Shiron es nur so wenigen Leuten wie möglich anvertrauen wollte. Bisher war die Suche aber erfolglos gewesen.

„Die Warnung von einem uralten Zauberer, der in seinen letzten paar Tagen eine magische Karte vergraben will, macht mir weniger Sorgen.", murmelte Surho. „Was mir eher Sorgen macht, sind die Monster, die sich womöglich in der Wüste herumtreiben. Kannst du mir ein paar aufzählen Cargo? Es wäre toll zu wissen, mit was wir uns herumschlagen müssen."

Cargo zuckte endschuldigend mit den Schultern. „Tut mir leid. Mein Vater hat mir alles, was er wusste, beigebracht, für den Fall, dass ich für Zutaten ins dunkle Land muss, aber in der Wüste war er ja noch nie. Das soll heißen ich kann euch genau gar nichts sagen."

„Na großartig.", brummte Aramas und drückte die Tür auf, die nach draußen führte. „Wenn wir hier nicht weiterkommen, kann ich gleich noch ein wenig trainieren, bevor wir wieder zum Abendessen müssen."

Sie verabschiedete sich noch schnell und verschwand dann ohne ein weiteres Wort zu verlieren, hinter der Tür, die nach draußen führte.

Cargo bemühte sich, sich nichts anmerken zu lassen, während die Magierin die Tür hinter sich zu zog. Er wartete noch ein paar Sekunden, doch als er sich sicher war, dass sie inzwischen die Hängebrücke betreten hatte, sah er den Bogenschützen gespannt an.

„Sie ist weg. Jetzt erzähl mir endlich, wieso sie immer so wütend wird, wenn sie eine Hexe genannt wird."

Bei der Bezeichnung „Hexe" hatte Aramas die Angewohnheit vollkommen durchzudrehen und wie eine Wahnsinnige mit ihren Waffen um sich zu schlagen. Das letzte Mal als Aramas vom General der Schwarzen Armee so genannt wurde, hatte sie sich ohne Rücksicht auf Verluste auf Secur gestürzt und wäre der General nicht so überrascht von ihrem Wutausbruch gewesen, hätte er sie schwer treffen können.

„Also gut.", seufzte Surho. „Aber du musst mir versprechen, dass du es niemandem erzählst. Ich habe Solon versprochen es niemandem zu verraten. Wenn er herausfindet, dass ich dir trotzdem davon erzählt habe, wird er mich umbringen. Also kein Wort zu niemanden! Verstanden?"

Cargo nickte.

„Gut. Hör gut zu, denn ein zweites Mal erzähl ich es ganz sicher nicht!"

5. Kapitel

„Sagt dir der Name Asgar Gardos etwas?", fragte Surho leise und sah sich noch einmal um, als habe er Angst, dass sich irgendjemand hinter den Möbeln verstecken und sie belauschen würde. Aber der Gang war leer. Die Diener schienen zur Schmiede gegangen zu sein, um dort beim Einschmelzen zu helfen. Es waren auch keine Schritte zu hören.

Cargo schluckte. „Die Göttin des Todes? Natürlich kenne ich sie! Vor ungefähr fünfzehn Jahren hat sie die halbe königliche Armee umgebracht."

„Ganz genau.", erwiderte Surho und nickte langsam. „Asgar Gardos, die stärkste Gladiamagierin die Aventana je gesehen hat. Bei weitem stärker als Aramas. Sie war für ein paar Jahre Generalin der königlichen Armee, eine geschickte Kämpferin und sogar zu etwas in der Lage, was noch keine Gladiamagierin vor ihr geschafft hat."

„Klingt spannend.", erklang es plötzlich hinter ihnen.

Cargo wirbelte herum. Kercus war hinter einem der Regale gestanden und hatte alles mitgehört. „Was ist mit dieser Göttin des Todes?"

„Wieso belauscht du uns?", fragte Surho streng.

„Es hat sich nicht so angehört, als hättet ihr weitergeredet, wenn ihr mich gesehen hättet.", antwortete der Prinz und rieb sich gespannt die Hände. „Also, nochmal. Wer ist Asgar Gardos?"

„Das ist geheim.", erwiderte Surho knapp.

„Wenn das so ist.", antwortete der Prinz, ohne eine Miene zu verziehen. „Wenn jemand, die Göttin des Todes genannt wird, sollten die anderen Aventaner sie auch kennen. Wenn ihr mir nicht erzählt, wer sie ist, gehe ich einfach Aramas fragen."

„Bleib, um Himmelswillen, hier!", zische Surho und hielt Kercus am Ärmel fest. „Von mir aus erzählen wir es dir! Aber wehe du erzählst auch nur ein Wort! Vor allem nicht Aramas! Verstanden?"

Kercus nickte gespannt.

„Wie bist du überhaupt hergekommen?", erkundigte sich Cargo erstaunt. „Ich habe niemanden kommen hören."

„Ich bin eigentlich schon hinter dem Regal gestanden, als du Surho etwas über eine Hexe gefragt hast. Das hat mich interessiert, da dachte ich mir, ich könnte kurz hören, worüber ihr redet.

Surho seufzte tief. „Wahnsinnig vornehm, Prinz Kercus. Also gut. Vor ein paar Jahren war diese Asgar Gardos die Generalin der Armee, was dank ihrer Fähigkeit nicht schwer zu erreichen war. Asgar war in der Lage, dass ihre Waffen ihre Hände verlassen konnten, was biologisch gesehen für Gladiamagier eigentlich unmöglich ist. Sie konnte das zwar nur, wenn sie besonders wütend war, aber trotzdem war sie damit viel stärker als andere Magier. Sie hat Aventana, in den Jahren, als sie noch bei Verstand war, sehr geholfen. Sie hat eindringende Monster erlegt, Kriminelle gefangen und nach starken Stürmen war sie die Erste, die zur Stelle war, um zu helfen. Das Königreich war stolz auf sie und sie gehörte zu den meist geachtetsten Personen von Aventana."

„Und dann ist sie durchgedreht.", fügte Cargo trocken hinzu. „Asgar hat sich auf einmal eingebildet, sie müsste die Königin von Aventana sein, weil sie die Stärkste der Krieger war und keiner der anderen Soldaten in der Lage war, sie zu besiegen. Selbst die Monster im dunklen Land fürchteten sie, was ihre Selbstherrlichkeit nicht gerade gebremst hat. Sie hielt sich für unbesiegbar, marschierte in den Thronsaal und forderte die Herrschaft über das Königreich."

„Natürlich war Shirons Vater Lemas, der zu dieser Zeit regierte, nicht einverstanden mit Asgars Forderung. Man erzählt sich, dass die Diener, die sich zu dieser Zeit im

Thronsaal befunden hatten, sogar in Gelächter ausgebrochen sein sollen."

Kercus schluckte. „Und was ist dann passiert?"

„Sie hat den Thron nicht bekommen, also hat sie beschlossen, ihn sich zu holen", wiederholte Cargo, was Fang ihm aus dieser Zeit erzählt hatte. Der Angriff der Göttin des Todes war einer der Hauptgründe für seinen Vater gewesen, Alchemist für die königliche Armee zu werden und Aventana und sein Volk zu beschützen. „Um den König zum Aufgeben zu zwingen, hatte Asgar beschlossen, auf das Volk loszugehen. Sie griff Dörfer an, legte Feuer auf den Feldern und ließ die Tiere von den Weiden. Lemas hatte einige Soldaten losgeschickt, um Asgar gefangen zu nehmen und für immer wegzusperren. Aber Lemas hatte sie unterschätzt. Asgar fürchtete sich nicht im Geringsten vor den Soldaten und sah es beinahe als Beleidigung an, dass Lemas nicht seine gesamte Armee geschickt hatte, um sie zu besiegen. Nachdem die Soldaten es versucht hatten, ließ sie einige am Leben, um dem König zu erzählen, was passiert war. Lemas sah ein, dass er mehr brauchen würde und schickte jeden Soldaten des Landes, außer seiner Palastwache, um nach ihr zu suchen. Asgar hatte sich im Wald verschanzt und alles bestens vorbereitet, um die Soldaten zu schlagen. Im Boden vergrabene Schießpulverfässer, Fallgruben und improvisierte Leitern, um in Sekunden auf Bäume klettern zu können. Als sie fertig war, hatte sie nur noch auf die Soldaten gewartet."

„Sei still! Da kommt wer.", zischte Surho und deutete auf den Gang, von wo aus Schritte zu hören waren.

Tatsächlich bog in diesem Moment einer der Diener um die Ecke und sah ihnen freundlich entgegen.

„Ich grüße Sie, meine jungen Herren. Wo ich Sie hier gerade treffe, darf ich mir die Frage erlauben, wann Sie Ihre aufregende Reise fortsetzten werden?", fragte der ältere Herr höflich nach einer leichten Verbeugung.

„Ich denke, es wird noch ein paar Tage dauern.", antwortete Cargo lächelnd. „Wie Sie sicher schon gesehen haben, hat unsere Ausrüstung schwer unter den Kämpfen gelitten."

„Ja, das habe ich gesehen.", erwiderte der Diener mit einem schiefen Lächeln. „Ich möchte ihnen noch einmal zu Ihrer erfolgreichen Mission gratulieren und mich bei Ihnen dafür bedanken, was Sie für uns getan haben, bevor ich mich verabschieden muss. Sie wissen ja, die Schmiede arbeitet Tag und Nacht und jeder soll helfen die Rüstungen einzuschmelzen."

Mit diesen Worten nickte er ihnen noch einmal zu und verschwand wieder.

„Was soll eigentlich die Geheimnistuerei?", fragte Kercus, nachdem er sich sicher war, dass der Diener ihn nicht mehr hören konnte.

„Genau.", stimmte ihm Cargo zu. „Asgar Gardos war eine gefährliche Irre. Das weiß jeder in Aventana und abgesehen davon, dass niemand gern über sie redet, ist sie doch kein Geheimnis."

„Du verstehst mich, wenn ich die Geschichte zu Ende erzählt habe.", zischte der Schütze. „Also, nachdem Asgar die Fallen im Wald aufgebaut hatte, hatte sie sich für ein paar Tage in einer kleinen Hütte verkrochen. Hin und wieder kam sie heraus, um Feuer zu legen oder offen auf die Menschen loszugehen, die ihr in den Weg kamen. Natürlich kamen auch Soldaten in den Wald, aber dank ihrer überragenden Stärke und ihrer Vorbereitung hatten die Soldaten keine Chance. Irgendwann hatte sie aber keine Lust mehr, sich im Wald zu verstecken. Deswegen marschierte sie eines Morgens zum Schloss, brach das Tor auf und kämpfte sich zum Thronsaal vor. Als Asgar ihr Ziel, den Thronsaal, erreicht hatte...". An dieser Stelle musste Surho unterbrechen und schlucken. „tötete sie jeden der sich im Raum befand. Nach einem langen und hartem Kampf auch König Lemas und seine Frau. Das reichte ihr aber nicht. Sie wollte auch den Prinzen töten und hat auf dem Weg zu Shiron das halbe Schloss auseinandergenommen."

„Und wie ging es weiter?", erkundigte sich Kercus gespannt mit aufgerissenen Augen.

„Als sie ihn gefunden hatte, konnte Shiron sie jedoch nach einem legendären Kampf überwältigen und töten.", schloss Cargo feierlich ab.

Das war überall in Aventana bekannt. Immerhin hatte diese Tat Shiron den Respekt gebracht, den er gebraucht hatte, um das verängstigte Reich zu regieren und sie sollte auch der Grund für die Narbe sein, die der König auf der Wange trug und die mehr oder weniger sein Markenzeichen war.

„Das ist die Geschichte, die erzählt wurde, aber in Wirklichkeit war es nicht Shiron der Asgar besiegt hatte.", flüsterte Surho eindringlich. Er sah sich noch einmal flüchtig um. „Als Asgar Shiron gefunden hatte, wollte sie ihn auf der Stelle köpfen, doch seine damalige Leibwache verteidigte Shiron. Der Teil mit dem legendären Kampf ist wahr. Die Wache hat zusammen mit Shiron wie ein Drache gekämpft und sie haben es wirklich geschafft, Asgar zu besiegen. Shiron war seiner Leibwache so dankbar, dass er ihm auf der Stelle anbot, ihn zum obersten Berater zu machen. Die Wache lehnte ab und bot stattdessen Shiron an, zu erzählen, dass er es gewesen wäre, der Asgar getötet hatte. Immerhin musste Shiron nun ein König werden, obwohl er eigentlich noch sehr jung war und damit er mehr Respekt vor seinem Volk bekam, der nötig sein würde, um es zu regieren, sollte Shiron zusammen mit der Leibwache diese kleine Lüge verbreiten. So ist es dann auch passiert. Die Leibwache erzählte überall, dass Shiron es gewesen wäre, der Asgar besiegt habe. Somit wurde Shiron König und die Menschen waren so stolz auf ihren König, dass sie nicht eine seiner Entscheidungen in Frage stellten. Die Leibwache, der er alles zu verdanken hatte, beförderte er zum General und das ist er noch heute."

Cargo fiel die Kinnlade herunter. „Das bedeutet, Shiron hat Asgar gar nicht umgebracht, sondern Solon und deswegen ist er von heute auf morgen General geworden?"

Surho nickte langsam. „Ganz genau. Aber es kommt noch besser. Ein paar Tage nach Asgars Tod kamen ein paar Soldaten mit einem kleinen Kind aufs Schloss. Das Kind war Asgars kleine Tochter. Nachdem sie sich im Wald versteckt hatte, hatte sie sich nicht weiter um sie gekümmert und einfach in ihrer Hütte gelassen, obwohl das Kind erst ein paar Monate alt war. Die Berater von Shiron rieten ihm, das Kind sofort zu beseitigen, um nicht das Risiko einzugehen, dass das Kind in die Fußspuren ihrer Mutter trat und später ebenfalls eine Gefahr darstellen sollte. Shiron ließ es aber nicht zu, dass seine Ritter ein hilfloses Baby töteten, sondern ließ es im Schloss leben. Solon persönlich bildete es aus, um sie zu einer starken und loyalen Soldatin zu machen. Aramas ist Asgar Gardos Tochter."

Cargo wusste nicht, was er darauf erwidern sollte. Aber es ergab tatsächlich Sinn. „Hexe", war eine Beleidigung für Magier, die den Menschen schadeten und in der Geschichte von Aventana hatte es keine größere Hexe gegeben als Asgar Gardos.

„Weiß Aramas, dass sie die Tochter von dieser Hexe ist?", fragte Kercus ungläubig.

„Natürlich.", erwiderte Surho. „Die Diener von Ignis haben es ihr ja deutlich zu verstehen gegeben. Viele von ihnen haben Freunde durch Asgar verloren und natürlich fiel es ihnen anfangs nicht leicht, Aramas wie jeden anderen hohen Gast zu behandeln. Das war für sie natürlich noch mehr Ansporn, die beste Soldatin zu werden, die Aventana je hatte. Jetzt wisst ihr es. Das ist der Grund, wieso Aramas bei dem Wort Hexe durchdreht. Sie sieht es als einen direkten Vergleich zu ihrer Mutter und es stellt alles in Frage, für was sie in ihrem gesamten Leben gearbeitet hat, nämlich nicht so zu werden wie ihre Mutter."

6. Kapitel

Mit einem lauten Knirschen ließ Cargo sein Schild aus- und wieder einfahren. Auch wenn er es vor ein paar Tagen noch nicht geglaubt hätte, war Kercus ein Genie. Er hatte den verbeulten Schild komplett ausbeulen können und sogar den Mechanismus repariert, der dafür sorgte, dass sich der Schild im Bruchteil einer Sekunde ein- und ausfahren ließ. Die Rüstungen der Schwarzen Armee hatten erbarmungslos auf den Schild eingeschlagen und so den Mechanismus, der für die besondere Eigenschaft des fingerlosen Handschuhs sorgte, zerstört.

Wie er gestern erfahren hatte, arbeitete Kercus in einem kleinen Raum nicht weit vom Thronsaal entfernt. Der Prinz war eigentlich stolz auf seinen Titel, doch der Raum, in dem er arbeitete, hatte nichts mit einem Prinzen zu tun. Es war eine kleine, mit allem möglichem Zeug vollgestopfte Kammer. Überall hingen Pläne von Ideen und fertigen Erfindungen, wie seine kleinen Chips, die mit Magie gefüllt waren und den Zauber der schwarzen Rüstungen bekämpften und diese zusammenfallen ließen.

Aufgeregt rutschte Cargo auf seinem Stuhl hin und her. Die zwei Tage waren vorbei, die Waffen waren repariert und der Zeitpunkt der Abreise rückte immer näher. Vor ihrer Reise nach Barstaras waren alle nervös gewesen und hatten Angst vor dem langen Weg gehabt. Aber nun, wo sie schon einen erfolgreichen Kampf hinter sich hatten, freute er sich schon richtig darauf, in die Wüste Desturm zu reisen und dort nach dem mächtigen Schwert zu suchen.

Aramas hatte ihren Verband ablegen können und ruderte nun schon seit fünf Minuten mit dem Arm in der Luft herum, um das unangenehme Gefühl loszuwerden, dass die Sanartränke bei der Heilung von Wunden hinterließen.

Shiron hatte sie alle ein letztes Mal in den Thronsaal rufen lassen, um mit ihnen noch einmal alles zu besprechen und dann Barstaras zu verlassen.

„Der Weg zum zweiten Versteck ist viel länger als der Weg von Aventana bis hierher.", stellte Shiron fest und fuhr die Entfernung zwischen ihnen und dem Bild des magischen Schwertes langsam mit dem Finger ab. „Innerhalb eines Tages werden wir es sicher nicht schaffen."

„Das heißt, wir müssen in der Wüste übernachten?", fragte Surho unsicher und betrachtete ebenfalls die Entfernung zwischen Barstaras und Desturm.

„Schaffen wir es nicht vor dem Einbruch der Dunkelheit?", erkundigte sich Cargo. Ihm gefiel es überhaupt nicht, in einer Wüste voller unbekannter, tödlicher Monster ein Nachtlager aufzuschlagen und seine Abenteuerlust bekam einen ordentlichen Dämpfer.

„Leider Nein.", beteuerte Shiron. „Selbst wenn wir den ganzen Tag mit Laufschritt hinter uns bringen und keinem einzigen Monster begegnen würden, wäre es sehr knapp. Und ich glaube kaum, dass wir eines von beiden schaffen."

„Schafft ihr es denn nicht, eine Stadt in Desturm zu erreichen wie bei uns?", fragte Kercus.

Solon schüttelte den Kopf. „Desturm ist größer als Barstaras und es könnte länger dauern, eine Stadt zu finden, als zum Schwert zu kommen. Das bedeutet, dass uns nichts anderes übrigbleiben wird, als die Nacht in der Wüste zu verbringen und uns gegen alles zu wehren, was uns angreift."

„Die Monster werden uns keine Probleme machen!" Aramas schlug mit ihrer Faust in die flache Hand. „Mit dem Brustpanzer wüsste ich nicht, was uns noch Schwierigkeiten machen sollte! Wenn Erversors uns seine Armee auf den Hals hetzt, umso besser."

Cargo betrachtete seine Freundin erstaunt. Normalerweise war Aramas die stille Beobachterin, die ruhig auf einem Stuhl saß und die nur selten an

Gesprächen teilnahm. „Was das angeht...", begann Shiron und räusperte sich. „Du wirst den Brustpanzer, bis wir alle Teile der Rüstung haben, nicht benutzten können."

„Wie bitte?", fragte Aramas ungläubig.

„Es ist so,", sprach Solon für seinen König weiter. „Der Brustpanzer ist eine überaus mächtige Waffe, die riesige Mengen an magischer Energie verströmt. Jeder halbwegs passable Zauberer könnte uns aufspüren, wenn einer von uns den Brustpanzer trägt. Wir wären eine laufende Zielscheibe für Erversors."

„Und weiter?", fragte Aramas trotzig. „Mit dem Brustpanzer bin ich stärker, als Erversors es je sein wird. Die Schwarze Armee hat sich von Anfang an vor Lupus gefürchtet und ich habe ihn besiegt!"

Cargo schluckte. Er hatte noch nie mitbekommen, wie Aramas Shiron oder Solon widersprochen hatte.

Solon blickte der Magierin finster entgegen. Diese aber hielt dem Blick stand. „Es stimmt, dass der Brustpanzer dich sehr stark macht, aber du bist nicht unbesiegbar! Wer weiß, wie viele Rüstungen wirklich unter Erversors Befehlen stehen. Das Risiko ist einfach zu groß. Wir können nicht..."

„Das Risiko?", unterbrach Aramas den General. „Wir sollen also durch eine gefährliche Wüste ziehen, die bestimmt voller Monster, verzauberten Rüstungen und wer weiß was noch alles sein wird, in der wir auch noch übernachten und Sie nennen die Lösung ein Risiko?"

„Nenne ich!", erwiderte Solon stur. Sein Tonfall wurde merklich schärfer. Dass Aramas ihn unterbrochen hatte, hatte ihm nicht gefallen. „Was du Lösung nennst, macht uns verwundbar! Mag sein, dass du dich mit dem Brustpanzer aus einer größeren Schlacht rauskämpfen kannst, aber willst du dieses Risiko wirklich eingehen."

„Wie ich schon sagte.", antwortete die Magierin. „Es gibt kein Risiko! Ich kann die Schwarze Armee besiegen, so wie ich Lupus und die restlichen Rüstungen besiegt habe."

„Meinst du wirklich den Wolf, der nicht wusste, was er vor sich hatte und die restlichen fünfzig Rüstungen, die schon fast eine Stunde gekämpft hatten?", fauchte Solon und schlug mit der Faust auf den Tisch. „Du wirst ab sofort ohne den Brustpanzer kämpfen! Verstanden?"

Für eine Sekunde sah es noch so aus, als wolle Aramas dem General widersprechen, doch dann nickte sie. „Verstanden."

Eine peinliche Stille entstand, die nach wenigen Sekunden von Betula beendet wurde, die eilig Shirons Reiserucksack auf den Tisch stellte.

„Nun, da das geklärt wäre.". Die Königin kramte eilig im Rucksack und zog einen kleinen, durchsichtig-goldenen Würfel heraus. „Das ist ein Karvas. Eine Art Käfig für jede Art magischer Energie. Eine Berührung und der Gegenstand wird in den Karvas gezogen und nicht mehr herausgelassen, bis man ihm den Befehl dazu gibt. Shiron hat ihn in weiser Voraussicht aus Aventana mitgenommen."

„Sind sie denn stark genug, um den Brustpanzer festzuhalten?", erkundigte Surho sich skeptisch und betrachtete den kleinen Würfel, der nicht einmal eine Handfläche Kantenlänge hatte.

„Er könnte noch Stärkeres gefangen nehmen, wenn es etwas Stärkeres gebe.", antwortete Kercus an der Stelle seiner Mutter. „Er nutzt die Kräfte von dem, was er beinhaltet gegen es, um es festzuhalten. Aber leider ist der Brustpanzer, genau wie alle anderen Teile der Rüstung, so stark, dass er den Karvas zerstört, sobald er daraus befreit wird. Genau das ist auch mit dem Karvas passiert, in dem sich der Brustpanzer befunden hat. Nur war der Brustpanzer schon so lange im Karvas, dass nicht einmal mehr das Schlüsselwort nötig war, das man normalerweise sagen muss."

Shiron griff in den Rucksack und holte drei weitere Würfel heraus. „Pentor hat sehr lange gebraucht, um diese Karvase herzustellen, das bedeutet wir haben nur vier. Einen für jeden Teil der Rüstung. Ihr dürft also niemals einem Karvas den Befehl geben sich zu öffnen. Verstanden? Niemals!"

Nachdem er Aramas um den Brustpanzer gebeten hatte, und diese ihn ein wenig zögerlich ausgehändigt hatte, ließ Shiron die mächtige Waffe langsam auf den Karvas niedergehen, bis er ihn schließlich berührte. „Verschließen!", befahl Shiron und ließ den Brustpanzer los.

Im gleichen Augenblick zerplatzte der Karvas in viele tausende Teile, die mit ungeheurer Geschwindigkeit um den Brustpanzer wirbelten. Der Wirbel drehte sich immer schneller und schneller, während es so aussah, als würde die mächtige Waffe langsam schrumpfen. Immer kleiner wurde das, was man durch das grelle Licht noch erkennen konnte und immer lauter wurde der Wirbel aus den Splittern des Würfels. Cargo duckte sich, um nicht von einem der Teile getroffen zu werden.

Doch plötzlich blieben alle Splitter gleichzeitig stehen. Für sicher drei Sekunden schwebten sie vollkommen frei in der Luft, ohne einen Laut von sich zu geben. Cargo wollte eben fragen, was nun passieren sollte, als die Splitter sich plötzlich mit hoher Geschwindigkeit wieder zu einem Würfel zusammensetzten. Es krachte und knirschte, als sich jedes Teil an ein anderes reihte und sich die Risse und Spalten langsam, aber sicher auflösten.

Als die einzelnen Teile sich wieder vollständig zusammengesetzt hatten, hob Solon das Resultat in die Höhe. „Erstaunlich.", murmelte er und betrachtete den Karvas.

Cargo kniff die Augen zusammen. Der Brustpanzer war auf ein Fünftel seiner vorigen Größe zusammengeschrumpft und nun vollständig in das durchsichtig-goldene Material eingeschlossen. Man sah ihm überhaupt nicht mehr an, wie mächtig er war. Die kleinen Blitze, die hin und wieder zuckten, waren erloschen und das leichte Schimmern war vollständig verschwunden.

Plötzlich wurde die Tür aufgestoßen und mehre Soldaten stürmten in den Raum. Sie hoben ihre Bögen und richteten ihre Pfeile auf Solon, der instinktiv den Würfel in seiner Reisetasche verschwinden ließ.

Cargo riss sofort sein Schwert in die Höhe und stand so schnell auf, dass er fast umgekippt wäre. Erst jetzt bemerkte er erstaunt, dass es die Wache war, die ihre gefährlichen Waffen auf sie richteten. Der Vorderste der Männer war der General der Bogenschützen Mori, der mit breitem Grinsen die Tür des Thronsaals mit einem Fußtritt schloss.

Gesprochen hatte Cargo mit dem General noch nie. Er hatte ihn nur ein oder zwei Mal gesehen, als sie in Silva Lupus gekämpft hatten. Er hatte Arbor und Kercus ein wenig über den General ausgefragt und beide hatten so ziemlich das Gleiche gesagt. Mori war unangenehm und unfreundlich zu den meisten, zu denen er nicht freundlich sein musste wie etwa der königlichen Familie. Seine Laune konnte sich von einer Sekunde zur anderen schlagartig ändern und es war schwer, zu erraten, was er gerade dachte. Doch es hing nicht vom Charakter ab, ob man der General wurde und unabhängig davon war er ein überaus starker Kämpfer, ein guter Stratege und ein Musterbeispiel dafür, sich an den Kodex zu halten, der für die Soldaten von Barstaras galt. Mori trug nicht die schlichte, zweckmäßige Kleidung, die alle anderen Schützen trugen. Der Schulterpanzer war nicht wie bei den gewöhnlichen Bogenschützen aus dickem Leder, sondern, zu Cargos Grauen, aus riesigen Knochen. Sein Mantel war mit kleinen Metallverzierungen geschmückt und sein Köcher bestand vollkommen aus getrocknetem

Harz, das golden schimmerte. Sein Bogen schien zur Hälfte aus Metall und Harz zu bestehen und war sicher noch viel stabiler und biegsamer als die Holzbögen, die die Soldaten trugen, die sich neben ihm aufgestellt hatten. Mori hatte seine Kapuze tief ins Gesicht gezogen, trotzdem konnte man noch die braunen Haare und die zornig funkelnden Augen erkennen, die Cargo einen Schauer über den Rücken jagten.

Betula stand von ihrem Stuhl auf und sah ihrem General überrascht entgegen. „Mori, was tust du hier? Du weißt genau, dass du die Sitzungen nicht betreten darfst! Und nimm sofort die Bögen runter! Das ist ein Befehl!"

Keiner der Soldaten rührte sich.

Mori gab den Soldaten ein Handzeichen, worauf die meisten die Bögen sinken ließen. Ein paar Bogenschützen zielten trotzdem noch auf Betula und Shiron. „Es tut mir sehr leid, Betula, aber ich muss Sie bitten, mir den Brustpanzer zu geben und mir dann zu folgen."

„Wie bitte?", rief Betula empört.

„Ich erkläre es Ihnen gleich, sobald ihr eure Waffen fallen gelassen habt. Ihr habt drei Sekunden."

Widerwillig ließ Cargo sein Schwert fallen und öffnete nach einem Warnschuss, der ihn nur um Millimeter verfehlte, auch den Verschluss seines Gürtels und legte ihn langsam und vorsichtig zu Boden.

Fluchend ließ auch Surho seinen Bogen fallen und gab ihm mit dem Fuß noch einen Stoß, der ihn unter den Tisch beförderte.

Solon zögerte noch kurz, doch nach einem Kopfnicken von Shiron fiel auch sein Schwert krachend zu Boden.

„Und wenn die da,", er nickte in Aramas Richtung. „Dummheiten macht, wird sie es bereuen!"

„Du arbeitest für Erversors?", fragte Betula fassungslos. „Nach allem, was du für den Thron getan hast?"

„Ich arbeite nicht für Erversors.", widersprach Mori, ohne eine Miene zu verziehen. „Ich bin hier, um das Volk vor einer großen Dummheit zu beschützen! Ich bin hier, um den Brustpanzer denen zu geben, die ihn brauchen! Sie haben in letzter Zeit viele Fehlentscheidungen getroffen, die ich jetzt beheben muss."

„Fehlentscheidungen?", fauchte die Königin empört. „Wir besitzen den goldenen Brustpanzer, wir wissen wie wir gegen die Schwarze Armee ankommen können und schon bald wird Barstaras so viel Eisen haben, wie wir brauchen."

„Sie tun gerade so, als wäre das Ihr Verdienst gewesen.", gab der General zurück.

Betula sah so aus, als wollte sie nach Surhos Bogen greifen und Mori erschießen, aber nach einem Blick auf die mehreren, auf sie gerichteten Pfeile, ließ sie es sein.

„Du weißt, dass du einen Eid geschworen hast, niemals deine Königin anzugreifen", murmelte sie und setzte sich wieder.

„Ich erinnere mich gut an den Eid.", erwiderte Mori. „Ich habe geschworen, dass ich den Königen diene und das Wohl des Volkes über alles andere stelle. Nichts anderes tue ich jetzt."

„Was soll das heißen?", fragte Shiron misstrauisch.

„Barstaras ist im Krieg. Wir kämpfen Tag für Tag dafür, dass diese verdammten Rüstungen uns nicht finden. Seit diesem verfluchten Kampf in Silva Lupus befinden sich viele meiner besten Freunde im magischen Tiefschlaf und niemand kann mir sagen, ob sie je wieder aufwachen. Das Volk fürchtet sich und keiner kann uns sagen, wie viele Tage, wie viele Stunden vergehen, bis es so weit ist und die Schwarze Armee vor dem Custodian steht und ihn einreißt. Alles nur wegen diesem Erversors und nun finden wir den goldenen Brustpanzer, eine der mächtigsten Waffen der Welt und wir sollen ihn einfach weggehen lassen?"

7. Kapitel

Cargo setzte sich langsam. „Und jetzt willst du uns töten und den Brustpanzer in Barstaras behalten?"

Er versuchte, langsam mit seinen Füßen sein Schwert zu angeln. Würde er es nahe genug bekommen, um es zu greifen? Selbst wenn, würde es ihm etwas nutzen?

„Wer redet denn von töten?", fragte Mori mit hochgezogener Augenbraue. „Ich meine, wenn ihr mir den Brustpanzer nicht gebt, werde ich euch natürlich erschießen lassen, aber ich habe natürlich nicht vergessen, was wir euch schuldig sind. Ihr habt immerhin Lupus getötet, den Brustpanzer geborgen und uns gezeigt, wie wir gegen die Schwarze Armee ankommen können."

In Aramas Kopf arbeitete es, das war ihr deutlich anzusehen. Sicher überlegte sie gerade, wie sie die Wachen ausschalten konnte, bevor sie von den Pfeilen getroffen wurde.

„Wenn ihr uns den Brustpanzer einfach gebt, werden wir euch gehen lassen, euch für den restlichen Weg Verpflegung mitgeben und euch noch ein Stück begleiten, um sicher zu gehen, dass euch nichts passiert."

„Was du vorhast, wird uns alle den Kopf kosten!",
versuchte Betula ihren General zu überzeugen. „Der
Brustpanzer wird verraten, wo wir sind. Erversors wird uns
die gesamte Schwarze Armee auf den Hals hetzen."

„Na und?", lachte Mori. „Antworte ehrlich, von wem hast
du das? Wer hat dir gesagt, dass der Brustpanzer
Barstaras nur Probleme machen würde?"

Betula senkte den Blick.

Das Lachen des Generals erstarb. „Dachte ich mir."

„Wir haben es uns nicht ausgedacht!", versicherte Shiron.
„Wenn du den Brustpanzer benutzt, wird Erversors euch
sofort finden! Er wird mit allem kommen, was ihm zur
Verfügung steht und wenn Fulgur hier ist, wird nicht mehr
viel von Barstaras übrigbleiben, das du schützen
könntest."

Mori beachtete den König nicht, sondern hob die Hand.
„Ich habe genug Zeit verloren."

„Du riskierst einen Aufstand!", versuchte nun Arbor Mori
zur Vernunft zu bringen. „Glaubst du, das Volk wird es
einfach hinnehmen, wenn du uns jetzt alle tötest? Die
königliche Familie, den Schamanen und die Besucher aus
einem anderen Königreich, denen wir Lupus Tod zu
verdanken haben?"

Mori machte ein überraschtes Gesicht. „Ich weiß nicht, wovon du sprichst. Ich hatte mit eurem Tod überhaupt nichts zu tun. Ihr seid bei einem Hinterhalt der Schwarzen Armee ums Leben gekommen. Die Aventaner wollten so diskret wie möglich abreisen und als ihr sie noch ein Stück begleiten wolltet, wurdet ihr plötzlich überfallen. Ich wollte euch zur Hilfe kommen, doch mir gelang es nur noch, den Brustpanzer zu retten. Sehr tragisch, nicht wahr?"

„Und was wäre, wenn wir fliehen würden?", fragte Betula plötzlich.

Cargo musterte die Königin überrascht. Sie schien sich wieder vollständig beruhigt zu haben. Von dem wütenden Glitzern in ihren Augen, war nur ein zufriedenes Glänzen übriggeblieben. Das war auch Mori aufgefallen. Misstrauisch beobachtete er sie.

Was in den nächsten Sekunden geschah, passierte so schnell, dass Cargo kurz brauchte, um zu reagieren. Betula hatte an ihrer Armlehne des Throns gezogen und damit wohl einen versteckten Hebel gezogen, denn plötzlich kam eine Art Fallgitter, in Form einer massiven Holzwand von der Decke herabgeschossen, die den Raum teilte und die Soldaten, samt Mori, ausgesperrte.

Die Soldaten hatten sofort damit begonnen, ihre Pfeile abzufeuern, doch die Holzwand hielt ohne Mühe stand und die Pfeile blieben in ihr stecken. Surho hatte sich so erschreckt, dass er mit dem Stuhl nach hinten gekippt war und sich nun, den Rücken reibend, wieder aufrichtete. Von draußen hörte man das dumpfe, undeutliche Fluchen von Mori, der wohl irgendwie versuchte, die Wand kaputtzuschlagen.

„Wir haben keine Zeit zu verlieren!", verkündete Betula und schob ächzend ihren massigen Thron zur Seite.

Shiron betrachtete die dicke Holzwand und klopfte prüfend dagegen. „Wärst du so nett mir zu verraten, wieso dein Thronsaal *das da,* hat?"

„Als Notfallplan.", antwortete Betula abwesend, während sie den Teppich, der unter ihrem Thron ausgebreitet war, zur Seite zog. „Sollte das Schloss jemals eingenommen werden, sollten die Diener, die Soldaten und alle anderen sich im Thronsaal verschanzen und dann..."

Mit einem Ruck zog sie den Rest des Teppichs zur Seite und beförderte eine hölzerne Falltür zum Vorschein.

„hierdurch fliehen. Der erste König von Barstaras hat entdeckt, dass der Baum an einer bestimmten Stelle hohl ist. Hier hat er das Schloss bauen lassen und den Geheimgang verlegt."

„Heißt das nicht, dass Mori weiß, wo er uns zu erwarten hat?", fragte Cargo verunsichert.

„Wenn ich nicht die Einzige wäre, die davon weiß, dann schon.", antwortete Betula und versuchte, unter größter Anstrengung die verrostete, alte Falltür aufzubekommen, was ihr nach einem helfenden Ruck von Solon auch gelang.

„Was für einen Sinn hat den ein Fluchtweg, den keiner kennt?"

„Nicht mal ich wusste etwas darüber!", murmelte Kercus entgeistert.

„Wir können später darüber reden.", warf Aramas ein. „Nichts wie weg von hier, bevor Mori noch mehr Soldaten holt und die Wand doch noch kaputtbekommt."

Cargo warf einen Blick in das dunkle Loch. Durch das Licht des Raumes konnte man eine Wendeltreppe erkennen, die sich nach unten schraubte und von Abermillionen Spinnenweben übersäht war. „Wie lange ist der Gang ungefähr?"

„Keine Ahnung.", antwortete Betula achselzuckend, während sie einen der leuchtenden Pilze aus seinem Topf riss. „Ich habe diesen Gang noch nie von innen gesehen. Ich weiß, dass wir am Waldboden herauskommen werden. Das war's!"

Cargo schüttelte sich, während er gleichzeitig versuchte, sich an das gleißend helle Tageslicht zu gewöhnen. Nicht nur, dass sie sicher über eine Viertelstunde über eine vermoderte, jahrhundertealte Holztreppe marschiert waren, sie hatten sicher auch Bekanntschaft mit der Hälfte aller Spinnen gemacht, die die Erde bewohnten. Wenn Cargo eines hasste, dann waren es Spinnen. Doch das hatte ihm nicht weitergeholfen, als sie durch den langen gruseligen Gang marschiert waren. Das Licht des kleinen Pilzes, den Betula mitgenommen hatte, hatte nicht viel gebracht und es war sehr anstrengend gewesen, sich die Stufen nach unten zu kämpfen, wenn man nicht viel sehen konnte. Die maroden Treppen hatten unter jedem Schritt geächzt und nicht selten hatte eine nachgegeben und dem einen oder anderen eine kurze Rutschpartie beschert.

Es war nicht möglich gewesen den Eingang des Geheimganges wieder zu verstecken, deswegen hatten sie sich sehr beeilen müssen und hofften nach wie vor, dass es Mori nicht gelungen war, die solide Holzwand einzuschlagen und dass diese dem Ansturm standhielt, den man durch den langen Gang noch dumpf hören konnte.

Mit angewidertem Gesichtsausdruck zog Cargo sich die dünnen Fäden der Spinnennetze von seinen Sachen ab.

„Was machen wir jetzt?", fragte Aramas ratlos. Genau wie Cargo, war auch sie voller Spinnenweben und verrottetem Holz, die sie nun versuchte aus ihren Haaren zu entfernen. „Suchen wir den Fahrstuhl, fahren wieder rauf und kämpfen mit Mori und den Soldaten, oder warten wir noch bis es dunkel wird?

„Wir sollten bis heute Nacht warten.", schlug Surho vor. „Wir könnten einen Hinterhalt vorbereiten. Immerhin kennt Betula die Stadt besser als jeder andere."

„Ich denke, dass wir am besten sofort wieder hinaufsollten!", widersprach Solon. „Sie werden sicher noch nach uns suchen und jeder von uns ist vollbewaffnet, weil wir eigentlich nach dem Thronsaal gleich aufbrechen wollten. Jetzt können wir sie unvorbereitet treffen. Außerdem riskieren wir hier unten von irgendwelchen Monstern angegriffen zu werden, wenn wir zu lange warten."

„Was meinst du Betula?", fragte Shiron und sah prüfend in Richtung der Baumwipfel. „Sollen wir jetzt angreifen, oder bis heute Nacht warten?"

Betula hatte das große, lose Rindenstück genommen, das den Ausgang des Geheimganges verdeckt hatte und versuchte, es so gut wie möglich wieder an seinen Platz zu setzen. „Ihr sollt gar nichts tun, außer von hier zu verschwinden!"

„Wie bitte?", fragte Surho ungläubig nach. „Das kann nicht Ihr Ernst sein! Wieso sollten wir gerade jetzt verschwinden?"

„Betula wir wollen dir helfen!", stimmte Shiron ihm zu. „Ich könnte zusammen mit Cargo die Ablenkung spielen, während Aramas und Solon einen Hinterhalt vorbereiten und währenddessen..."

„Nein, das werdet ihr nicht!", unterbrach Betula den König. Sie hatte es aufgegeben den Geheimgang wieder zu verschließen. „Versteht mich nicht falsch. Ich bin euch für alles, was ihr für uns getan habt, dankbar, aber Mori hat nur einen Grund mich anzugreifen, genau wie die restlichen Soldaten und das ist der Brustpanzer. Ihr werdet ihn von hier wegbringen und verhindern, dass mein Volk sich selbst der schwarzen Armee ausliefert!"

„Aber was ist mit euch?", fragte Cargo besorgt. „Wenn ihr wieder raufgeht, wird Mori euch finden und keiner weiß, was er dann mit euch anstellen wird."

„Macht euch um uns keine Sorgen!", krächzte Arbor und versucht sich ein wenig aufzurichten. „Der Schwur, den Mori als General geleistet hat, verbietet ihm, der Königsfamilie irgendetwas anzutun, es sei denn er beschützt damit Barstaras. Wenn ihr den Brustpanzer erst von hier weggebracht habt, nützt es ihm nichts uns irgendetwas anzutun und er würde gegen die obersten Regeln der Soldaten verstoßen."

„Aber was, wenn er es trotzdem tut?", fragte Shiron besorgt. „Wenn er euch beschuldigt Verräter zu sein!"

Plötzlich zog Betula ein Schwert hinter ihrem Rücken hervor und hielt es zornig in die Luft. „In diesem Fall lernt mich dieser treuelose Mistkerl kennen!"

Shiron musste grinsen. „Wenn das so ist, ist es wohl so weit, dass wir uns verabschieden."

Er reichte Betula die Hand. Cargo tat das Gleiche bei dem Prinzen. „Mach's gut. Wir sehen uns, wenn wir Erversors in das Loch gesperrt haben, in das er hineingehört!"

„Lasst euch nicht zu viel Zeit.", erwiderte er und versuchte zu lächeln. „Ich möchte noch am Leben sein, wenn ihr ihn weggesperrt habt."

Der Prinz wollte eben ihn Shirons Richtung gehen und sich von ihm verabschieden, als ihm etwas einzufallen schien. „Jetzt hätte ich fast vergessen, dass ich noch was für dich habe." Langsam zog der Prinz etwas Längliches aus einer seiner großen Hosentasche hervor und überreichte es Surho.

„An den habe ich gar nicht mehr gedacht.", staunte der Schütze und nahm den Pfeil ehrfürchtig entgegen.

Es war ein besonderer Pfeil aus Metall mit einer Spitze aus Glas, in dessen Innerem, eine rot-orange Flüssigkeit waberte. Einen ähnlichen Pfeil hatte Surho kurz vor der Abreise aus Aventana auch von dem dortigen Hoferfinder bekommen. Die Flüssigkeit, die den Pfeil füllte, explodierte, sobald sie mit Luft in Berührung kam, was passierte, sobald die Glasspitze zerbrach. Er hatte ihnen in Silva Lupus einen Vorsprung beschert, der groß genug war, um einen rettenden Baum zu erreichen und so gerade noch Lupus tödlichen Reißzähnen zu entkommen.

Während Surho sich bei Kercus bedankte und versuchte, den Pfeil in seinen Köcher zu stecken, ohne dass das Glas einen Haarriss bekam, ging Cargo langsam zu Arbor.

„Ich habe genug.", flüsterte er ihm zu. „Sie werden mir jetzt erzählen, wer die Zauberkräfte hat! Wer weiß, ob wir uns jemals wiedersehen werden, deswegen fangen Sie jetzt an zu reden!"

Einen Moment lang sah es noch so aus, als würde Arbor zögern, doch dann gab er schließlich doch auf. „Wie du willst.", murmelte er missmutig. „Es tut mir leid Cargo, aber ich habe keine Ahnung, wer es ist."

„Wie bitte?", fragte Cargo so laut, dass die anderen sich umdrehten, doch sie schienen zu beschäftigt damit zu sein, noch ein paar letzte Dinge zu besprechen, als dass sie sich um Cargo und Arbor kümmern konnten. „Was soll das heißen?", fragte Cargo ein wenig leiser. „Sie wissen es nicht? Wieso haben Sie mir das nicht gleich gesagt?"

„Ich wusste nicht, ob du mir glauben würdest.", versuchte sich der alte Schamane zu rechtfertigen. „Schon bei unserer ersten Begegnung im Thronsaal ist mir magische Energie aufgefallen. Zuerst dachte ich, es wäre Aramas, aber als sie den Raum verlassen hat, war diese Aura immer noch da. Ich habe versucht zu erspüren, wer von euch magische Fähigkeiten hat, mehr als Probe, ob ich es noch kann, aber ich habe es nicht geschafft. An dem Tag, als ihr aufgebrochen seid, habe ich schließlich aufgegeben. Ich habe dir davon erzählt, weil ich dachte du würdest mich aufklären, aber wie ich gesehen habe, warst du genauso ratlos wie ich. Du hast mich die ganze Zeit darüber ausgefragt, aber ich wollte dir nicht sagen, dass ich nicht in der Lage war, denjenigen zu erspüren. Ich bin der Schamane von Barstaras verdammt nochmal!"

8. Kapitel

„Hätten wir das wirklich tun sollen?", fragte Surho besorgt und drehte sich nun schon zum zwanzigsten Mal um.

Cargo seufzte und tat das Gleiche. Sie waren seit ungefähr einer Dreiviertelstunde unterwegs und würden bald Silva Lupus erreichen, der den kürzesten Weg zur Wüste Desturm darstellte. Monstern waren sie bisher noch keinen begegnet, obwohl sie sich auf dem Boden fortbewegten. Wahrscheinlich hatten die vielen Soldaten und der riesige Metalldrache alles verscheucht, was sich in der Nähe aufgehalten hatte.

„Ich weiß es nicht!", brummte Shiron.

Es war ihm offensichtlich sehr schwer gefallen, seine mittlerweile gute Freundin im Stich zu lassen. Es konnte immerhin gut sein, dass sie nie erfahren würden, was mit Arbor, Kercus und Betula passiert war. Er war mittlerweile ein ganzes Stück zurückgefallen. Cargo zögerte kurz, doch dann ließ er sich zu seinem König zurückfallen und flüsterte: „Ich weiß, dass es ein großes Risiko gewesen wäre, aber hätten wir ihnen den Brustpanzer nicht einfach überlassen sollen? Mori hat recht. Sie würden ihn dringender brauchen als wir. Die Schwarze Armee durchsucht den ganzen Wald und wenn Fulgur sie findet, sind sie erledigt."

„Ich weiß!", murmelte Shiron und rieb sich über die Stirn.

„Aber falls du es schon wieder vergessen hast, wir brauchen die komplette Rüstung, um das Calvariaamulett zu zerstören! Wenn der Brustpanzer fehlt, kann es gut sein, dass die Kraft nicht ausreicht. Wo wir gerade dabei sind. Wie laufen deine Nachforschungen?"

„Ähm. Naja, es könnte besser sein.", gab Cargo zu, und dachte an den Abend, an dem er mit schlechtem Licht in dem uralten Buch gelesen hatte. „Ich habe in einem Buch über magische Artefakte einen kurzen Eintrag gelesen, in dem die Geschichte, die wir in Aventana kennen, fortgesetzt wird. Dort steht, dass der General irgendwann mit dem Erobern und dem Töten aufgehört hat, was dem Tod überhaupt nicht gefallen hat, weil der General seiner meiner Meinung nicht genug Menschen getötet hatte, um ihre Abmachung zu erfüllen. Der General hingegen fing an, sich immer mehr vor seinem eigenen Tod zu fürchten. Deswegen hat er den Tod um die Unsterblichkeit gebeten. Tja, so endet mein Eintrag."

Der König seufzte. „Da warst du erfolgreicher als ich."

Cargo musste wohl einen sehr überraschten Gesichtsausdruck gemacht haben, denn der König fuhr eindringlich fort. „Ich habe die letzten zwei Tage in der Bibliothek von Barstaras verbracht und jedes Buch überprüft, das mir zwischen die Finger gekommen ist, aber ich habe leider nichts gefunden, was wir nicht schon wüssten."

„Wie sollen wir es jemals finden?", fragte Cargo. „Wenn in irgendeinem Buch stehen würde, wo das Amulett liegt, hätte der Autor es doch selbst…"

„Bis hierhin hätten wir es geschafft.", wurde er von Solon unterbrochen. Er stand breitbeinig auf der kleinen Lichtung und starrte in die dürren, verwelkten Blätter und Äste, die überall in dem unheimlichen Teil des Waldes zu finden waren. „Ab jetzt sollte nichts mehr passieren können. Die Monster meiden Silva Lupus, sofern sich noch nicht herumgesprochen hat, dass Lupus tot ist."

„Sollten wir jetzt die Reiseträke trinken?", fragte Cargo und nahm eine der Flaschen von seinem Gürtel. Er hatte den Trank auf dem Weg nach Barstaras hergestellt, als sie zufällig einen Yakan, eine Art riesige Kuh, getroffen hatten, dessen Pelz sehr wichtig für die Herstellung war. Wer einen Reisetrank getrunken hatte, konnte zwei Tage ohne Essen und Trinken auskommen. In Aventana brauchte man diesen Trank eigentlich sehr selten, da dort lange Reisen, bei denen man aus Sicherheitsgründen keinen Proviant mit sich trug und nur wenige Pausen einlegen konnte, nicht sehr häufig vorkamen.

Nachdem Shiron zugestimmt hatte, hatte Cargo jedem eine Flasche ausgeteilt und sie darauf hingewiesen, alles in einem Zug zu trinken.

„Ist das wichtig?", fragte Surho irritiert.

Cargo antwortete nicht, sondern öffnete den Verschluss seiner Flasche und trank den kompletten farbigen Inhalt auf einmal aus. Wie er es erwartet hatte, musste er sich zusammenreißen, um sich nicht zu übergeben. Wahrscheinlich schmeckte nichts schlimmer auf der Welt, als dieser Trank, der aus fruchtbarer Erde, unverträglichen Pilzen und Haaren eines merkwürdigen Kuhwesens, das sich so selten bewegte, dass auf seinem Fell Algen wuchsen, gemacht wurde.

„Ist das widerlich.", spuckte Surho hervor und verzog das Gesicht. Schnell riss er sich seinen Rucksack vom Rücken und kramte in ihm herum, um irgendetwas zu finden, was er essen konnte, um den ekelhaften Geschmack loszuwerden.

Aramas gab sich alle Mühe, Haltung zu bewahren, doch es war ihr anzusehen, dass es ihr schwerfiel.

Solon schien der Geschmack nichts auszumachen. Jedenfalls wischte er sich mit dem Handrücken über den

Mund und machte sich dann daran, das knorrige, verwelkte Blattwerk mit dem Schwert zu entfernen.

Shiron wollte ihm gerade folgen, blieb aber doch noch einmal kurz stehen und starrte noch ein paar Sekunden in die Richtung, aus der sie gekommen waren und in dessen Richtung sich die riesige Stadt aus Baumhäusern befand. Wenn Betula, Kercus und Arbor den Weg über den Geheimgang zurückgenommen hatten, waren sie nun sicher wieder in der Stadt. Er seufzte noch einmal, dann drehte er sich um und ging langsam seinem General hinterher.

An das viele Gehen hatte sich Cargo mittlerweile gewöhnt und so konnte er das Brennen in seinen Füßen ignorieren, während er darüber nachdachte, was sein Vater ihm vor ein paar Tagen mitgeteilt hatte. Ein Rezept mit dem man Zauberern und Gegenständen ihre magischen Kräfte entziehen konnte. Das Rezept war hochkompliziert und die Zutaten sehr selten. Dennoch waren schon zwei Zutaten in seinem Besitz, wie er feststellen konnte. Zum einen das seltene Serpentinagift, dessen Besitz streng verboten war und Felsspalterblut, welches er auf der

Grasebene vor Barstaras durch einen Kampf erhalten hatte und mehr aus Gewohnheit aufbewahrt hatte.

Doch selbst wenn er alle Zutaten auftreiben konnte, (die Betonung lag auf, *wenn*) würde die jeweilige Menge reichen, um dem Calvariaamulett oder gar der mächtigen Rüstung ihre Kraft zu entziehen? Abgesehen davon konnte das Gift seine Wirkung verlieren und war dann vollkommen nutzlos. Man konnte das zwar hinauszögern, indem man das Gift mit Schießpulver mischte, wie sein Vater im Rezept gelesen hatte, aber weder er noch Fang wussten, wie lange es noch halten würde.

„Surho hat mir von der Schrift der Weisen erzählt.", unterbrach Aramas seine Gedanken, als ob sie mitbekommen hätte, worüber er nachdachte. „Kann dieses Rezept wirklich magische Kräfte entziehen?"

„Natürlich.", erwiderte Cargo. „Aber ich glaube nicht, dass wir jetzt darüber reden sollten."

„Wieso denn das?", fragte Aramas erstaunt.

Normalerweise hätte Cargo ihr geantwortet, dass eine wichtige Zutat für das Elixier ein hochgefährliches Gift einer tödlichen Schlange war, die er vor wenigen Wochen getötet hatte, aber irgendetwas hielt ihn zurück. Er tat sich schwer in der Öffentlichkeit über das Gift zu reden, da jeder Besitz streng verboten war und unter Todesstrafe stand. Auch eine normale Unterhaltung mit Aramas fiel ihm immer noch ein wenig schwer, da diese noch vor wenigen Tagen fest davon überzeugt gewesen war, dass Cargo ein Spion wäre und nur deswegen auf der Reise noch nicht umgekommen war.

Deswegen suchte er schnell nach einer Ausrede. „Ich glaube, wir sollten nicht darüber reden, weil uns theoretisch jeder zuhören könnte."

Er nickte in Richtung der mindestens zwei Meter hohen Sträucher, hinter dem sich alles Mögliche verbergen konnte.

„Du hast recht." gab sie zu. „Aber wenn wir diesen Trank wirklich auftreiben würden, könnten wir dann nicht Erversors die Kräfte nehmen?"

Cargo horchte auf. „Daran habe ich noch gar nicht gedacht. Wenn er kein Zauberer mehr ist, hätte er keine Kontrolle mehr über die Schwarze Armee. Wenn wir dann noch alle Teile der Rüstung auftreiben, wäre er vollkommen ungefährlich."

„Darauf bist du nicht von alleine gekommen?", fragte die Magierin mit hochgezogener Augenbraue. „Aber das können wir auch später besprechen, bevor Erversors das auch noch irgendwie mitbekommt."

Cargo nickte und dann fiel ihm etwas ein, das ihn schon seit einiger Zeit beschäftigte. „Was war eigentlich früher los? Ich meine, als du mit Solon über den Brustpanzer geredet hast?"

„Was soll gewesen sein?", fragte Aramas knapp. „Er war der Meinung, wir sollten den Brustpanzer nicht benutzen und ich habe gesagt es wäre so leichter."

„Du hast gesagt der Brustpanzer macht dich unbesiegbar und du willst es mit der gesamten Schwarzen Armee aufnehmen.", stellte Cargo richtig.

„Und weiter?", fragte Aramas ein wenig gereizt. „Sag mir, dass es nicht so ist! Solon war nicht dabei, als ich Lupus besiegt habe. Er hat nicht gesehen, zu was ich fähig bin."

„Er hat aber gesehen, was du mit der Schwarzen Armee angestellt hast.", fügte Cargo hinzu.

„Und trotzdem traut er mir nicht zu, dass ich es schaffen könnte, euch zu verteidigen?"

Cargo wollte eigentlich darauf erwidern, dass sie gar nicht wusste, wie stark die gesamte Armee von Erversors war und dass sie auch nicht sagen konnte, wie viele Monster wie Fulgur zu ihren Soldaten zählten, aber er ließ es sein, um Aramas nicht zu stören, während sie ihrem Ärger Luft machte.

„Der Brustpanzer ist in der Lage, all unsere Probleme zu lösen und ich frage mich, wieso er das nicht einsehen will. Er versucht, sich vor einem Zauberer zu verstecken, der sowieso immer zu wissen scheint, wo wir uns aufhalten. Ich habe mein gesamtes Leben für so etwas trainiert und habe nie etwas erreichen können. Der Golem in unserem Training war das erste Monster, das ich zu Gesicht bekommen habe und jetzt könnte ich..."

Aramas verstummte. Mittlerweile hatten sie die saftig grüne Lichtung erreicht, wo sie vor wenigen Tagen gegen den riesigen Wolf gekämpft hatten und in deren Baumkronen sich der golden strahlende Brustpanzer befunden hatte. Die Lichtung passte in keiner Weise zum restlichen Teil des Waldes. Überall in Silva Lupus waren die Blätter braun und verwelkt, die Bäume vergleichsweiße klein und schwach und das Gras gelb und ausgedorrt, aber auf dieser Lichtung blühten bunte Blumen auf schönem, weichen Gras. Ein kleiner Bach zog sich mitten hindurch und am Rand befand sich eine Höhle, in dessen Innerem vor kurzem noch der schwarze Wolf gewohnt hatte. Und mitten auf der Lichtung, dort wo Aramas riesiges Schwert auf das Monster getroffen hatte, war ein großer Fleck. Lupus Körper war verschwunden.

9. Kapitel

„Wo ist er?", fragte Surho ein wenig nervös und sah auf der Lichtung hin und her.

„Wer denn?", fragte Shiron und folgte dem Schützen, der nun die Stelle erreicht hatte, an dem eigentlich der tote Wolf liegen sollte.

„Genau hier sollte Lupus liegen.", erklärte Surho und zeigte auf die Stelle, wo sogar noch das Gras plattgedrückt war. „Er kann sich doch nicht in Luft aufgelöst haben! Glaubt ihr…er ist noch am Leben?"

„Nein!", rief Aramas und deutete auf das Gras vor dem plattgedrückten Gras. „Schau da! Das sind Schleifspuren! Irgendetwas hat Lupus von hier weggebracht!"

„Das ist unmöglich!", widersprach Cargo. „Lupus ist riesig. Genau genommen das größte Monster aus Barstaras. Niemand ist stark genug, um ihn alleine von hier wegzubringen.

„Mensch ein schlaues Kerlchen sein.", erklang plötzlich hinter ihnen eine schrille, unangenehme Stimme.

Alle drehten sich ruckartig um. Das Gebüsch, aus deren Richtung die Stimme gekommen war, hatte zu rascheln begonnen und wenige Sekunden später teilte sich das gewaltige, zwei Meter hohe Dickicht. Ein riesiger Thron schob sich langsam auf die Lichtung. Er war sicher noch höher und könnte nach Cargos Schätzung fast vier Meter messen. An seinem unteren Ende befanden sich Rollen, die eine Bewegung überhaupt erst möglich machten. Merkwürdige, grüne Wesen mit unheimlichen Gesichtern und langen Krallen zogen an dem unteren Ende des Thrones an vier langen Seilen.

Sie waren mit schlecht gefertigten Stofffetzen bekleidet und trugen Gürtel aus grobem Leder, die mit ein paar Knoten zusammengehalten wurden. An diesen Gürteln trugen sie Dolche und Schwerter aus primitiven Steinstücken. Doch der Thron ließ Cargo einen Schauer über den Rücken laufen. Er bestand vollständig aus Knochen, die mit Ranken und improvisierten Schnüren zusammengehalten wurden. Der Sitzplatz bestand aus einem riesigen Schädel, der mit ein wenig Fantasie Lupus gehört haben könnte, und einem gewaltigen Brustkorb als Rückenlehne, der wohl ebenfalls einmal in Lupus Besitz gewesen sein musste.

Doch auf dem Thron saß ein hässlicher, grüner Kobold, mit böse funkelnden Augen und rotorangen Kriegsbemalung im gesamten Gesicht. Er war ziemlich klein, war aber trotzdem dank seiner Rüstung aus Tierknochen, die wohl nicht von Lupus stammten, und einem Speer, dessen Spitze wie Gold glänzte, angsteinflößend. Auf seinem Kopf trug er eine Art Krone aus glitzernden Erzstücken.

Gezogen wurde dieser kleine Kobold von den um die zwanzig anderen ebenso kleinen Kobolden, die vor dem Thron standen und ächzend an den dürren Tauen zogen.

„Was Menschen machen in Gebiet von mächtigen Kobolden und ihrem König Finius?", fragte der Kobold auf dem Thron mit der gleichen scheußlichen Stimme, die sie eben gehört hatten. „Menschen niemals dürfen dieses Gebiet betreten!"

„Wenn das so ist, tut uns das sehr leid.", begann Shiron höflich und drehte seinen Gürtel so, dass sein Schwert nicht unbedingt zu sehen war. Mit Kobolden musste man sehr vorsichtig sein. Sie waren unberechenbar und nur schwer zu durchschauen. Es konnte gut sein, dass sie einem keine Probleme machten oder einfach ohne Grund angriffen. So viel Cargo wusste, war in jeder Generation ein Kobold in der Lage, menschliche Sprache zu sprechen. Dieser wurde von den restlichen Kobolden als besonders schlau angesehen (was nicht wirklich zutraf) und wurde zum König gekrönt.

Shiron trat ein paar Schritte vor, worauf Solons Hand schon zum Schwertgriff wanderte, was den Kobold auf dem Thron aber völlig kalt ließ. „Verzeihen Sie mir die Frage, aber ich wusste gar nicht, dass dieses Gebiet den Kobolden gehört. Lebt hier nicht der Wolf Lupus?"

Der Koboldkönig, der, wie er eben gesagt hatte, Finius hieß, verzog sein Gesicht zu einem bösartigen Grinsen. „Der böse Wolf sein tot." Er klopfte gegen seinen Sitzplatz. „Er waren größter Feind der Kobolde, doch wir griffen zu Waffen und Soldaten unsere besiegten unbesiegbares Monster. Wir, die Sieger in diesem Kampf, haben Recht, hier das Lager zu errichten, weil wir schafften, was keiner kann. Wir töteten Lupus."

Es war Surho anzusehen, dass es ihm schwer fiel, Finius nicht entgegenzurufen, dass er ein Lügner und ein Angeber war. Aber zu Cargos Erleichterung hielt er sich zurück. Auch Aramas blieb still, wobei an dem leichten Glitzern auf ihrer Handfläche zu sehen war, dass sie gegen den Reflex kämpfte, eine Waffe zu erschaffen, was, wie sie ihm am vorigen Tag erzählt hatte, immer passierte, wenn sie sich bedroht fühlte.

Auch Cargo rechnete sich schon im Kopf zusammen wie wahrscheinlich es war, mit den Kobolden fertig zu werden. Es war schon schlechter um sie gestanden. Immerhin waren sie ausnahmsweise einmal größer als ihre Gegner und die Waffen der Kobolde waren nicht wirklich beeindruckend.

Shiron nickte. „Wenn das so ist, wollen wir uns sehr bei Ihnen bedanken Finius. Der Wolf war eine gewaltige Bedrohung für die Menschen in diesem Wald. Sie werden Ihnen sehr dankbar sein."

Der König der Kobolde stand von seinem Thron auf und zog etwas hinter seinem Rücken hervor. Es war ein Schwert, dessen Klinge durchaus aus einem der vordersten Zähne des Wolfsschädeles gefertigt worden sein konnte und sah so schwer aus, dass selbst Cargo wahrscheinlich damit Probleme gehabt hätte, doch Finius hielt es, ohne eine Miene zu verziehen, in die Höhe.

„Menschen das nicht lange sein! Mann aus Rauch erzählt, dass Menschen gehen mit mächtiger Waffe nach Desturm. Er sagte, wir damit mächtiger als alles andere im dunklen Land! Kobolde werden mit Waffe Barstaras erobern und Könige der Welt sein!"

Jetzt reichte es Solon. Er zog sein Schwert und stellte sich vor Shiron. „Was lässt den großen König denn glauben, dass wir ihm die Waffe geben? Du glaubst hoffentlich nicht, dass wir uns vor dir fürchten würden!"

Finius antwortete nicht darauf, sondern fauchte Solon mit gefletschten Zähnen an und stieß ein so schrilles, durchdringendes Schreien aus, worauf Cargo sich die Ohren zuhalten musste. Zum Glück dauerte es nur kurz an. Der Koboldkönig schloss sein Maul wieder und starrte Solon höhnisch an.

Kaum hatte Cargo die Hände von den Ohren genommen, kam Bewegung in das Gestrüpp. Hinter dem Thron stürzte ein Kobold nach dem anderen hervor. Sie waren mit Speeren und Dolchen bewaffnet, trugen Schilder und Rüstungen aus rohen Holzstücken und Metallteilen. Anders als Finius hatten sie keine Kriegsbemalung und waren auch nicht so stark bewaffnet wie ihr König, doch sie sahen dennoch gefährlich aus und vor allem waren es viele. So viele, dass sie den kompletten Weg zurück in die Stadt von Barstaras verdeckten. Einige von ihnen standen auf den niedrigeren Ästen der Bäume und fauchten alle paar Sekunden bedrohlich.

„Ist Soldat mit großem Maul nun zufrieden?", fragte der Koboldkönig hämisch. „Entweder Menschen geben mir Waffe und bekommen Vorsprung, oder mächtige Koboldarmee vernichtet fünf Soldaten und holen sich, was sie wollen!"

„Was sollen wir tun?", flüsterte Cargo dem König zu. „Das sind wirklich sehr viele und wenn einer von uns verletzt wird, würde der Weg zum Schwert noch viel schwerer werden, als er ohnehin schon ist."

„Verdammt ich weiß.", presste Shiron hervor und sah sich kurz um. „Aber sie stehen nur zwischen uns und Barstaras. Der Weg nach Desturm ist immer noch frei."

Ihm schien eine Idee gekommen zu sein, denn er wandte sich seinem Gefolge zu. „Sobald ich *jetzt* rufe, fangt ihr an zu laufen so schnell ihr könnt, verstanden? Unbedingt in Richtung Desturm!"

„Wir können nicht schon wieder weglaufen!", beschwerte sich Surho verzweifelt. „Die Felsspalter waren sicher zehn Mal so hoch wie diese Kerle und die haben wir auch besiegen können."

„Dafür hat sich Cargo das Bein gebrochen, wir mussten ihn den kompletten restlichen Weg tragen und haben es gerade so noch in die Stadt geschafft, bevor er und du von Wölfen gefressen wurdet.", erinnerte Solon. „Ich gebe zu, mir gefällt es auch nicht, aber was bleibt uns den anderes übrig?"

„Menschen nutzen meine Gnade aus.", wurden sie von der schrillen Stimme von Finius unterbrochen. „Haben sie entschieden, ob sie geben mir Waffe oder hole ich sie mir?"

„Du hast gewonnen.", seufzte Shiron, nahm seinen magischen Rucksack vom Rücken und griff hinein, was von den gierigen Augen der Kobolde verfolgt wurde. „Ich gebe ihn dir *jetzt!*"

Blitzschnell zog der König eine von Cargos Elixieren aus seinem Rucksack, warf die Flasche den Monstern entgegen, drehte ihnen den Rücken zu und rannte los.

Cargo tat das Gleiche und kämpfte sich durch das Gebüsch, das eine natürliche Grenze zwischen der grünen Lichtung und dem verwelkten Silva Lupus darstellte. Schon konnten sie einen gewaltigen Knall hören, der durch den Crepitus entstanden war, den Shiron geworfen hatte und das Kreischen der Kobolde, die von der Druckwelle in alle Richtungen geschleudert wurden.

Doch schon nach wenigen Metern war das zornige Rufen des Koboldkönigs wahrzunehmen, der seinen Soldaten wohl gerade klarmachte, dass sie den Menschen folgen sollten. Die Kobolde hatten sich von ihrem ersten Schrecken erholt und liefen nun mit lautem Schreien hinter ihnen her.

Aramas lief als Vorderste und räumte mit ihren Schwertern das Unterholz zur Seite.

„Was machen wir jetzt?", keuchte Surho und stolperte fast über eine Wurzel. „Irgendwann werden sie uns einholen und dann…"

Ein Speer schoss an ihm vorbei und verfehlte nur um Haaresbreite seinen Fuß. Drei weitere folgten, doch auch diese gingen ins Leere.

„Ich denke, ich habe eine Idee.", überlegte Solon und schlug mit seinem Schwert nach einer kleinen Birke, die einknickte und auf die Kobolde stürzte, was diese aber nicht im Geringsten daran hinderte, sie weiter zu verfolgen.

„Als ich mit Mori den Kampf gegen Lupus geplant hatte, hat er mir von einer uralten Brücke nach Desturm erzählt, die nicht weit von dem Standort des Brustpanzers über einer tiefen Schlucht gebaut wurde. Wenn wir die erreichen, könnten wir sie, so alt wie sie ist, einfach in die Luft sprengen, sobald wir sie überquert haben. Die Schlucht ist sehr lang und tief und so schnell würden sie uns nicht folgen können. Alles, was ich brauche, ist ein wenig Zeit, bis ich ungefähr weiß, wohin wir müssen!"

„Wenn das so ist, werde ich uns noch ein wenig Zeit verschaffen.", erwiderte Aramas und nahm eine Flasche mit giftgrünem Inhalt aus einer ihrer Taschen und schüttete den Inhalt hinter sich aus. Augenblicklich schossen riesige Bäume in die Höhe und versperrten mit ihren breiten, ausladenden Zweigen den Kobolden, die sich wohl ungefähr in der Mitte befanden, den Weg. Die Monster waren überrascht und wussten zuerst nicht, was sie tun sollten. „Ich habe Arbors Pflanzenelixier im Kampf mit der Schwarzen Armee nicht benutzt.", erklärte Aramas und betrachtete die leere Flasche. „Ich wusste zuerst nicht, für was so etwas gut sein soll."

„Dann sollten wir uns besser beeilen.", erwiderte Cargo und sah beunruhigt zu den Kobolden, die zornig versuchten, die Bäume und Sträucher mit Schwertern und Krallen aus dem Weg zu räumen. „Abors Elixier erhält die Bäume immerhin nur ein paar Minuten am Leben und bis dahin sollten wir so nahe wie möglich an der Brücke sein."

10. Kapitel

„Hier sollte es sein.", rief Solon und teilte mit einem Schwerthieb das Gebüsch vor ihnen.

Silva Lupus hatten sie nun schon fast wieder vollständig durchquert. Es hatte circa eine halbe Stunde gedauert, doch sie waren schnell genug gewesen, um die Kobolde mit ihren paar Minuten Vorsprung abzuhängen. Die Ungeheuer hatten sich mittlerweile sicher schon befreien können, aber sie wussten nicht, wohin sie gegangen waren, deshalb war es fast unmöglich, sie noch rechtzeitig zu finden. Am Anfang hatte man Finius noch wütend rufen gehört, während er sie dazu aufgefordert hatte, sich zu ergeben. Doch seit einiger Zeit war das Rufen verstummt und das machte Cargo noch nervöser. Alle paar Minuten sah er sich um und konzentrierte sich auf jedes Geräusch. Er konnte es gar nicht mehr erwarten, die verwelkten Bäume und Sträucher hinter sich zu lassen und endlich die Wüste zu erreichen. Er hasste Silva Lupus nicht nur wegen der unschönen Erlebnisse, die er in den letzten Tage gesammelt hatte, sondern auch, weil der Teil des Waldes unheimlich war und sein hohes, dichtes Dickicht es unmöglich machte, jemanden zu bemerken, bevor er direkt neben ihm stand.

Das Dickicht war immer noch genauso hoch wie überall und weit und breit war keine Schlucht zu sehen, geschweige denn eine riesige Brücke, die vor unzähligen Jahren gebaut worden war. Keiner hatte bisher ausgesprochen, dass die Brücke vielleicht nicht mehr stand und dass es damit keine Möglichkeit gab, Desturm zu erreichen. Mori hatte zwar behauptet, dass die Brücke noch stehen würde, aber Cargo tat sich schwer, dem General der Bogenschützen etwas zu glauben.

„Wie kann das sein?", fragte Solon verwundert und sah sich um. „Mori hat mir die Stelle genau beschrieben. Von hier aus sollten wir die Brücke und die Schlucht wenigstens sehen können. Vielleicht sind wir durch die Kobolde…"

„Seht euch das an!", wurde Solon von Surho unterbrochen, der aufgeregt zwei Sträucher auseinanderdrückte und auf die zehn Meter breite und sicher viermal so tiefe Erdspalte zeigte, die sich genau vor ihnen auftat. Cargo machte erschrocken ein paar Schritte zurück. Er stand nur etwa zwei Meter vom Rand der Schlucht entfernt und hatte sie trotzdem nicht bemerkt. Die knorrigen Bäume wuchsen bis zum Rand und machten es so nur sehr schwer, sie rechtzeitig zu erkennen, bevor man hinunterstürzte. Doch wenn man bis zum Rand vorging, konnte man sehen, dass sich etwa zweihundert Meter weiter, eine riesige Brücke befand, die die beiden Seiten des Abgrundes miteinander verband. Cargo staunte. Es war die merkwürdigste Brücke, die er je gesehen hatte. Getragen wurde diese Konstruktion von zwei großen Holzstämmen, die mit Lianen an den Bäumen festgebunden waren, die rings um die Brücke standen. Obwohl das Holz sicher schon wahnsinnig alt sein musste, waren es nicht die immer noch stabilen und gut erhaltenen Stützen, die das Bauwerk einzigartig machten. Die Äste der Bäume, die sich vor der Brücke gegenüberstanden, waren nach unten gebogen worden und bildeten so den Teil der Brücke den man überquerte. Das Ganze war nur möglich, da die Äste wohl überaus flexibel gewesen sein mussten, als sie in diese Position gebracht worden waren. Doch nach den vielen Jahren waren die Äste gewachsen. Was früher sicher nur auf zwei Baumstämme gebundene Äste mit wackeligen Brettern gewesen sein mussten, waren jetzt zwei miteinander verwachsene Bäume, die wohl die stabilste Brücke darstellten, die man sich vorstellen konnte.

„Wenn wir die erreichen, könnten wir sie, so alt wie sie ist, einfach in die Luft sprengen, sobald wir sie überquert haben.", wiederholte Surho den Satz des Generals, der sich damals noch wie eine gute Idee angehört hatte.

Cargo betrachtete die Brücke skeptisch. „Sie sieht zwar stabil aus, aber ich glaube, wenn wir alle Crepituse, die wir dabeihaben, einsetzen, müsste es eigentlich trotzdem funktionieren."

„Aber die Crepituse gehören zu den stärksten Elixieren, die wir haben.", warf Aramas ein. „Sollten wir sie wirklich alle benutzen, um die Brücke zu zerstören?"

„Ich glaube gar nicht, dass das überhaupt notwendig ist.", überlegte Shiron. „Die Kobolde sind nicht hier. Wenn wir uns beeilen, sind wir in der Wüste, bevor sie uns eingeholt haben."

„Dafür es zu spät sein.", erklang eine lachende Stimme hinter ihnen.

Ruckartig drehten sie sich um. Wie auch immer sie es auch geschafft hatten, sich zu aufzustellen, ohne dass einer von ihnen etwas mitbekommen hatte, hatten sich hinter ihnen wahrscheinlich alle Kobolde versammelt, die Finius dienten.

Sie beobachteten sie von den Bäumen aus, hatten sich im Unterholz verschanzt, oder standen einfach nur da und fauchten sie an, während sie drohend mit ihren Schwertern und Speeren wedelten.

„Menschen halten sich für sehr schlau.", lachte Finius, der am weitesten vorne stand und sie höhnisch anstarrte. „Glauben Menschen, intelligenter Finius weiß nicht, wohin sie wollen, wenn sie zu einzigem Fluchtweg rennen?" Siegessicher drehte sich der Koboldkönig zu seinem Volk und stieß Schreie aus, die ähnlich wie Jubel klangen und worauf die restlichen Ungeheuer einstimmten. Noch bevor er sich wieder umgedreht hatte, rannte Shiron samt seinem Gefolge in Richtung Brücke, was Finius erst einige Sekunden später bemerkte. Zornig gab er seiner Armee den Befehl, ihnen zu folgen, da diese ohne eine Anweisung wohl nicht die geringste Lust dazu hatten.

Doch nachdem sie nun den Auftrag dazu erteilt bekommen hatten, rannten sie mit lautem Kreischen erneut hinter ihnen her.

Das Unterholz war nicht ganz so dicht wie sonst in Silva Lupus und so hatten sie die Brücke schnell erreicht. Als sie auf der Mitte standen, sah sich Cargo keuchend nach ihren Verfolgern um. „Sie sind gleich da! Gebt mir alle Crepituse, die ihr habt!"

Schnell taten alle, was er ihnen befohlen hatte, und händigten ihm die kleinen Fläschchen mit der roten

Masse aus. „Mach schneller!", drängte Aramas nervös, während sie zusah, wie immer mehr Kobolde den Anfang der Brücke erreichten. „Sie sind gleich da!"

„Ich bin fast fertig", murmelte Cargo, während er, so schnell er konnte, die Flaschen mit einigen Stofffetzen zusammenband. „Noch den Knoten dann..."

Der erste Kobold hatte sie bereits erreicht und warf sich mit einem lauten Kampfschrei auf Cargo. Dieser konnte gerade noch ausweichen, bevor das Monster ihn von der Brücke stoßen konnte. Der Kobold wollte einen zweiten Angriff starten, doch ein Tritt von Surho ließ ihn im hohen Bogen von der Brücke fallen. Cargo wollte sich gerade bei Surho bedanken, als dieser nun ebenfalls von zwei weiteren Kobolden angesprungen wurde. An ihren beiden Enden war die Brücke sehr schmal und ließ nur wenige Kobolde auf einmal passieren, da diese sich auch nicht einigen konnten, wer zuerst angriff, kamen die Monster nur schwer voran.

Der eine Kobold zog seinen Dolch und versuchte, Surho zu stechen, doch als Cargo sein Schild ausfahren ließ und versuchte, ihn von seinem Freund herunterzustoßen, ließ er es sein und schlug mit dem Dolch auf Cargo ein.

Der Dolch war nur aus einem scharfkantigen Stein hergestellt und damit kein Gegner für das massive Schild.

Cargo packte das Monster und schleuderte es über die Brüstung. Mit wütendem Kreischen stürzte der Kobold in den Fluss, der sich unterhalb der Schlucht durch das Gestein schlängelte.

Doch die Kobolde wurden immer mehr. Zornig schreiend kletterten die ersten Monster auf die Äste der umliegenden Bäume, von wo aus sie auf die Brücke sprangen. In regelmäßigen Horden griffen sie nun ihre menschlichen Gegner an. Aramas war in einen Kampf mit fünf Ungeheuern gleichzeitig verwickelt. Mit zwei Streitäxten schlug sie nach den Holzschildern, die sie ohne Probleme zerteilte. Doch das schien den Monstern keine Angst zu machen und so kämpften sie sich tapfer mit ihren Schwertern und Speeren nach vorne. Solon erging es nicht besser. Er kämpfte zusammen mit Shiron gegen eine ganze Horde, die sie auch noch mit Speeren bewarfen. Keiner der beiden besaß einen Schild, doch Solon hatte einem Kobold den seinen abgenommen und hielt die Speere so gut wie möglich von Shiron fern, der seinen General gegen die angreifenden Monster verteidigte, während Surho mit seinen Pfeilen die restlichen Kobolde daran hinderte, die Brücke zu betreten.

Eben wollte Cargo die nun fertig zusammengebundenen Flaschen abstellen und den anderen das Signal geben, so schnell wie möglich zu verschwinden, als er plötzlich einen Schlag in den Rücken verpasst bekam, der ihn auf die Knie gehen ließ. Ächzend kämpfte er sich wieder hoch und drehte sich um, um zu erkennen, wer ihm den Schlag versetzt hatte. Kein Geringerer, als der König der Kobolde persönlich stand hinter ihm und starrte ihn böse an.

„Wenn Mensch es wagt, mit Flasche, in der Feuer brennt, mächtige Kobolde anzugreifen, wird Mensch sterben!"

„Vielleicht wird es ihm ein bisschen wehtun.", antwortete Cargo, stellte die Crepituse zur Seite und nahm sein Schwert. „Aber sterben wird er sicher nicht!"

So fest er konnte schlug Cargo mit dem Schwert nach dem Koboldkönig. Es war ihm zwar nicht anzusehen, aber das Monster war stark. Ohne auch nur zusammenzucken, blockte Finius den Schlag mit seinem Schwert, das aus Lupus Reißzahn hergestellt worden war und versuchte, Cargo in die Hand zu beißen. Dieser hatte damit nicht gerechnet und konnte seine Hand nicht rechtzeitig zurückziehen. Zu seinem Glück hatte der König die Hand mit dem robusten Handschuh erwischt und konnte ihm so nicht viel anhaben.

Der Koboldkönig schien das zu merken und ließ ihn wieder los, um ihn erneut mit dem Schwert zu attackieren. Das Schwert war zwar nicht aus Metall, aber trotzdem aus einem von Lupus Reißzähnen hergestellt und wirklich massiv. Die restlichen Kobolde waren auf Cargos Gefährten fokussiert und so führten die beiden einen langen Schwertkampf. Finius war wendig, stark und hinterhältig. Mit einem Schlag auf den Schild beförderte er Cargo auf die Knie. Dieser verhinderte mit einem Schlag seines Schwertes, dass das Monster ihn mit dem Schwert verletzte. Finius musste ausweichen und konnte Cargo nicht daran hindern wieder aufzustehen. Kurz sah es so aus, als würde der Kobold sich zurückziehen, doch plötzlich warf das Ungeheuer das Schwert nach Cargo, der zwar ausweichen, doch nun nicht verhindern konnte, dass Finius ihn mit seinem gesamten Gewicht ansprang. Cargo stolperte ein paar Schritte nach hinten, was Finius sofort nutzte, um die Crepituse zu packen und mit hämischen Kreischen über die Brüstung zu werfen. Cargo stürzte entsetzt nach vorne und versuchte, die Flaschen noch festzuhalten, doch er hatte keine Chance. Er konnte nur zusehen, wie ihre größte Hoffnung, unverletzt zu entkommen in den Fluss fiel und einfach davongetrieben wurde.

Solon schien wohl gesehen zu haben, was passiert war, denn nun befreite er sich von den beiden Kobolden, mit denen er gekämpft hatte und bahnte sich einen Weg zu Surho, der ordentlich ausnutzte, dass sie seit Langem wieder gegen Monster kämpften, die nicht gegen Pfeile immun waren. „Die Crepituse sind weg. Wir müssen so schnell wie möglich weg von hier!"

Finius lachte höhnisch, „Das sein Sieg für Kobolde! Heute sie haben Barstaras und morgen die gesamte Welt!"

Aramas hatte sich ebenfalls freigekämpft und rannte zum anderen Ende der Brücke, dicht gefolgt von Shiron, der noch immer mit Speeren beworfen wurde. Cargo sah sich noch einmal nach Solon und Surho um, aber als er sah, dass sie es wohl alleine schaffen würden, beeilte auch er sich, die Brücke zu verlassen. Die Wüste war nicht weit entfernt. Man konnte den goldgelben Sand schon durch das dichte Gestrüpp leuchten sehen. Cargo wusste nicht, was er davon halten sollte. Am anderen Ende der Brücke hatten die Kobolde das gleiche Problem wie zuvor schon, weswegen sie nur langsam vorankamen, doch was würde die Kobolde davon abhalten, sie einfach durch die Wüste zu verfolgen? Einige Kobolde hatten die Brücke schon verlassen, aber sie schienen keine Lust mehr zu haben, hinter ihnen her zuschreien. Cargo konnte trotzdem noch deutlich das laute Knacken des Unterholzes hören, das die Massen von Ungeheuern verursachten. Das Leuchten kam immer näher. Mit jedem Schritt beeilte sich Cargo mehr. Speere schossen an ihnen vorbei. Während des Laufens waren die Kobolde jedoch noch weniger treffsicher. Nur noch wenige Meter trennten sie von dem Sand, der die nächste Landschaft ihrer Reise sein sollte.

Dann war es so weit. Cargo war so schnell gerannt, dass er gar nicht daran gedacht hatte, dass er auf dem Sand nicht so schnell laufen konnte, wie auf festem Boden. Er konnte sich gerade noch vor einem Sturz retten. Es vergingen nur wenige Augenblicke, bis auch Surho, der als Letzter gelaufen war, den Sand der Wüste Desturm erreichte.

Er keuchte und musste sich einen Moment hinsetzen, um Luft zu holen. Immerhin besaß Surho, obwohl Cargo ihn nicht als unsportlich bezeichnen würde, keine besonders hohe Kondition. „Bis jetzt wird mir auf dieser Mission zu viel gerannt.", japste er und versuchte wieder aufzustehen. „Hätten wir nicht einer fleischfressenden Schnecke oder einem Yakan begegnen können?"

Solon wollte sich wohl gerade wieder darüber aufregen, dass Surho ihre Mission nicht ernst genug nahm und weniger Scherze darüber machen sollte, wenn sie angegriffen wurden, aber zu Surhos Glück erreichten in diesem Moment auch die Kobolde die Grenze. Zu Cargos Überraschung übertrat nicht einer von ihnen die Grenze zwischen Desturm und Barstaras. Trotzdem ließ Aramas zwei Streitäxte erscheinen, während Surho einen Pfeil einspannte und Solon, Cargo und Shiron ihre Schwerter zogen. Doch die Kobolde schienen nicht die Absicht zu haben, die Wüste zu betreten.

„Möchte der große König Finius nicht kommen, um sich die mächtige Waffe zu holen?", fragte Solon mit gespielter Ehrfurcht.

Finius schüttelte den Kopf und steckte sein Schwert in eine Lederscheide. „Mann aus Rauch sagte zu mächtigen Koboldkönig, wenn Menschen in diese Richtung gehen, sie so gut wie tot sind. Finius dumm wäre, wenn er liefe in diese Todesfalle."

Kurz drehte er sich um, schien es sich dann doch noch einmal zu überlegen und funkelte sie noch einmal zornig an. „Wenn Menschen es wagen, zurückzukommen, töten wir sie!"

Kurz sah er sie noch an, dann verschwand er mit den restlichen Kobolden wieder im Wald, ohne sich noch einmal umzudrehen.

Cargo sah nervös in Richtung der Wüstenlandschaft, wo nichts zu sehen war, als Sand und hin und wieder einige vertrocknete Sträucher. Eine grausame Stille trat ein, die so lange hielt, bis Surho schließlich fragte: „Was machen wir jetzt?"

„Ganz einfach", antwortete Shiron und zeigte mit seinem Schwert in Richtung der Dünen. „Wir holen uns, weswegen wir gekommen sind."

11. Kapitel

„Wie kann es nur so heiß sein?", fragte Surho und stöhnte.

Auch Cargo rann der Schweiß über die Stirn. Mit einer schnellen Handbewegung wischte er ihn weg. Der Reisetrank half zwar gegen das Durstgefühl, richtete aber nichts gegen die gewaltige Hitze aus. Um sie herum türmten sich gewaltige Dünen auf, die einen wunderschönen Anblick darstellten. Das Einzige, was ein wenig Abkühlung verschaffte, war der leichte Wind, der über die baumlose Landschaft zog und den Sand aufwirbelte. Sie waren vermutlich schon einige Stunden durch den Sand gewandert und jeder Schritt fiel Cargo schwer. Die Sonne hatte keinen großen Abstand mehr zum Horizont und bald würde es Abend werden. Die erste Stunde waren alle noch sehr angespannt gewesen, da es nicht unwahrscheinlich war, dass die Kobolde einen hinterhältigen Überfall auf sie geplant hatten, aber überraschenderweise schienen sich die grünen Monster wohl wirklich nicht zu trauen, die Wüste zu betreten. Das hatte nicht unbedingt dazu beigetragen, dass Cargo sich sicherer fühlte. Der Marsch nach Barstaras war schon nicht wirklich angenehm gewesen, aber im Vergleich mit der Reise durch Desturm war es die reinste Entspannung gewesen. Es war zwar Juli, aber trotzdem wurde es für gewöhnlich wenigstens am späten Nachmittag ein wenig kühler, was in Desturm nicht im Geringsten zutraf.

„Eine solche Hitze ist doch eigentlich gar nicht möglich.", gab Shiron Surho recht und drehte sich in Richtung Barstaras. „Man kann den Wald noch gut sehen!"

Cargo bückte sich, nahm eine Handvoll Sand und betrachtete ihn genau. „Das sieht mir nach Sonnenstein aus.", murmelte er und füllte den Sand in eine kleine Flasche. „In Aventana ist es extrem selten. Es wird nur ab und zu in Minen gefunden und ist beinahe so wertvoll wie Gold, aber hier gibt es Sonnenstein wie…"

„Sand in der Wüste?", beendete Surho den Satz mit einem gequälten Grinsen.

„Genau.", gab Cargo ihm recht. „Sonnenstein hat die Fähigkeit, Wärme vollständig zu reflektieren. Wenn solche Mengen am Boden verstreut sind, ist das etwa so, als würde die Sonne von oben und unten scheinen."

„Die Hitze kann auch ihre Vorteile haben. Wenn wir Glück haben, hält sie die Monster von der Wüste fern.", überlegte Solon und zeigte auf ein paar Felsen, die nicht weit von ihnen entfernt in der Erde steckten. „Dann wäre das dort drüben nämlich kein Hinterhalt von ein paar

Felsspaltern, sondern einfach nur Steine mit einer Höhle, in der wir die Nacht verbringen könnten."

„Wir haben doch noch Zeit.", schob Aramas ein. „Bis die Sonne untergeht, könnten wir noch ein großes Stück schaffen!"

„Schon, aber dort drüben wäre ein sicherer Unterschlupf.", widersprach Solon. „Wenn wir jetzt in die Höhle gehen, sind wir geschützter als ein paar Kilometer weiter auf einer Düne."

Dieses Argument sah auch Aramas ein und widersprach dem General nicht weiter. Cargo wollte gerade zu ihr aufschließen und sie fragen, ob sie es dem General immer noch übelnahm, dass sie den Brustpanzer nicht tragen durfte, als Surho ihn plötzlich zur Seite nahm.

„Falls du dich noch daran erinnerst, wir haben vor ein paar Tagen über dieses Buch von Alchemisten gesprochen in dem angeblich ein überaus mächtiger Zauber stand, der Menschen und Gegenständen Magie entziehen kann."

„Ich denke ich weiß, was du meinst.", erwiderte Cargo.

„Ich habe, es einfach vergessen.", gestand der Schütze. „Es war einfach so viel los und wir haben uns nach meiner Geschichte über Asgar Gardos nicht mehr getroffen. Danach ist die Sache mit Mori und Finius passiert, aber jetzt bin ich bereit, dir zu helfen!"

Cargo wollte gerade antworten, sah sich dann aber doch noch ein paar Mal um, bevor er leise antwortete. „Also hör zu! Er heißt Fartur und ist, wie es auf der Seite stand, schon im alten Königreich verboten gewesen. Seine Wirkung kann nicht aufgehoben werden und durch ihn werden auch die stärksten Magier in einen gewöhnlichen Menschen verwandelt! Wenn wir Erversors zu einem normalen Menschen machen, bevor er auch nur ein Teil der Rüstung findet, ist er harmlos, denn ohne Magie gibt es auch keine Schwarze Armee."

„Das würde bedeuten, dass wir ihn einfach einsperren könnten!", stellte der Schütze erfreut fest. „Was hat Shiron dazu gesagt?"

„Bisher noch nichts.", gab Cargo zu. „Ich habe ihm noch nichts davon erzählt."

Bevor Surho fragen konnte, wieso er das noch nicht getan hatte, wurden sie von Solons durchdringender Stimme unterbrochen. „Cargo! Surho! Kommt näher! Wir müssen zusammenbleiben"

Shiron, Aramas und Solon hatten mittlerweile die kleine Höhle erreicht und warteten dort ungeduldig auf die beiden Jungs. „Sag besser noch niemandem was.", bat Cargo seinen Freund. „Wir sollten damit noch warten."

Surho schien damit nicht einverstanden zu sein, doch er nickte trotzdem.

Bevor sie die Höhle betraten, flüsterte Cargo noch schnell: „Drei Zutaten habe ich schon!"

Surho nickte noch einmal, bevor er sich in einer Ecke der Höhle ein Lager einrichtete. Cargo hatte eine Decke in seinem magischen Rucksack unterbringen können, die er jetzt ausbreitete und den Rucksack als Kopfkissen bereitlegte. Um eine grausame Kälte brauchten sie sich keine Gedanken zu machen, denn es war immer noch Hochsommer und im Gegensatz zu einer echten Wüste blieb die Temperatur auch nachts noch recht stabil. Seinen speziellen Handschuh ließ er an. Sicher konnte er in der heutigen Nacht kein Auge zu machen, was wahrscheinlich gar nicht so schlecht war, denn bei Tag durch das dunkle Land zu marschieren war eine Sache, bei Nacht darin zu schlafen eine andere. Keiner von ihnen wusste wirklich, was sich in Desturm für Monster herumtrieben, denn die Soldaten Barstaras hatten genau wie sie nichts mit den anderen Königreichen und deren Monstern zu tun gehabt.

Aramas hatte schon mit ein paar trockenen Büschen ein Feuer entzündet, das die Nacht über unbedingt brennen musste, damit es kleinere Monster fernhielt.

„Hört zu!", rief Solon, der nun mit einem weiteren Stapel trockener Büsche, die rund um die Felsen wuchsen, die Höhle betrat. „Damit wir heute Nacht keine bösen Überraschungen erleben, wird immer einer von uns Wache halten. Wenn ein Monster in die Nähe der Höhle kommt, wird sofort Alarm geschlagen! Und denkt immer daran, besser ein falscher Alarm, als ein Angriff, während wir schlafen."

„Jeder von uns wird eineinhalb Stunden Wache schieben, danach wird gewechselt.", fuhr Shiron fort, der noch einen ganzen Stoß Büsche ins Feuer warf, dass die Funken nur so in alle Richtungen flogen. „Ich übernehme die erste Schicht, dann kommt Surho, dann Aramas, dann Cargo und zum Schluss Solon. Verstanden?"

Nachdem alle genickt hatten, setzte sich Shiron auf einen kleinen Stein, der ihm eine gute Übersicht verschaffte und lehnte sich ein wenig zurück. „Wie lange hält der Trank eigentlich noch."

Cargo überlegte kurz. „Morgen noch den ganzen Tag. Länger nicht."

„Mehr Zeit werden wir auch nicht brauchen."; erwiderte Solon und legte sich hin.

Shiron stand wieder auf, nahm die Karte aus seiner Tasche und breitete sie auf dem Höhlenboden aus. Er wartete wie üblich, bis die goldenen Linien die Karte zu Ende gezeichnet hatten und drückte auf die Stelle, an der normalerweise das Schwert erschien. „Wie ihr seht, ist das Schwert nicht sehr weit von uns entfernt." Er zeigte auf die kleinen Flecken, die wohl ihre Felsen darstellten, und tatsächlich nicht weit entfernt vom dreidimensionalen Schwert abgebildet waren. „Wenn wir uns morgen beeilen, schaffen wir es ohne Probleme zum Standpunkt des Schwertes, ohne auf die Soldaten aus Desturm angewiesen zu sein."

„Und wenn wir auf ein starkes Monster oder auf die Schwarze Armee treffen, wie beim letzten Mal?", fragte Cargo unsicher.

Shiron rollte die Karte wieder zusammen und setzte sich zurück an seinen Platz. „Dann werden wir entweder die Soldaten um Hilfe bitten oder die Monster und die Schwarze Armee mit dem goldenen Schwert besiegen wie beim letzten Mal mit dem Brustpanzer."

Damit schien das Gespräch beendet zu sein, denn auch Solon legte sich auf seinen Platz zurück.

„Surho, mach es dir nicht zu bequem! Du bist als Nächster dran"

Cargo setzte sich auf seine Decke und versuchte, es sich so gut es ging, bequem zu machen. Vielleicht würde er noch ein wenig schlafen können, bevor er Wache schieben musste. Ihm war nicht wohl dabei, ohne Soldatenunterstützung nach dem Schwert zu suchen. Immerhin konnte er, was den Fartur anging, einen weiteren Erfolg vorlegen. An Sonnenstein war er viel einfacher gekommen, als er gedacht hätte.

Cargo schauderte. Schon seit circa einer halben Stunde hielt er Wache und bisher war nichts Auffälliges passiert. Oder anders gesagt, kein Monster hatte die Höhle betreten. Das Feuer schien sie tatsächlich fernzuhalten, doch trotzdem waren die lauten Rufe der merkwürdigen Echsen, die über die Dünen liefen und im Rudel jagten, unheimlich. Sie waren, wie Aramas ihm erzählt hatte, vor einiger Zeit aus dem Sand gekommen und rannten seitdem im Rudel über die Dünen und hielten Ausschau nach Beute. Offenbar lebten fast alle Ungeheuer aus Desturm tagsüber unter dem Sand und krochen erst in der Nacht hervor. Gerade war ein Wesen, das ein wenig an einen Frosch erinnerte, hervorgekrochen und kämpfte nun heftig mit den Echsen, die alle auf einmal auf ihr Opfer warfen. Der Frosch war stark und so gelang es ihm, die

Echsen abzuschütteln und davonzuhüpfen. Leider war er bei Weitem nicht so schnell wie seine Jäger, die ihn nach kurzer Zeit eingeholt hatten. Cargo hatte begonnen, sie in seinem Notizbuch zu skizzieren, was dank dem Lichts des Vollmondes und dem des Feuers nicht allzu schwer war. Sie waren nicht viel größer als einen Meter und liefen auf zwei Beinen, an denen beängstigend lange Krallen saßen. Über den Rücken zog sich eine Art Kamm, der den Monstern wohl half, auch enge Kurven ohne Probleme zu nehmen. Ihre Schuppen hatten eine schwarz-braune Farbe und schimmerten im Mondlicht. Hin und wieder schaufelten sich weitere Wesen durch den Sand an die Oberfläche, die wohl genau wie die Echsen der Hitze des Tages ausgewichen waren. Cargo hatte alle Hände voll zu tun, alles über das Verhalten der Wesen aufzuschreiben, was ihm noch helfen konnte. Die letzte halbe Stunde hatte er alles über die Wölfe aus Barstaras, Lupus und die Kobolde aufgeschrieben, was er wusste, hatte noch eine Zeichnung angefertigt und war ziemlich zufrieden mit seiner bisherigen Arbeit. So wurden die Ungeheuer der anderen Königreiche ein wenig bekannter, wenn er nach Aventana zurückkehrte. Die ungefähr zwanzig Echsen waren bisher bei ihrer Jagd sehr erfolgreich gewesen und schienen sich um die Höhle, in der sich die Menschen befanden, nicht besonders zu scheren.

Trotzdem hatte Cargo sein Schwert kampfbereit neben sich liegen, bereit diese Wesen abzuwehren, falls sie sich doch entscheiden sollten, ihn anzugreifen.

Plötzlich blieben alle Echsen gleichzeitig stehen und ließen die Beute, die sie beinahe erwischt hätten, eine Art Käfer, wieder im Sand verschwinden, ohne ihn eines weiteren Blickes zu würdigen. Erstaunt sah Cargo zu, wie die Monster beunruhigt in alle Richtungen spähten und nach und nach wieder im Wüstensand verschwanden. Einige blieben noch an der Oberfläche und liefen verängstigt auf Cargo und die Felsen zu. Dieser stand auf und verließ die Höhle vorsichtig, um zu erkennen, was vor sich ging und was den Echsen eine solche Angst einjagte. Diese hatten die Felsen erreicht und kletterten hastig nach oben, von wo aus sie den Sand misstrauisch beobachten. Als Cargo das sah, drehte er sich um und rannte zurück zur Höhle, von der er sich mittlerweile ein kleines Stück entfernt hatte. Egal was es war, es war für diese Ungeheuer Grund genug, zu fliehen und das bedeutete, dass Cargo alle wecken musste, so schnell er konnte. Plötzlich spürte er, wie der Boden zu zittern begann. Er sah sich um. Es war nichts zu sehen, trotzdem wurde das Zittern immer stärker, bis es zu einem gewaltigen Beben geworden war. Cargo hastete die wenigen Schritte zur Höhle, griff nach seinem Schwert, das er einige Meter davor abgelegt hatte und schlug damit so fest er konnte auf die Höhlenwand ein. Alle fuhren erschrocken hoch und sahen irritiert zu Cargo, der gerade erklären wollte, was los war, als sich etwas Riesiges aus dem Sand freischaufelte.

12. Kapitel

Ein gewaltiger Skorpion kämpfte sich an die Oberfläche und schlug sofort mit einer seiner riesigen Scheren nach Cargo. Dieser war der Höhle jedoch schon so nahe, dass ihm die Scheren nichts mehr anhaben konnten. Cargo stolperte noch ein paar Schritte nach hinten und hatte den Sand nun vollständig verlassen. Das Monster fauchte und versuchte nun an die Echsen zu kommen, die sich panisch auf die höchsten Spitzen der Felsen zurückgezogen hatten. Cargo betrachtete den Skorpion. In die Höhle hinein würde er es vielleicht nicht schaffen, aber in ihrem Nachtlager gab es fast keine Deckung und somit konnten sie dem Stachel nicht ausweichen, falls das Ungeheuer damit in die Höhle stieß. Der Skorpion war sicher so groß wie der Felsen, in dem sich die Höhle befand, die ihr Nachtlager darstellte. Die Panzerplatten seines Körpers waren vollkommen schwarz und voller Kerben. An seinem Schwanzende befand sich ein Stachel, der sicher fast so groß war wie Cargo. An dem vorderen Teil des Kopfes saßen mehrere Augenpaare, die zwar ebenfalls schwarz waren, aber so seltsam schimmerten, dass sie gut zu erkennen waren. Aramas und Solon waren zwar schon wach, konnten aber von ihrem Teil der Höhle aus nicht erkennen, wieso Cargo sie geweckt hatte.

Surho war Cargo am nächsten und konnte von seinem Lager aus das Monster sehen, das gerade dabei war, die Echsen zu attackieren. „Was um alles in der Welt, ist das?"

„Ich habe keine Ahnung!", antwortete Cargo und sah zu, wie der Skorpion seinen Kopf wandte.

Die meisten Echsen nutzten die Gelegenheit und verschwanden so schnell sie konnten im Sand. Das schien das Ungeheuer nicht zu stören, denn nun krabbelte es mit beängstigender Geschwindigkeit auf den Eingang der Höhle zu. Surho griff sofort zu seinem Bogen und schoss einen Pfeil auf den Skorpion. Es war ein Volltreffer an der rechten Schere, doch die Panzerung des Monsters hielt dem Schuss stand.

„Ach, komm schon.", ächzte der Schütze. „Nicht schon wieder!"

Solon hatte schon nach seinem Schwert gegriffen und rannte dem Skorpion entgegen. Der Skorpion war von dem schnellen Angriff überrascht und konnte nicht rechtzeitig reagieren als Solon sein Schwert mit solcher Wucht auf den Scherenarm des Monsters einschlug, dass es steckenblieb. Damit wiederrum hatte Solon nicht gerechnet und versuchte energisch, es wieder aus dem Arm zu ziehen. Der Skorpion war nicht so lange außer Gefecht gesetzt, wie er es geglaubt hatte. Das Ungeheuer holte aus und schmetterte seine Schere Solon entgegen, der zwar zur Seite springen konnte, aber nicht so weit aus der Reichweite kam, dass ihn die Schere vollständig verfehlte. Der General segelte ein paar Meter durch die Luft, um dann im Wüstensand zu landen und einen Augenblick liegen zu bleiben. Der Schwung des Schlages hatte das Schwert aus der Panzerung befreit und beförderte es nun ebenfalls in den Sand.

Das Ungeheuer wollte die Gelegenheit nutzen und Solon mit einem gezielten Stich erledigen, doch Aramas warf sich mit zwei Streitäxten auf ihren Gegner, der von Solon ablassen musste, um sich gegen die Magierin zu wehren. Das Monster schlug mit dem Schwanz nach Aramas, die die Gelegenheit nutzte, um auf den Rücken des Skorpions zu klettern. Sie schlug mit aller Kraft auf den Rücken des Skorpions ein und fügte diesem auch ein paar ordentliche Kerben zu. Cargo wollte ihr gerade zur Hilfe kommen, als der Skorpion zum Gegenangriff überging. Mit seinen Scheren konnte er sie nicht erwischen, doch Aramas hatte nicht daran gedacht, dass sie nun dem gefährlichen Stachel ausgeliefert war. Mit höhnischem Kreischen fegte der Skorpion Aramas von seinem Rücken und schleuderte sie genauso durch die Luft wie zuvor Solon. Doch die Magierin hatte Glück. Da der Stachel sie von der Seite getroffen hatte, blieb sie von dem Gift des Ungeheuers verschont. Inzwischen war Solon wieder aufgestanden, hatte sein Schwert aus dem Sand geholt und rannte nun erneut auf das Monster zu. Cargo ging zusammen mit Shiron ebenfalls zum Angriff über, während Surho den Skorpion mit Pfeilen beschoss und wohl hoffte, einen Schwachpunkt zu treffen. Shiron zielte mit einem Schlag auf das Bein ihres Gegners. Doch der Skorpion war schnell. Mit einer flinken Bewegung zog er das Bein zur Seite und versuchte, den König mit seiner Schere zu köpfen. Doch nun hatte er sich von Cargo und Solon weggedreht, die gemeinsam auf die von ihnen abgewandte Seite des Monsters einschlugen. Der Skorpion kreischte vor Schmerz, doch zu Cargos Überraschung griff er nicht wieder an, sondern vergrub sich mit beeindruckender Geschwindigkeit im Sand.

„Ist er weg?", fragte Aramas und kämpfte sich aus dem Sand, während sie sich noch die Seite hielt, wo sie der Schwanz des Monsters getroffen hatte.

„Sieht so aus.", murmelte Cargo und wollte eben sein Schwert wieder einfahren lassen, als er sah, dass sich die wenigen Echsen, die sich noch auf den Felsen verschanzt hatten, keine Anstalten machten, sich wieder zu beruhigen. Im Gegenteil. Sie schienen, noch panischer zu werden als vorhin schon.

„Irgendetwas stimmt nicht", murmelte Cargo und nickte in die Richtung der kleinen Ungeheuer.

„Was haben sie?", fragte Surho erstaunt. „Der Skorpion ist weg. Vielleicht sind sie…"

„Sei still", unterbrach ihn Solon und kniete sich auf den Boden. Mit der flachen Hand wischte er über den Sand. „Er ist noch da! Der Boden vibriert noch."

„Vielleicht gräbt er sich davon.", schlug Shiron vor.

Solon stand wieder auf. „Wieso wird das Beben dann stärker?"

Cargo wollte dem General eben zustimmen, als er es plötzlich auch spürte. Das Beben wurde, wie eben schon, von Sekunde zu Sekunde stärker. Doch diesmal war es anders. Früher war es ein regelmäßiges Wackeln gewesen, aber jetzt war es schneller hintereinander als vorhin.

„Zurück zu den Felsen!", kommandierte Shiron und rannte in Richtung ihres schützendes Nachtlagers.

Plötzlich brach erneut die Erde auf und der Skorpion stand wieder vor ihnen. Doch diesmal war noch ein weiteres Monster aus dem Boden erschienen. Er sah genauso aus, wie das erste Ungeheuer, gegen das sie gekämpft hatten und Cargo konnte nicht sagen, ob der erste Skorpion überhaupt vor ihnen stand. „Sollten wir uns nicht zurückziehen?"

Solon hob sein Schwert. „Und wohin, wenn ich fragen darf? Hier gibt es nichts, was uns schützen könnte, außer dieser Höhle und sie sehen nicht so aus, als würden sie uns durchlassen, wenn wir nett fragen."

„Ich dachte, wir wollten Kämpfe vermeiden.", warf Cargo ein.

„Ich glaube, in diesem Fall werden wir eine Ausnahme machen.", erwiderte Solon und lief, gefolgt von Aramas, Cargo und Shiron auf die Ungeheuer zu. Solon hatte schon vorausgesehen, dass der vordere Skorpion ihn mit seinem Stachel attackieren würde und konnte so schon zur Seite springen, bevor der Stachel wirklich in Reichweite kam. Der Skorpion kreischte verärgert und drehte den restlichen Kämpfern den Rücken zu, um sich auf den General zu konzentrieren. Shiron glaubte, diese Chance nutzen und den Skorpion von Hinten angreifen zu können, doch er hatte nicht damit gerechnet, dass der zweite Skorpion seinen Artgenossen verteidigen würde. Das Monster verpasste Shiron einen kräftigen Schlag mit seiner Schere, dem der König unmöglich entkommen konnte. Shiron schrie auf, als ihn die schwarzen Panzerplatten durch die Luft schleuderten und nach einigen Metern wieder im Sand landen ließen. Erschrocken bemerkte Cargo, dass der König keine Anstalten machte, wieder aufzustehen. Vor seinem inneren Auge flammte das Bild von Fang auf, der damals ebenfalls gegen ein Monster gekämpft hatte, das ihn durch die Luft geworfen hatte, ihn hart am Boden landen ließ und nachdem er einfach nicht mehr aufgestanden war. Kurz konnte er noch sehen, wie Surho auf seinen König zurannte, dann musste er sich wieder auf seinen Gegner konzentrieren. Aramas hatte nicht mitbekommen, dass der König nicht wieder aufgestanden war, sondern versuchte, erneut auf den Rücken des Skorpions zu klettern, doch diesmal war ihr Gegner sehr vorsichtig und hielt so viel Abstand zu ihr wie es ihm möglich war. Als er Cargo entdeckte, versuchte er erneut seinen Gegner mit einem kräftigen Schlag seiner Schere außer Gefecht zu setzten. Cargo konnte gerade so noch ausweichen, indem er sich auf den Boden warf und inständig hoffte, nicht von einem der spinnenartigen Beine erwischt zu werden. Doch als er am Boden lag und sich der solide Panzer des Skorpions nur ein wenig über ihm befand, entdeckte er erstaunt, dass die einzelnen Panzerteile nicht so perfekt verbunden waren, wie er geglaubt hatte, sondern mit einigem Abstand wo man ungeschütztes Fleisch entdecken konnte. Das Monster hatte mitbekommen, dass Cargo sich genau unter ihm befand und versucht, ihn zu zertreten, doch Cargo bemerkte noch rechtzeitig, was der Skorpion vorhatte, und rollte sich zur Seite.

Es vergingen noch einige Sekunden, bis Aramas das Ungeheuer von Cargo weggescheucht hatte, doch dann rappelte er sich wieder auf und versuchte mit seinem Schwert, die verwundbare Stelle zu treffen, die er eben entdeckt hatte. Doch der Skorpion kannte seinen wunden Punkt und ließ Cargo nicht einmal in die Nähe der Panzerlücke. Immer wieder versuchte Cargo nach vorne zu stürmen und sein Schwert in das Fleisch zu rammen, doch der Skorpion attackierte ihn mit seinen großen Scheren so erbarmungslos, dass Cargo sich wieder zurückziehen musste. Auch Aramas brachte Abstand zwischen sich und das Monster, welches nicht genau wusste, ob es wieder angreifen sollte, oder ob es besser war, wieder im Sand zu verschwinden.

„Was sollen wir tun?", fragte Aramas ratlos und betrachtete die Skorpione. „Ich komme einfach nicht durch den Panzer durch!"

„Sie haben eine Schwachstelle!", erklärte Cargo schwer atmend. „Zwischen der Platte vom Kopf und der vom Rumpf ist ein Spalt. Dort müssen wir ihn treffen!"

Aramas sah ihn verständnislos an. „Und wieso hast du das noch nicht getan?"

Für eine Antwort fehlte Cargo die Zeit, denn der Skorpion hatte sich für den Angriff entschieden. Aramas rannte auf ihn zu und versuchte, das Monster mit einem Schwert an der empfindlichen Stelle zu treffen, doch auch diesmal verteidigte sich das Ungeheuer gut und ließ Aramas keine Chance. Mit seiner Schere schnappte er nach dem Schwert und wollte die Magierin in eine geeignete Position ziehen, um sie mit dem gefährlichen Giftstachel zu treffen. Aramas sah den Stachel auf sich zuschießen und ließ ihr Schwert einfach los. Wie immer, wenn es den Kontakt zu ihr verlor, löste sich das Schwert einfach in Luft auf. Der Skorpion hatte damit nicht gerechnet und für Cargo schien es als die perfekte Möglichkeit, um die Schwachstelle zu erwischen. Doch für das Ungeheuer reichte ein einziger Schritt zur Seite, damit Cargo sein Ziel verfehlte und stattdessen die stabilen schwarzen Panzerplatten traf.

Aramas gab nicht auf, sondern versuchte erneut die Stelle zu treffen. Doch plötzlich kam Cargo eine bessere Idee und er wandte sich zu Surho um, der ein wenig Abseits stand und den Kampf zwischen Solon und dem zweiten Skorpion genau beobachtete. Gerade eben hatte er sich noch um den König gekümmert und ihn wahrscheinlich (wo auch immer) in Sicherheit gebracht, denn von Shiron war weit und breit nichts zu sehen. Als Surho nach kurzem Rufen zu Cargo hinübersah, zeigte dieser auf den Skorpion. „Zwischen erster und zweiter Platte! Da ist eine Schwachstelle!"

Surho verstand zum Glück, was Cargo ihm damit sagen wollte, und spannte einen Pfeil ein. Aramas hatte mitbekommen, dass Surho versuchte, auf die Stelle zu schießen und tat was sie konnte, um das Monster daran zu hindern, sich zu viel zu bewegen. Zehn lange Sekunden zielte Surho auf den Skorpion, der immer wieder versuchte, Aramas mit seinem Stachel zu treffen, doch dann ließ er schließlich los und der Pfeil schoss mit einer beeindruckenden Genauigkeit auf das Monster zu.

Der Skorpion kreischte vor Schmerz, als er von dem Pfeil getroffen wurde, und schlug mit seinen Scheren wild um sich. Dem Ungeheuer schien dieser Treffer die Lust auf den Kampf gründlich ausgetrieben zu haben, denn es würdigte Cargo und Aramas keines Blickes mehr und verschwand wieder im Sand.

Solon hatte die Schwachstelle ebenfalls entdeckt und war im Gegensatz zu ihnen auch in der Lage gewesen, einen Treffer zu landen, der auch den zweiten Skorpion überredete, sich zurückzuziehen.

Kurz blieben alle vier stehen und warteten. Das Beben war noch zu spüren, aber es wurde mit jeder Sekunde schwächer, was nur bedeuten konnte, dass die Ungeheuer sich endgültig zurückzogen.

Cargo bückte sich und drückte seine flache Hand, wie eben Solon, auf den Sand, um die Vibrationen besser zu spüren. „Glaubt ihr, die kommen wieder?“

„Nicht wenn sie nicht mehr von unten angreifen können.“, antwortete Solon und zeigte zur Höhle. „Schnell! Bevor sie es sich anders überlegen und mit noch mehr Verstärkung zurückkommen!“

So schnell sie konnten, rannten sie zurück zur Höhle, wo Surho sie bereits erwartete.

„Wo ist Shiron?“, fragte Cargo besorgt. „Geht es ihm gut?“

Der Schütze nickte in die Richtung des Nachtlagers, das dem König gehörte. Shiron war immer noch bewusstlos und blutete am Kopf.

Solon beugte sich über seinen König und führte die gleiche Untersuchung durch, wie damals, als Cargo sich beim Kampf gegen die Felsspalter verletzt hatte. Der General verfügte ein wenig über medizinische Kenntnisse, was auf einer solchen Reise nicht gerade unwichtig war.

Es dauerte ein wenig, bis Solon sich sicher war und alles überprüft hatte, doch dann stand er auf. „Er hat sich nichts gebrochen. Die Schere hat ihn zwar am Kopf getroffen, aber ich glaube nicht, dass es etwas ist, was nicht mit Sanarträken und ein wenig Zeit wieder in Ordnung gebracht werden könnte."

Alle atmeten erleichtert auf. Cargo wollte dem General eben die Flaschen mit dem heilenden Elixier überreichen, als er plötzlich etwas spürte. Die anderen spürten es wohl auch, denn sie sahen alle in Richtung Höhlenausgang. Der Boden hatte wieder zu beben begonnen.

13. Kapitel

Solon nahm zwei der Sanartränke aus seinem Rucksack und drückte sie Cargo eilig in die Hand. „Du weißt, wie man mit ihnen umgeht, oder?"

Cargo nickte. Sein Vater hatte es ihm schon tausende Male erklärt, wie man mit den heilenden Tränken umzugehen hatte.

Solon zog sein Schwert und verließ schnell die Höhle, ohne sich noch einmal umzudrehen. „Du wirst die Kopfverletzung versorgen! Aus Sicherheitsgründen habe ich etwas Verband dabei. Er ist in meinem Rucksack. Aramas, Surho! Kommt her! Wir kennen jetzt ihre Schwachstelle, also werden wir sie auf keinen Fall zur Höhle lassen!"

Surho und Aramas folgten dem General, während Cargo die leicht zähflüssige, giftgrüne Masse auf der Wunde auftrug, die noch immer blutete.

Cargo kannte sich nicht sehr gut mit Verletzungen aus, aber um sicher zu gehen, trug er so viel auf, wie er konnte. Sobald er den Verband um den Kopf des Königs gewickelt hatte, wollte er Shiron so schnell wie möglich weiter ins Innere der Höhle bringen. Er wusste nur zu gut, wie die meisten Ungeheuer reagierten, wenn sie bemerkten, dass eines ihrer Opfer verletzt war. Er erinnerte sich nicht gern daran, wie damals das Wolfsrudel auf ihn losgegangen war.

Die Sonne sah schon ein wenig hinter dem Horizont hervor und ließ den ersten Skorpion, der eben mit einem markerschütternden Kreischen aus dem Sand aufgetaucht war, unheimlich schimmern. Aramas hatte schon versucht mit einem Schwert, in die empfindliche Stelle zu stechen, doch das Ungeheuer wich aus und erwiderte mit einem Schlag seiner Schere. Aramas hatte ebenfalls ausweichen können und versuchte nun, das Ungeheuer von den anderen abzulenken. Solon glaubte, den Moment nutzen zu können und mit seinem Schwert die Lücke in der Panzerung zu treffen, doch da fing der Boden erneut an zu beben. Es erschienen zwei weitere Skorpione aus dem Sand und attackierten nun den General, der sich wehrte, so gut es ging. Solon war zwar ihr stärkster Kämpfer, doch gegen zwei der gepanzerten Ungeheuer gleichzeitig zu kämpfen war auch für ihn sehr schwierig. Surho stand noch am Eingang der Höhle und versuchte, auf die freie Stelle zu schießen, doch da die Monster im Kampf gegen Aramas und Solon nicht eine

Sekunde zur Ruhe kamen, hatte er nicht die geringste Chance.

Cargo war von der Kampfszene so gefesselt gewesen, dass er gar nicht mehr daran gedacht hatte, dass er noch die Verletzung des Königs versorgen sollte. Schnell kramte er in dem Rucksack des Generals nach dem Verband und fand ihn in einer kleinen Seitentasche. Ihm fiel es schwer, die Kampfgeräusche und die merkwürdigen Laute der Skorpione zu ignorieren, während er den Verband um Shirons Kopf wickelte. Er war gerade fertig geworden als ein zorniges Kreischen ertönte. Surho hatte es geschafft, einen der beiden Skorpione zu treffen, die gegen Solon kämpften und somit verschwand das Wesen wieder im Sand.

Das Kreischen schien auch Shiron aus seiner Bewusstlosigkeit geholt zu haben, denn plötzlich fuhr der König erschrocken hoch. „Was ist passiert?"

Noch bevor Cargo darauf antworten konnte, versuchte Shiron aufzustehen, doch Cargo hielt ihn zurück. „Sie sollten…du solltest hier warten, bis der Sanartrank wirkt. Die schaffen das schon ohne dich:"

Shiron wollte eben widersprechen, als der Boden erneut zum Beben begann, und sich zwei weitere Monster aus dem Sand gruben. Cargo wurde ganz schlecht. Es schien kein Ende zu nehmen. Egal wie viele sie besiegten, einen Augenblick später standen noch mehr Ungeheuer vor ihnen.

Cargo ließ sein Schwert ausfahren und verließ die Höhle, um Aramas und Solon im Schwertkampf zu helfen. „Du rührst dich nicht von der Stelle! Der Sanartrank ist von Arbor verstärkt worden und sollte dich bald geheilt haben, aber du wartest zur Sicherheit noch ein wenig."

Die Verletzung musste wohl wirklich schwer sein, denn Shiron widersprach nicht, sondern lehnte sich zurück und schloss die Augen. Cargo schüttelte ungläubig den Kopf. So mit seinem König, dem mächtigsten Mann von Aventana, zu reden, fühlte sich sehr seltsam an.

Schnell nahm er eines der Fläschchen von seinem Gürtel und warf es nach einem der Skorpione, der gegen Aramas kämpfte. Das Elixier, das in sekundenschnelle Pflanzen wachsen ließ, war in der Wüste genauso wirkungslos wie das flüssige Feuer, mit dem man jede Flüssigkeit anzünden konnte, außer Salzwasser. Der Frosttrank war zu wertvoll, um ihn bei einem Ungeheuer zu benutzten, das wenige Augenblicke später von einem anderem ersetzt werden würde. Doch der Nudibranch war leicht herzustellen und vor allem hatte er von dem schleimigen, klebrigen Schaum genug. Doch er hatte nicht damit gerechnet, dass der Sand zu nachgiebig war, um die Flasche zerbrechen zu lassen. Somit landete das waffenfähige Elixier, ohne den geringsten Schaden anzurichten, einfach am Boden und rollte durch den Sand. Doch er hatte keine Zeit sich darüber weiter Gedanken zu machen, denn schon ließ einer der beiden Skorpione von Aramas ab und griff ihn an. Seine Schere war schon weit geöffnet, um Cargo in zwei Teile zu schneiden, doch dieser ließ sein Schwert einfahren und rannte so schnell er konnte auf die Schere zu. Kurz bevor das Monster sie zuschnappen lassen wollte, sprang Cargo zur Seite und wartete einen kurzen Augenblick, bis die Schere mit lautem Krachen zusammengeschnappt war. Eilig setzte er das Schwert an den Scherenarm und ließ die Klinge wieder ausfahren. Es war nicht die Schwachstelle des Ungeheuers und es war auch nicht sonderlich schwer verletzt, doch verwundet war es trotzdem. Einen Augenblick lang stand es nur da und kreischte. Länger brauchte Surho auch nicht. Schon steckte ein Pfeil in der einzigen Schwachstelle des Skorpions. Das Kreischen wurde noch schriller und das Monster verschwand wieder im Sand. Cargo atmete auf. Er hatte nicht erwartet, dass sein Plan tatsächlich funktionieren würde.

Nun floh auch einer der Skorpione von Solon und vergrub sich wieder im Sand. Cargo hob den Nudibranch wieder auf. Es gab doch noch Hoffnung. Zwei der riesigen Monster waren noch übrig und diese würden sie auch noch vertreiben können.

Es fühlte sich an, als würde ihm jemand mit aller Kraft in die Magengrube treten, als es erneut bebte. Doch diesmal war es so stark, dass er fast das Gleichgewicht verloren hätte. Es mussten diesmal viel mehr sein. Das wurde auch Solon klar, denn er drehte seinem Skorpion den Rücken zu und rannte zurück zur Höhle. „Rückzug!", schrie er gegen das laute Rumpeln und das höhnische Kreischen der Ungeheuer an. „Sofort zurück zur Höhle!"

Cargo fiel es nicht schwer, auf den General zu hören und er versuchte so gut es ging, trotz des Bebens die Höhle zu erreichen, was ihm gleichzeitig mit Aramas auch gelang. Von dort aus mussten sie mitansehen, wie ein Skorpion nach dem anderen aus dem Sand auftauchte. Cargo lief es kalt den Rücken hinunter. Es waren zehn. Wenn nicht mehr. Jeder Einzelne riesig, giftig, stark und hungrig.

„Das schaffen wir nicht!", keuchte Surho. „Das sind viel zu viele. Selbst wenn wir sie reihenweise verscheuchen, tauchen einfach wieder neue auf. Was sollen wir tun?"

Aramas drehte sich um und ging auf Solons Rucksack zu. „Ich benutze den Brustpanzer! Das ist unsere einzige Chance!". Sie wollte gerade den Verschluss öffnen, als Shiron sie davon abhielt.

„Wenn du den Karvas jetzt öffnest, wird Erversors immer wissen, wo wir sind. Wir werden keine ruhige Minute mehr haben und wir werden auch das Ziel jedes anderen Zauberers auf der Welt sein!"

Der erste Skorpion hatte den Höhleneingang erreicht und versuchte, sie mit seinem Stachel aufzuspießen. Die Höhle war zwar nicht gerade geräumig und ohne Biegungen, aber es gab einige Felsen, hinter denen man sich verstecken konnte. Cargo stürzte nach hinten und verkroch sich so gut er konnte hinter einem großen Stein. Auch Aramas hatte sich zusammen mit Shiron vom Rucksack entfernen müssen und drückte sich an die Felswand. Sie wollte offensichtlich gerade alle davon überzeugen, dass sie mit dem Brustpanzer in der Lage war, alle zu retten, als plötzlich etwas Unerwartetes passierte. Ein lautes Brüllen hallte über die Wüste. Es war definitiv eine menschliche Stimme, wenn auch ziemlich laut. „Samus!"

Der Skorpion, der eben noch versucht hatte, sie aufzuspießen, zuckte zusammen und zog den Stachel aus der Höhle.

Ein weiteres Mal war das laute Brüllen zu hören, aber diesmal waren es viele verschiedene Stimmen. Mindestens zwanzig Menschen schrien: „Potens".

Erstaunt stand Cargo hinter seinem Felsen auf. Die Ungeheuer schienen sich nicht mehr im Geringsten um sie zu kümmern, sondern standen einfach nur da und machten sich anscheinend für einen Kampf bereit. Erneut war die einzelne Stimme zu hören, gefolgt von den zwanzig anderen. „Samus!", „Potens!"

Erst jetzt konnte Cargo sie sehen. Es waren Menschen, die hinter einer der Dünen aufgetaucht waren und nun mit lautem Kampfgeschrei auf die Skorpione zu rannten. Sie waren noch ein ganzes Stück von ihnen entfernt, darum konnte er nicht viel erkennen. Das Vordeserste der Ungeheuer stürzte auf die Männer zu und wollte sie mit der Schere zur Seite wischen, doch einer der Männer erwiderte den Schlag mit seinem Morgenstern. Was dann passierte, konnte Cargo nicht glauben. Der Skorpion kreischte vor Schmerz und vergrub sich sofort im Sand. Der Morgenstern hatte die Panzerung der Schere durchbrochen und das Monster verscheucht. Von ihrer

Position aus konnten nur Cargo und Solon erkennen, was sich gerade vor ihnen abspielte.

„Wer sind die?", fragte Cargo fasziniert, während er zusah, wie die restlichen Männer nun mit ihrem lauten Kampfgebrüll zum Angriff übergingen.

Ein Skorpion nach dem anderen vergrub sich im Sand, nachdem die fremden Männer mit ihren Waffen auf die riesigen Monster einschlugen, ohne sich auch nur im Geringsten für den Schwachpunkt zu interessieren.

„Wenn ich mir die Waffen ansehe, müssen das Soldaten aus Desturm sein.", antwortete Solon beeindruckt. „Kercus hat zwar gesagt, dass ihre Waffen stark wären, aber das da ist unglaublich."

Cargo nickte. In Barstaras hatten die Wölfe sich gegen die Menschen zur Wehr gesetzt, indem sie ein starkes Fell entwickelt hatten, das es schwer machte, sie mit Pfeilen zu verletzen. Es hatte wohl so funktioniert, dass die Wölfe ohne pfeilresistentes Fell erlegt worden waren und so nur die Besten überlebt hatten. So etwas Ähnliches schienen auch die Skorpione versucht zu haben, jedoch nicht wirklich mit Erfolg. Solon war der Erste, der die schützende Höhle hinter sich ließ und langsam auf die Fremden zu ging. Cargo war sich nicht sofort sicher, doch als er sah, wie die Männer zwei weitere Skorpione verscheuchten, ging auch er, zusammen mit Aramas und Surho, auf sie zu. Shiron blieb zurück, was Cargo zwar überraschte, worauf er ihn aber nicht ansprach. Der letzte Skorpion versuchte, mit seinem Stachel einen der Soldaten zu stechen, doch dieser hob sein Schild in die Höhe und fing den Schlag ab. Er schaffte es durch die Wucht des Schlages zwar nicht, auf den Beinen zu bleiben, aber trotzdem konnte das Monster die Chance nicht nützen, da ein anderer Soldat sein Schwert in der Panzerung des Schwanzes vergraben hatte und auch dem letzten Skorpion keine andere Wahl blieb, als sich wieder im Sand zu vergraben.

Der Soldat, der als Erster auf die Skorpione losgegangen war, reckte seinen Morgenstern in die Höhe und schon begann der Kampfschrei erneut. „Samus! Potens! Samus! Potens!"

Eine ganze Weile schien es so, als hätten sie die Menschen gar nicht bemerkt, doch schließlich beendeten sie ihren Jubel und kümmerten sich um die Fremden. Der Vorderste der Männer wandte sich ihnen zu und ging ihnen nun langsam entgegen. Er war eindeutig ihr Anführer. Er trug eine silbern glänzende Rüstung ohne Helm, die nicht wirklich Gebrauchsspuren aufwies, aber beeindruckend aussah. Auf dem Brustpanzer war ein goldenes Schwert zu sehen, das eindeutig nicht aufgemalt, sondern separat geschmiedet und in das Metall eingelassen worden war. Durch Ledergurte war nicht nur ein bedrohlicher Morgenstern an seinem Gürtel, sondern auch zwei einschneidige Schwerter an seinem Rücken angebracht. Die braunen Haare waren mit goldenen Ringen zusammengeflochten, obwohl sie ihm im Normalzustand nicht einmal bis zum Nacken reichen mussten. Sein roter Umhang reichte bis zum Boden und war schon ein wenig zerfetzt, passte aber trotzdem gut zur Rüstung.

„Wer seid ihr?", fragte der Mann mit dem gleichen misstrauischen Unterton, den man auch bei den Soldaten von Barstaras gehört hatte, als sie sie zum ersten Mal getroffen hatten.

„Wir sind Reisende von weit her.", antwortete Solon knapp. Der General war anfangs jedem gegenüber misstrauisch, den er nicht kannte. „Wir wollten Desturm durchqueren und sind unterwegs auf dieses Ungeziefer gestoßen."

Die restlichen Soldaten, die sich wohl noch versichert hatten, dass die Skorpione nicht wiederkommen würden, waren nun ebenfalls zu ihnen herübergekommen und beäugten die Fremden misstrauisch. Cargo wusste nicht, wie sie an den Soldaten vorbeikommen und zum Schwert kommen sollten ohne Aufmerksamkeit zu erregen. Je mehr Menschen sie trafen, desto höher die Chance auf Spione, das hatten sie schon in Aventana und Barstaras gemerkt.

„Wer seid ihr?", fragte ihr Anführer erneut. „Sie sehen für mich weder so aus, als würden sie aus Barstaras, noch aus Desturm kommen. Was wollen Sie also, mit diesen Kindern und um diese Zeit im dunklen Land?"

Solon lächelte. „Mir fällt kein Grund ein, wieso Sie das etwas angehen sollte. Ich reise mit meinen Begleitern durch Desturm und das ist alles, was Sie wissen müssten."

„Mich geht sehr wohl an, was Fremde in Zeiten wie diesen in der Nähe des Schlosses treiben.", knurrte der Mann. „Ich bin Mernos. Einer der fünf Generäle des Orden des Schwertes und Berater des Königs von Desturm. Wenn ihr euch hier aufhaltet, hast du mehr Respekt vor mir zu zeigen, verstanden?"

Cargo schluckte. Wenn Solon eines hasste, dann war es, wenn man ihn respektlos behandelte. „Ich bin Solon.", knurrte nun er. „Der General von Aventana. Mag sein, dass wir in Desturm sind, aber…"

„Sei nicht so unfreundlich Solon.", erklang hinter ihnen eine Stimme und unterbrach den General.

Shiron hatte die Höhle verlassen und ging freundlich lächelnd auf die Soldaten zu. „Entschuldigen Sie bitte meinen General. Die bisherige Reise war sehr anstrengend und wir haben schon einen langen Weg hinter uns."

Der Mann, mit dem Solon gesprochen hatte, verzog keine Miene.

„Jedenfalls", fuhr Shiron fort. „bin ich Shiron. Der König von Aventana und in einer besonderen Mission unterwegs. Ich muss so schnell wie möglich diesen Ort erreichen!"

Shiron zeigte den Männern die Karte. Er hatte sie wohl schon in der Höhle ausgerollt und deutete nun auf die Stelle, wo immer das goldene Schwert erschien. Natürlich ohne das Leder zu berühren.

Der Soldat warf einen kurzen Blick auf den Fleck, auf den Shiron zeigte. „Wenn das euer Reiseziel ist, dann geht mich der Grund sehr wohl etwas an. Dort steht das königliche Schloss von Desturm."

14. Kapitel

Der Weg zum Schloss von Desturm verlief ähnlich wie in Barstaras. Die Soldaten führten sie, ohne ein Wort zu verlieren, durch die Wüste, die in den Morgenstunden noch nicht so heiß war wie am restlichen Tag. Die Monster, die in der Nacht zu sehen gewesen waren, waren mittlerweile alle verschwunden. Auch von den merkwürdigen Echsen fehlte jede Spur, worüber Cargo aber auch nicht wirklich traurig war. Shiron hatte das Elixier sehr geholfen und mittlerweile war er schon wieder in der Lage, selbst zu gehen, doch hin und wieder wankte er ein wenig, worauf er dann von einem von ihnen gestützt wurde. Den Verband sah er als lächerlich an, weswegen er ihn schon wieder abgelegt hatte.

Die Soldaten hatten nicht erzählt, was sie mitten in der Wüste zu suchen hatten. Jeder Einzelne von ihnen war bis an die Zähne bewaffnet, doch das musste nicht wirklich ungewöhnlich sein. Immerhin waren sie in der Nacht unterwegs gewesen und die Schwarze Armee hatte auch sicher in Desturm Soldaten. Jeder der Männer trug eine silbern glänzende Rüstung mit dem Schwertsymbol auf der Brust. Irgendetwas musste an der Rüstung aber anders sein als bei gewöhnlichen Rüstungen, sonst würden die Männer in dem Metall in der Hitze anfangen zu kochen. Ähnlich wie ihr Anführer trugen auch sie einen Ledergürtel, an dem ein Morgenstern festgemacht war, aber nur ein einschneidiges Schwert auf dem Rücken. Es konnte sein, dass Cargo es sich nur einbildete, aber es kam ihm vor, als würden die Waffen im Inneren ein wenig leuchten.

Shiron hatte Glück gehabt, dass die Männer ihm geglaubt hatten, dass er der König war. Immerhin hätten sie die Soldaten auch gut für Spione halten können und ein Kampf gegen zwanzig bis an die Zähne bewaffnete Soldaten wäre schwierig gewesen. Stattdessen hatten sie sich aber damit einverstanden erklärt, Shiron zum König von Desturm zu bringen.

Surho ging ein wenig näher auf Cargo zu, was die Soldaten beobachteten, wogegen sie aber nichts unternahmen.

„Glaubst du, die wissen von dem Schwert?", flüsterte er so leise, dass selbst Cargo ihn fast nicht verstand.

Cargo nickte. „Ich denke schon. Diese Symbole, die alle auf den Brustpanzern tragen, sehen dem Schwert schon ähnlich und der eine, der mit Solon geredet hat, hat von einem Orden des Schwertes gesprochen. Die müssen das Schwert gefunden haben. Das würde erklären, wieso es sich im Schloss befindet."

„Wenn das so ist, werden die sich genauso wehren, das Schwert herzugeben wie die Leute aus Barstaras, oder?" Cargo nickte. Das war ein großes Problem. Die Menschen aus Desturm konnten sich nirgendswo verbergen und versteckten sich deshalb sicher nicht vor der Schwarzen Armee und demnach hatten sie nicht den geringsten Grund, das Schwert herzugeben. Das Problem blieb dasselbe wie am vorigen Tag. Ohne das Schwert würde die magische Energie nicht ausreichen und sie waren wahrscheinlich nicht in der Lage, das Calvariaamulett zu zerstören.

Aramas hatte gemerkt, dass Cargo und Surho miteinander geredet hatten und war zu ihnen gegangen, um an dem Gespräch teilzunehmen.

„Es ist aber noch nicht sicher, dass sie das Schwert gefunden haben. Vielleicht ist das Schwert einfach nur ihr Symbol.", vermutete sie nun hoffnungsvoll. „In Barstaras war auch überall ein Bogen abgebildet."

Surho warf einen Blick über die Schulter zu den Soldaten, die hinter ihnen gingen und sprach aus, was Cargo vorhin schon gedacht hatte. „Das kann zwar sein, aber das

Schwert auf den Rüstungen sieht dem Schwert von der Karte schon ziemlich ähnlich."

Cargo wollte Aramas gerade rechtgeben, immerhin konnte es wirklich sein, dass das Schwert ein Symbol war und mit der mächtigen Waffe nichts zu tun hatte, als sie die Düne überquert hatten, die sie nun schon seit einiger Zeit hochgeklettert waren. Von dort aus hatten sie einen überwältigenden Ausblick über das Tal, das unter ihnen lag. Eine riesige Stadt füllte es fast vollständig aus und ließ es in der Morgensonne wunderschön strahlen. Es war völlig anders als die Städte in Aventana und die Großstadt in Barstaras. Es gab keine Mauern, keine Soldaten, die Patrouille liefen oder andere Wehranlagen. Alles, was ein wenig daran erinnerte, dass die Stadt von gefährlichen Monstern umgeben war, waren einige Wachtürme, die in der Gegend verstreut waren, die aber, sofern Cargo es erkennen konnte, nicht besetzt waren. Die Häuser waren fast alle aus Stein gebaut, da es kaum Bäume gab. Die Häuser standen dicht an dicht nebeneinander und wurden immer prächtiger und größer, je näher sie am Zentrum standen. Mitten im Zentrum stand ein prächtiges Schloss, gegen das das Schloss von Aventana schwach aussah. Ein breiter Fluss zog sich mitten durch die Stadt und verschwand am Ende des Talkessels irgendwo, wo Cargo ihn nicht mehr sehen konnte. Um den Fluss herum war alles wunderschön grün und voller Sträucher und Felder. Einige Menschen standen auf den Feldern und schienen dort Pflanzen zu ernten. Das riesige Schloss im Zentrum wurde von dem Fluss umgeben, da es auf einer kleinen Insel stand, und am höchsten Punkt des Schlosses wehte im leichtem Wind eine rote Fahne. Auf der Fahne war ein Schwert zu sehen, das ganz eindeutig das goldene Schwert sein sollte.

„Sie haben es eindeutig schon gefunden.", murmelte Surho, als er die Fahne entdeckt hatte.

Cargo nickte und folgte den Soldaten die als Vorderste gingen und schon begonnen hatten, die steilen, rutschigen Hänge hinunterzusteigen und sich damit auf den Weg zur Stadt machten. Von den Rüstungsteilen existierten keine Bilder, weswegen unter anderem nur so wenige Menschen an die Legende glaubten. Demnach konnten sie unmöglich wissen, wie das Schwert aussah, wenn sie es nicht gefunden hatten.

Sie verheimlichen nicht wirklich, dass sie das Schwert haben. Also wieso kommt die Schwarze Armee nicht, um es sich zu holen?

Erst jetzt bemerkte er, dass die Soldaten mit dem Abstieg überhaupt keine Probleme zu haben schienen, obwohl sie fast eine komplette Rüstung anhatten. Selbst Cargo musste sich bemühen das Gleichgewicht zu halten, obwohl er nur ein paar einzelne Teile trug.

Es dauerte nicht lange, bis sie das große Burgtor erreicht hatten, wo sie schon von einigen anderen Soldaten erwartet wurden. Sie standen in kleinen Hütten, die an die Wachtürme grenzten. Nicht einmal die Hütten oder die Wachtürme waren aus Holz gebaut, sondern ebenfalls aus massivem Stein. In den Wachtürmen konnte man noch leicht Rauch aufsteigen sehen, was wohl bedeutete, dass die Soldaten in der Nacht sehr wohl auf den Türmen Wache hielten. Der Anführer der Soldaten, die sie in die Stadt geführt hatten und sich zuvor als Mernos vorgestellt hatte, griff sich an das Schwertsymbol auf seiner Brust. „Samus Potens."

„Samus Potens, Mernos.", begrüßte ihn die Wache und sah überrascht auf Cargo. „Wer sind diese Menschen? Diese Kleidung sieht für mich nicht so aus, als käme sie aus Desturm."

Mernos nickte in Shirons Richtung. „Er behauptet der König von Aventana zu sein und dass er unseren König unbedingt sprechen müsste."

Zu Cargos Erstaunen war die Wache nicht annähernd so überrascht, wie er gedacht hatte. „Der König von Aventana.", murmelte er und ging zur Seite.

Mernos nickte ihm zum Abschied noch einmal zu und gab ihnen ein Handzeichen in Richtung Straße, die zum Schloss führte. „Der König sollte in diesem Moment im Thronsaal sein und auf den Bericht meiner Patrouille warten. Dort könnt ihr mit ihm besprechen, was ihr wollt." Während Shiron sich bei dem General bedankte, betraten sie die Straße, die durch die Stadt führte und Cargo wandte sich an Aramas.

Die Hälfte der Soldaten, die sie begleitet hatten, blieben bei den Wachtürmen zurück, um die Wache abzulösen, weswegen diese nun in den nahegelegenen Häusern verschwanden, jedoch nicht, ohne den Fremden noch einen Blick nachzuwerfen.

„Wieso glaubt uns hier jeder? Wir können nicht beweisen, dass wir aus Aventana sind. ", murmelte er.

„Wieso sollten sie uns nicht glauben?", fragte Aramas achselzuckend. „Soweit wir wissen, ist Secur der einzige Mensch der Schwarzen Armee und sonst haben die Königreiche keine Feinde."

„Das schon.", gab Cargo ihr recht. „Aber sie scheinen uns auch sofort zu glauben, wer wir sind. Die Wache hat keine

Sekunde gezweifelt, dass Shiron der König von Aventana ist. Nachdem, was Betula gesagt hat, müsste jedes Königreich einen Custodian haben. Sie könnten uns dort hinbringen und uns überprüfen, bevor wir zum König gehen."

Die Magierin sah nachdenklich über die Schulter zur kleinen Hütte der Wachen. „Da hast du recht. Vielleicht gibt es dafür eine Erklärung, wenn wir den König getroffen haben."

Cargo nickte nur. Dass die Magierin sich so in ihm getäuscht hatte, hatte wohl ihr Misstrauen in alles und jeden ordentlich gedämpft.

Er seufzte, dachte dann aber, dass Aramas sicher recht hatte und sah sich ein wenig um.

Erstaunt bemerkte er, wie beeindruckend die Häuser waren. Sie waren aus Steinziegeln gebaut und verfügten alle über Glasscheiben, was sowohl in Barstaras als auch in Aventana nicht selbstverständlich war. Sie waren noch am Rand der Stadt, wo, wie er vorhin gesehen hatte, die Gebäude noch nicht so beeindruckend waren, wie im Zentrum, wo das Königsschloss stand.

Trotzdem hatten manche Häuser sogar Holzdächer von Bäumen, die wahrscheinlich in der Flussgegend gepflanzt worden waren. Die restlichen Häuser waren mit Ziegeln gedeckt, was wahrscheinlich trotzdem noch besser war, als die meisten Dächer in Aventana.

Die Straßen waren keine unangenehmen Schotterstraßen voller Schlaglöcher, sondern schön mit Sandstein gepflastert. An den Seiten gab es sogar Rillen, die wahrscheinlich für das Ableiten des Regenwassers gedacht waren. Desturm besaß offenbar nicht nur berühmte Schmiede, sondern auch geniale Architekten und Bauarbeiter.

Das goldene Schwert war anscheinend das Symbol des Königs, denn die Fahnen, die die mächtige Waffe zeigten, waren überall zu sehen und hingen an jeder Hauswand.

Nach einem kurzen Fußmarsch hatten sie eine Art Hauptplatz erreicht, in dessen Mitte eine riesige Statue stand, die einen Ritter zeigte, der mit einem Morgenstern bewaffnet gegen einen Skorpion kämpfte. Der Mann wehrte mit seinem Schild gerade den Stachel des Monsters ab, während er versuchte mit seinem Morgenstern auf den Kopf seines Gegners einzuschlagen. Er trug die gleiche Rüstung wie die Soldaten, die sie in die Stadt begleitet hatten, nur dass das Schwertsymbol auf dem Brustpanzer fehlte.

Auf einer kleinen Tafel am Sockel war zu lesen, dass der Mann, dem die Statue gewidmet war, der König von Desturm war, der sie in die Wüste geführt hatte.

Auch Bewohner der Stadt waren auf dem Platz zu sehen. Sie hatten keine wirklichen Merkmale, sondern waren mit normalen Stoff- und Ledersachen gekleidet. Doch wie der Soldat gesagt hatte, unterschied sie sich trotzdem von ihrer, auch wenn er nicht genau sagen konnte, wo der Unterschied lag. Cargo hätte sich irgendeine spezielle Kleidung vorgestellt, die gut gegen die Hitze half, aber in der Stadt schien es kühler zu sein, da hier nicht überall Sonnenstein verteilt war und somit war spezielle Kleidung unnötig.

Shiron war immer nah bei Mernos gewesen, da er wohl versucht hatte, dem General ein paar Fragen zu stellen, doch dieser hatte sich wohl nicht so gesprächsbereit gezeigt, wie der König gehofft hatte. Jedenfalls war Shiron zurückgefallen, was Cargo als Chance nutzte, mit ihm zu reden, ohne dass Mernos etwas mitbekam.

„Sie werden das Schwert sicher nicht hergeben.", flüsterte er ihm zu. „Es ist hier so etwas wie ihr Symbol."

„Ich weiß.", murmelte Shiron. „Ich hoffe, dass ich ihren König trotzdem dazu überreden kann."

„Brauchen wir das Schwert denn wirklich?", überlegte Cargo. „Das Schwert ist auch mächtig, das sehe ich ein, aber es ist nicht vergleichbar mit den Fähigkeiten der anderen Teile."

„Unterschätze das Schwert nicht Cargo.", widersprach Shiron mit ernstem Gesicht. „Die Macht, die Schritte seines Gegners vorauszusehen ist stark und das Schwert damit ebenfalls eine mächtige Waffe."

„Was machen wir dann?", seufzte Cargo.

Shiron sah nachdenklich in Richtung des gewaltigen Schlosses, das nicht mehr allzu weit entfernt war. „Ich lasse mir irgendetwas einfallen. Wenn es keinen anderen Ausweg gibt, werde ich vielleicht von dem Calvariaamulett erzählen."

Cargo wusste nicht, was er darauf erwidern sollte, also nickte er nur und brachte wieder ein wenig Abstand zwischen sich und den König, damit die Soldaten sich nicht fragten, wieso er so lange mit Shiron flüsterte.

Mittlerweile hatten sie den Schlosshof erreicht, der von einer hohen Mauer umgeben war. Bevor man den Schlosshof erreichte, musste man eine ungefähr fünf Meter lange Brücke passieren, die über den Fluss führte. Auf der Schlossmauer, die sich um das ganze Gebäude zog und mit unzähligen Türmen ausgestattet war, patrouillierten sicher mehr Soldaten als beim Tor, bei dem man in die Stadt kam. Tagsüber waren wohl nicht allzu viele Angriffe zu erwarten. Als sie das Tor hinter sich gelassen hatten, staunten sie. Der Garten vor dem Eingang war nicht sonderlich groß, aber trotzdem beeindruckend. Offenbar hatte man die Erde, die der Fluss in das Tal spülte, vom Flussbett in den Hof gebracht, weshalb hier grünes Gras und Blumen in den verschiedensten Farben wuchsen.

Der Weg, der vom Tor zum Schloss führte, war aus weißem Schotter gemacht und wurde von den verschiedensten Büschen umgeben. Staunend sah sich Cargo um. Alles an dem Garten war beeindruckend und passte gar nicht in die heiße Wüstenlandschaft. In einer Ecke konnte er sogar einen Apfelbaum entdecken.

Nach einer kleinen Steintreppe erreichte man das große Tor, das vollkommen aus Stein gebaut worden war und sicher nicht so leicht zu bewegen war, wie das Burgtor in Aventana und Barstaras und das war wohl der Grund, wieso es weit offenstand.

Im Inneren befand sich eine riesige Halle, die vollkommen mit rotem Teppich ausgelegt war und in den, ähnlich wie in Aventana, goldene Fäden eingenäht worden waren und im einfallenden Licht aussahen, als würden sie sich bewegen.

Links und rechts gab es viele kleinere Türen, die wohl zum Rest des Schlosses führten. Über der Eingangstür lag ein Buntglasfenster, das den Drachen Ignis zeigte, der mit aufgerissenem Maul auf sie hinabsah. Das Glas im Maul des Ungeheuers war ein wenig durchlässiger und so leuchtete ein heller Lichtstrahl in die Halle, der es aussehen ließ, als würde er Feuer speien.

„Keine Wachen im Inneren, aber eine kleine Armee auf der Mauer.", murmelte Solon kaum wahrnehmbar, doch nachdem Cargo sich umgesehen hatte, musste er zugeben, dass der General recht hatte. Nur einige Diener und eine Handvoll Soldaten verschwanden hinter den kleinen Türen oder kamen aus dem Garten.

Eine breite Marmortreppe führte zu einer großen Holztür, in die verschiedenste Muster eingeschnitzt waren. Alle möglichen Ungeheuer starrten denjenigen an, der die Tür öffnete.

Nachdem sie die Marmortreppe hinter sich gelassen hatten, drückte Mernos die Holztür auf und gab ihnen ein Zeichen, einzutreten.

15. Kapitel

Den Raum, den sie nun betraten, war offensichtlich der Thronsaal. Shiron ging ein paar Schritte über den roten Teppich, der über den Marmor zum Thron führte, nach vorne und verbeugte sich höflich vor dem Mann, der auf dem Thron saß und ihnen neugierig entgegensah. Cargo staunte. Der Thron sah so aus, als wäre er aus purem Gold gegossen und passte so perfekt zum restlichen Thronsaal. Überall hingen Banner, die das goldene Schwert zeigten, an den glatten Steinwänden, die, zusammen mit riesigen Säulen das Glasdach stützten, das sich sicher zehn Meter über ihren Köpfen befand. Nicht nur in der Höhe war der Raum groß. Auch in der Fläche schlug er den Thronsaal aus Aventana um Längen. Die rechte Wand bestand vollkommen aus Glas und machte es so möglich, die ganze Stadt zu überblicken.

Es wären wahrscheinlich nicht einmal Lichtquellen nötig gewesen, denn das große Fenster an der Wand ließ genauso viel Licht durch, wie es wahrscheinlich das Dachfenster während der Mittagszeit tat. Trotzdem hingen über ihnen zwei gigantische Kronleuchter, die aus wunderschön gebogenen Metallstangen gefertigt worden waren. In der Mitte des Raumes stand ein großer Tisch, der Platz für sicher zwanzig Personen bot und von vielen gepolsterten Stühlen umringt war.

„Ich grüße Sie, Shiron.", entgegnete der König von Desturm. Er war etwa um die vierzig und trug ein Hemd und eine Hose aus Leder. Sie hatte an den Schultern, an den Ärmeln und an den Hosenbeinen viele Goldverzierungen sitzen, die ein wenig an eine Rüstung erinnerten. Eine kleine, aber deutlich sichtbare Narbe zog sich über sein bartloses Gesicht. Seine braunen Haare bildeten eine Sturmfrisur, die in keinster Weise zur wertvoll aussenden Krone passte, die mit verschiedensten Edelsteinen verziert war. „Ich bin Leto, der König von Desturm. Man hat mir schon berichtet, dass ihr kommen würdet. Es ist mir eine große Freude, endlich Menschen aus den anderen Königreichen zu begegnen. Und dann auch noch aus Aventana, welches nicht zu unseren Nachbarn zählt."

„Es ist mir ebenfalls eine Freude, Eure Majestät.", erwiderte Shiron höflich. Der König legte großen Wert auf den ersten Eindruck und verhielt sich dann immer besonders höflich, was er sich auch von den anderen erwartete.

„Darf ich Sie mit einem Festessen begrüßen?", fragte Leto und wollte wohl eben ein Signal an einen der Soldaten geben, als er von Solon zurückgehalten wurde. „Ich glaube, wir haben nicht genug Zeit, um zu essen. Abgesehen davon, haben wir gestern einen Reisetrank zu uns genommen und sind deswegen nicht hungrig."

„Wir haben die weite Reise auf uns genommen, da wir etwas Wichtiges mit Ihnen besprechen müssen. Etwas, das besser unter uns bleiben sollte." Er sah in die Richtung der Soldaten.

„Wenn Ihr meint.", entgegnete Leto erstaunt und gab der Wache, die sich an der Eingangstür aufgestellt hatte, ein Zeichen, worauf diese den Raum, wenn auch nicht ohne einen skeptischen Blick, verließ.

Den letzten Soldaten hielt er noch zurück. „Schick mir den Prinzen her. Aber sag ihm, dass er erst hereinkommen soll, wenn ich es ihm erlaube!"

Die Wache nickte und nachdem er die Türe hinter sich geschlossen hatte, zeigte der König auf den wertvoll aussehenden Tisch. „Nehmt Platz und beantwortet mir bitte: Wieso nehmt ihr diesen gefährlichen Weg auf euch?"

Nachdem sie sich bedankt und auf den Stühlen Platz genommen hatten, beantwortete Shiron die Frage. „Bei unserer Reise geht es um Erversors und seiner Schwarze Armee."

„Erversors?", fragte der König mit hochgezogener Augenbraue. „Ich dachte Desturm wäre das einzige Königreich, das sich mit ihm herumschlagen muss."

„Leider nein.", sprach nun Aramas. „Er überfällt mit der Schwarzen Armee alle Königreiche und versucht, sie zu erobern. Bei uns hat er sich sogar persönlich mit Magie eingemischt."

„Ist Aventana denn eingenommen worden?", fragte Leto erschrocken.

„Nein, das sind wir nicht.", erwiderte Solon schnell. „Auch jedes andere Königreich konnte sich erfolgreich wehren. Aber wir haben erfahren, dass er deswegen im dunklen Land nach der goldenen Rüstung sucht. Er will die Teile vereinen, um mit ihrer Macht die Königreiche und ihren Widerstand zu vernichten!"

„Er will nach den Teilen der Rüstung suchen.", wiederholte Leto, was Solon gesagt hatte. „Hatte er bis jetzt denn Erfolg?"

„Nein, das hatte er nicht.", antwortete Shiron nicht ohne Stolz. „Wir hingegen haben es geschafft, ein Teil der Rüstung zu finden und sind jetzt auf der Suche nach den restlichen Teilen."

„Ich verstehe.", murmelte Leto nachdenklich. „Wenn ich euch richtig verstehe, seid ihr hier, um das goldene Schwert mitzunehmen."

„Genauso ist es.", bestätigte Shiron vorsichtig.

Es war nicht aus dem Gesicht des Königs abzulesen, was er davon hielt, aber es war nicht schwer zu erraten, dass er nicht wirklich davon begeistert war. Doch Leto gab keine Antwort, sondern stand auf und ging zu einem Vorhang, der einen Teil der Wand verdeckte. Mit einem Ruck zog er den schweren Stoff zur Seite und machte eine große Landkarte sichtbar, die die Wüste Desturm zeigte. Die Stadt war rot eingezeichnet und von einigen braunen Nadeln umgeben, die wohl Wachtürme darstellten.

Leto nahm einen kleinen Stock, der bereitlag und zeigte auf kleine schwarze Flecken, die in der gesamten Wüste verteilt waren.

„Diese Punkte sind die einzelnen Lager der Schwarzen Armee. Sie haben uns vollständig umzingelt und versuchen, dauerhafte Außenposten aufzubauen. Mit jedem Tag kommen sie näher und hin und wieder greifen sie uns mit einigen Soldaten an, um uns Angst zu machen."

„Worauf warten sie?", fragte Cargo und sah sich die einzelnen Punkte an.

Leto seufzte. „Das wissen wir auch nicht. Vielleicht auf Unterstützung oder darauf, dass sie ein Teil der Rüstung finden." Er grinste. „Aber wir warten nicht, bis das kommt, worauf sie warten, und dank des Schwertes konnten wir schon einige Lager zerstören."

Cargo stutzte und zeigte auf einen Fleck zwischen dem Wald und Desturms Stadt, der genau auf ihrem Weg lag. „Dort sind wir vorbeigekommen. Wir hätten das Lager doch sehen müssen!"

„Das ist das Hinterhältige an diesen Lagern.", erwiderte der König. „Sie nutzen die Erdhöhlen von Monstern, die den Tag unter der Erde verbringen. Deswegen sind sie nur so schwer zu finden."

Leto legte seinen Stock wieder hin und setzte sich neben Shiron an den Tisch.

„Wie gut können Sie die Stadt verteidigen?", erkundigte sich Aramas und deutete durch eines der Fenster, von wo man die nicht gerade beeindruckende Mauer sehen konnte.

„Nicht besonders gut gegen Soldaten.", antwortete der König niedergeschlagen. „Tagsüber sind die Wachtürme normalerweise gar nicht besetzt, da alle Ungeheuer, die uns gefährlich werden können, nachtaktiv sind. Gegen die Skorpione, mit denen ihr anscheinend schon Bekanntschaft gemacht habt, gibt es die gepflasterten Straßen, die sie nicht durchbrechen können, deswegen können sie nicht von unten kommen und die Lasertas, also diese Echsen, die nachtsüber in der Wüste jagen, trauen sich nicht in die Stadt. Aber gegen die Schwarze Armee sind wir fast wehrlos."

„Das Königreich besitzt doch unglaublich starke Waffen.", überlegte Surho.

Der König seufzte. „Schon, aber es sind einfach zu viele Rüstungen, sie können sich von selbst wieder aufbauen und diese Markierungen auf der Karte sind nur die Lager, die wir gefunden haben, wer weiß wo sie sich noch überall verstecken!"

Er umklammerte die beiden Armlehnen so fest, dass seine Knöchel ganz weiß wurden.

Cargo sah zu Shiron. Was sollte der König tun? Natürlich brauchten sie das Schwert unbedingt, doch wenn sie das Schwert mitnahmen, hatten sie Desturm ihren größten Schutz genommen.

Plötzlich nahm Shiron seinen Rucksack, suchte ein wenig darin herum und zog die magische Karte heraus. Als er sie ausrollte, beobachtete Leto gebannt, wie sie die

Linien, die Landschaft von Desturm und die restlichen Königreiche zeichnete. Nachdem die Karte einige Sekunden später fertig war, berührte Shiron den kleinen Fleck, der das Schloss darstellte, worauf sofort das Bild des Schwertes erschien. „Desturm ist auf das Schwert angewiesen, also möchte ich, dass Sie mit dem Schwert den nächsten Teil der Karte freischalten und wir weitersuchen. Wir wissen, wo das Schwert ist und holen es, wenn wir alle anderen Teile haben."

Leto starrte Shiron überrascht an. „Das ist nicht nötig. Die Schwarze Armee mag viele Rüstungen in der Wüste verteilt haben, aber wenn wir die Macht des Schwertes und des Brustpanzers vereinen, können wir sie schlagen und Desturm sicher machen."

Nach diesem Satz wurde es im Raum völlig still. Einige Sekunden vergingen, bis Shiron leise fragte: „Was haben Sie gesagt?"

„Mit dem Schwert und dem Brustpanzer können wir Desturm sicher machen.", wiederholte Leto verwirrt.

Wieder entstand eine Stille und man konnte dem König von Desturm ansehen, dass er nervös wurde.

„Woher wissen Sie, dass wir den Brustpanzer haben?", fragte Surho misstrauisch.

Leto stand auf und sah zu Shiron. „Ihr habt früher gesagt, dass ihr den Brustpanzer gefunden habt!"

„Nein, das hat er nicht!", widersprach Cargo. „Shiron hat gesagt, dass wir ein Teil der Rüstung gefunden haben. Dass es der Brustpanzer ist, hat er nicht gesagt. Woher wissen Sie das also?"

Leto sah unruhig in die Runde. Gerade als er etwas antworten wollte, öffnete sich die Tür und eine Wache steckte den Kopf herein. „Der Prinz ist eingetroffen, Eure Majestät. Soll er hereinkommen?"

Leto überlegte ein paar Sekunden, bevor er schließlich nickte. „Von mir aus. Hier kann ich mich nicht wieder herausreden."

Die Wache verbeugte sich und öffnete die Tür für den Jungen, der anscheinend der Prinz von Desturm sein sollte. Cargo fiel die Kinnlade hinunter. Den anderen schien es nicht besser zu gehen, denn durch die Tür schritt ein Junge, der ein wenig älter war als Cargo. Er trug einen schwarzen Brustpanzer, der ein wenig an den Brustpanzer erinnerte, den die Soldaten der Schwarzen Armee trugen. Er hatte eine schwarze Sturmfrisur, die so gut zu dem Brustpanzer passte, dass es so aussah, als würde er einen Helm tragen, und auf der er eine kleine Krone sitzen hatte. Unter dem roten Umhang sah eine merkwürdige Streitaxt hervor, die sowohl am oberen als auch am unteren Ende eine Klinge sitzen hatte.

Durch die Tür schritt Secur. Der junge General der Schwarzen Armee.

Er grinste sie hämisch an, bevor er sich an den Tisch setzte und es sich bequem machte. „Hat ganz schön lange gedauert."

„Was hat das alles zu bedeuten?", fauchte Solon.

Die Nervosität in Letos Gesicht war verschwunden und hatte für ein Grinsen Platz gemacht, das Cargo einen Schauer über den Rücken jagte.

16. Kapitel

„Was hat das alles zu bedeuten?", wiederholte Aramas an Solons Stelle und ließ sicherheitshalber ein Schwert in ihrer Hand erscheinen.

„Secur ist der Prinz von Desturm und ich der König, aber auch nur, wenn Sie meine Soldaten fragen.", seufzte Leto und ging in Richtung seines Thrones. „Für euch bin ich wahrscheinlich nicht der wahre König, trotzdem habe ich eine theaterreife Vorstellung hingelegt und ihr müsst zugeben, dass ihr mir bis zu meinem kleinen Fehler geglaubt habt."

„Vorstellung?", fragte Solon fassungslos.

Leto grinste hämisch. „Ganz genau. Improvisiert, aber genial. Vor allem als er," Er zeigte auf Cargo. „gesagt hat, dass ihr eines der erfundenen Lager hättet sehen müssen."

„Wer sind Sie wirklich?", fragte Shiron zornig. „Woher wussten Sie, dass wir kommen würden?"

„Ich habe einige Freunde, die mir davon erzählt haben.", erwiderte Leto und zog an einem der Griffe seines Thrones. Staunend erkannten sie, dass der Griff ein Geheimfach für das goldene Schwert darstellte. Er war so gut zu erkennen, dass man gar nicht damit rechnete. „Für euch genügt es zu wissen, dass ich nicht wirklich ein Geburtsrecht auf den Thron habe, sondern der Anführer des Ordens des Schwertes bin, der vor einiger Zeit Desturm erobert hat. Jetzt, wo ich mich nicht mehr zu verstellen brauche, kann ich euch die Karte und den Brustpanzer abnehmen und euch in den Kerker werfen!" Mit diesen Worten hielt Leto seine Waffe in die Höhe und ließ sie im Sonnenlicht scheinen. Was das Aussehen anging, konnte sich das Schwert leicht mit dem Brustpanzer messen. Es war einschneidig und zeigte an der Klinge das Bild eines Drachens, der Feuer spie, wobei die Klinge ein wenig an ein Beil erinnerte. Am Mittelstück zwischen Klinge und Griff saß eine Art Schutz für die Hand, der aus Metallstreben zusammengebogen worden war. Die Seite des Schwertes, wo die Schneide saß, war glatt und sah wahnsinnig scharf aus, doch auch die andere gezackte Seite sah so aus, als könnte sie jemanden mit einer einzigen Bewegung die Hand abreißen.

Einige Sekunden, nachdem Leto das Schwert in die Hand genommen hatte, färbten sich seine Augen golden, wie es vor einigen Tagen auch bei Aramas zu sehen gewesen war. „Mit der Macht des Schwertes ist es mir gelungen, der König von Desturm zu werden. Wenn ich euch die Karte und den Brustpanzer abgenommen habe, werde ich der Herrscher aller Königreiche sein!"

„In letzter Zeit höre ich das viel zu oft.", knurrte Solon, stand von seinem Stuhl auf und rannte mit erhobenem Schwert auf Leto zu. Doch Solon hatte nicht bedacht, dass Leto mit dem Schwert auch die Macht hatte, seinen Angriff vorauszusehen. Ohne Mühe wich er dem General aus und konterte halbherzig mit einem Schlag auf Solons Hüfte. Trotzdem schaffte es Solon nur gerade so, das Schwert abzufangen.

Solon versuchte, Leto mit einem Fußtritt aus dem Gleichgewicht zu bringen, doch dieser wartete gar nicht ab, bis der Fuß zur Gefahr wurde, sondern verpasste dem General einen Faustschlag, der ihn zu Boden fallen ließ. Aramas wollte ihm zur Hilfe kommen und sprang auf den Tisch, von wo aus sie nach ein paar Schritten bei Solon gewesen wäre, wenn sie nicht vergessen hätte, dass Secur am Tisch saß. Dieser nutzte seine Chance und brachte Aramas mit dem Stiel seiner Streitaxt zu Fall. Nun attackierte die Magierin den jungen General und Solon wurde von Surho geschützt, der Pfeile auf Leto abfeuerte. Die Macht des Schwerts war tatsächlich beeindruckend. Leto wehrte die Pfeile mit schnellen Bewegungen ab und nachdem Cargo versuchte, ihm das Schwert aus der Hand zu schlagen, fing er sogar einen ab und stach Cargo damit in den Arm. Cargo schrie auf, als er den Schmerz spürte, konnte jedoch den Arm zur Seite ziehen, bevor er ernsthaft von der Eisenspitze verletzt wurde.

Solon hatte sich von hinten angeschlichen und glaubte nun, seinen Gegner überraschen zu können, während Shiron Cargo in Schutz nahm, der, so schnell er konnte, einen Sanartrank auf die kleine Wunde auf seinem Oberarm auftrug, die höllisch brannte.

Natürlich sah Leto den Angriff des Generales kommen und konterte damit, dass er sich umdrehte, ihm in die Magengrube trat und die eine Sekunde, die er sich so erkämpft hatte nutzte, um Solon das Schwert unter die Kehle zu halten.

„Waffen fallen lassen!"

„Ich bringe ihn um!", fauchte Solon und schlug mit der Faust gegen die Gitterstäbe, die daraufhin laut krachten. „Ich schlage ihm das Schwert samt Hand ab, wenn es sein muss!"

Cargo lehnte sich ächzend an die kalte Wand und rieb sich seinen Oberarm. Natürlich hatten sie Leto nicht widersprochen und sich sofort ergeben. Nachdem Secur die Soldaten geholt hatte, hatten diese ihnen Handschellen angelegt und sie in den Keller des Schlosses gebracht, wo sich das finstere Verlies befand. Das Verlies besaß natürlich nicht einmal einen Bruchteil der Schönheit im Vergleich zum restlichen Schloss. Es war ein dunkler Raum, der nur von einem Fenster beleuchtet wurde und dessen Wände nur aus groben Steinbrocken bestanden. Es gab nur einen Eingang, der über eine steile Steintreppe zu erreichen war.

Schon im Thronsaal hatte man ihnen die Waffen abgenommen und sie durch viele verzweigte Gänge geführt, wo Aramas einen Fluchtversuch gewagt hatte, indem sie die Kette, die sie alle zusammengehalten hatte, mit einem Schwerthieb durchtrennen wollte. Doch Desturm war zu Recht für ihre Schmiede berühmt und so hatten die Ketten den Fluchtversuch ohne Kratzer überstanden. Nun saßen sie ohne Waffen, Elixiere, oder ihre Rucksäcke in dem Kerker und warteten darauf, dass Leto sich entschieden hatte, was er mit ihnen anstellen wollte. Die Karte lag immer noch ausgebreitet auf dem Tisch und wenn Leto Lust hätte, hätte er den nächsten Teil schon freischalten können, bevor sie den Kerker erreicht hatten.

Wenigstens hatte Cargo den Sanartrank schon vor dem Abgeben des Gürtels aufgetragen und so würde die Stichwunde bald wieder verheilen. Leider hatte er während des Kampfes nur einen Augenblick Zeit gehabt und da das Elixier nicht genauso aufgetragen worden war, wie es sich gehörte, brannte es furchtbar.

Shiron hatte sich an die Gitterstäbe gelehnt und starrte an die Wand. „Es ist vorbei.", murmelte er. „Leto arbeitet mit der Schwarzen Armee zusammen, also hat Erversors die Karte, das Schwert und den Brustpanzer. Selbst *wenn* wir lebend hier herauskommen würden, würden wir in spätestens einer Woche nirgendwo mehr sicher sein."

Solon grinste, was bei ihm nicht wirklich oft vorkam. „Mag sein, dass er das Schwert und die Karte hat, aber den Brustpanzer hat er sicher nicht."

„Was soll das heißen?", fragte Cargo erstaunt.

„Ich habe den Karvas noch aus dem Rucksack nehmen können, als sie euch angekettet haben. Alle haben Rucksäcke durchsucht, oder darauf geachtet, dass ihr nicht flüchtet. Auf mich hat keiner geachtet, weil ich schon angekettet war. Ich konnte ihn in Sicherheit bringen und so schnell werden sie ihn garantiert nicht finden."

Cargo wollte eben fragen, wo der General ihn versteckt hatte, als aus einer dunklen Ecke des Gefängnisses eine Stimme zu ihnen drang. „Dann seid ihr also die Leute aus Aventana?"

Alle sahen in Richtung der dunklen Ecke, wo das schwache Licht des kleinen Fensters nicht hinkam und woher die Stimme gekommen war.

Eine junge Frau erschien aus der Dunkelheit. Sie war etwa um die zwanzig und hatte braune Haare, die vollkommen zerzaust waren und verrieten, dass sie länger nicht mehr die Möglichkeit gehabt hatte sich um sie zu kümmern. Sie hatte leuchtend blaue Augen und trug ein Kleid, das sicher einmal sehr schön ausgesehen hatte, aber nun nur noch aus knapp bis zum Boden reichenden Fetzen bestand. Einen der Fetzen hatte sie wohl genutzt, um eine Wunde am Arm zu verbinden, wie man an den roten Flecken erkennen konnte. „Mein Vater hat mir erzählt, dass ihr kommen würdet."

„Ach wirklich?", fragte Aramas misstrauisch. „Dann ist Ihr Vater einer dieser Soldaten vom Orden des Schwertes?"

„Nein nicht ganz.", widersprach das Mädchen. „Mein Vater ist der König von Desturm und ich die Prinzessin Lapis!"

„Die Prinzessin von Desturm?", fragte Surho erstaunt. „Also bist du die Schwester von Secur?"

Die Prinzessin machte ein angewidertes Gesicht. „Von Secur? Nein, Secur ist in Wahrheit genauso wenig der Prinz von Desturm, wie Leto der König. Secur ist aber der General der Schwarzen Armee!"

„Das wissen wir schon.", murmelte Aramas. Sie konnte den jungen General nicht leiden, da er zugegebenerweise ein guter Kämpfer war, der in der Lage war, sie zu schlagen. Abgesehen von seiner Überheblichkeit, war er noch sehr selbstverliebt und arrogant. All das waren für Aramas Gründe, ihn zu ihrem Erzfeind zu erklären.

„Tatsächlich?", fragte Lapis. „Dann wisst ihr sicher auch, dass Secur tatsächlich aus Desturm kommt und ein Mitglied vom Orden des Schwertes war, nicht wahr?"

„Nein, das wussten wir nicht.", gab Cargo zu. „Wir wissen eigentlich fast nichts über ihn."

Lapis richtete sich ein wenig auf. „Viel weiß ich eigentlich auch nicht. Nur, dass er den Kontakt zwischen dem Orden und Erversors aufgebaut hat, worauf er zum Dank General wurde. Meiner Meinung nach, wollte Erversors nur jemandem die Herrschaft über seine Rüstungen überlassen, der ihm nicht gefährlich werden kann. Jemandem, der es nie wagen würde, ihn zu hintergehen. Die Schwarze Armee hat Leto sehr bei seinen Zielen geholfen, also wurde Secur auch noch der Prinz von Desturm."

„Gut zu wissen.", erwiderte Solon. „Aber es hilft uns nicht weiter. Mich würde vielmehr interessieren, was der Orden des Schwertes eigentlich genau ist?"

Lapis seufzte. „Das Schlimmste, was Desturm jemals passiert ist. Es geht in allen Königreichen die Sage der goldenen Rüstung um, doch in Desturm gehört es zu der Legende, dass das Schwert irgendwo in der Wüste versteckt sein soll. Irgendwann kam jemand auf die Idee, das Schwert zu suchen und es für den Schutz des Königreiches zu nutzten. Der Mann wollte die Unterstützung des Königs, um nach dem Schwert zu suchen. Dass die Rüstung überhaupt existiert, ist genauso ein Mythos gewesen, wie die Tatsache, dass das Schwert irgendwo in Desturm zu finden wäre, deswegen weigerte sich der damalige König natürlich. Doch einige Menschen glaubten daran, dass es möglich war, die Waffe zu finden, und gründeten einen Orden, der es sich zur Aufgabe machte, das Schwert ausfindig zu machen. Sie gaben sich den Namen: Der Orden des Schwertes."

„Waren das alles Soldaten?", fragte Shiron in die Erzählung hinein. „Ich meine, wenn die Schwarze Armee und der Orden vor den Toren stehen, werdet ihr es doch sicher nicht einfach so geöffnet haben! Wie sind sie ins Schloss gekommen?"

Die Prinzessin nickte nur. „Das ist das Problem mit ihnen. Der Orden des Schwertes war eigentlich nicht dazu gedacht, Desturm zu erobern, also hatten sie Mitglieder überall. Köche, Gärtner, Soldaten, alle möglichen Menschen eben. Sie mussten nicht ins Schloss, sie waren schon drinnen."

„Wie ging es mit dem Orden damals weiter?", fragte Surho gespannt.

„Die Jahre vergingen und sie hatten das Schwert nicht gefunden.", fuhr Lapis fort. „Doch vor einigen Monaten entdeckten sie eine alte Steintafel, auf der geschrieben stand, dass sich das Schwert tatsächlich in Desturm befand. Nun hätten sie nochmal zum König, zu meinem Vater, gehen und um Hilfe bitten können, doch sie hatten Angst, dass der König das Schwert beschlagnahmen würde und dass ihre harte Arbeit umsonst gewesen wäre. Gleichzeitig fürchteten sie, dass sie das Schwert ohne Unterstützung niemals finden würden, also kam einer von ihnen auf die Idee, die Schwarze Armee um Hilfe zu bitten. Das war Secur."

„Sprecht ihr über mich?", kam eine bekannte Stimme aus Richtung der Treppe.

Alle drehten sich um. Der General der schwarzen Armee hatte lautlos die Tür geöffnet, war die Treppe hinabgestiegen und sah nun mit einem hochmütigen Grinsen in ihr Gefängnis.

„Du Verräter!", fauchte Aramas ihn an. „Du verbündest dich mit der schwarzen Armee, du hintergehst deinen König und dann lässt du dich von beiden Seiten dafür belohnen!"

„Ganz genau.", erwiderte Secur gelassen. „Aber ich bin nicht hier, um mich mit dir über meine Moral zu streiten." Er betrachtete die Gitterstäbe ein paar Sekunden lang, bevor er fortfuhr. „Die sehen ziemlich stabil aus, nicht wahr? Jetzt bist du genau dort, wo du hingehörst…und wo deine Mutter auch hingehört hätte!"

„Wieso das?", fragte Lapis verwundert, als sie sah, wie Aramas erstarrte. „Wer ist ihre Mutter?".

„Eine wahnsinnige Mörderin.", antwortete Secur grinsend. „Eine Magierin, die vor ein paar Jahren Aventana terrorisiert hat."

„Sei still!", knurrte Aramas und versuchte den General mit einem Schwert zwischen den Gitterstäben hindurch zu treffen, doch er stand sicherheitshalber ein ganzes Stück von der Zelle entfernt.

„Sie hat von heute auf morgen beschlossen, Königin zu werden und hat von da an jeden beseitigt, der ihr im Weg stand. Selbst die, die ihr nicht im Weg standen, einfach nur um den Menschen Angst zu machen."

„Secur! Letzte Warnung!"

„Irgendwann hat sie dann einfach das Schlosstor aufgebrochen und nicht nur jeden Soldaten getötet, der sie aufhalten wollte, sondern auch den König persönlich. Irgendwie haben sie es geschafft, sie zu besiegen und als man dann ihre Tochter fand, hatten die Berater des Königs schon die gleichen Ängste, die die meisten Menschen, die sie kennen, heute immer noch haben. Nämlich, dass sie eine wahnsinnige Mörderin ist, die alles und jeden opfern würde, um das zu erreichen, was ihre Mutter nicht geschafft hat."

„Das reicht!", schrie Aramas, ließ einen Dolch in ihren Händen erscheinen und schleuderte ihn in Securs Richtung. Was dann passierte, schockierte alle. Der Dolch verließ tatsächlich ihre Hand und kam direkt auf den jungen General zu. Nicht einmal Aramas hatte damit gerechnet und Secur war so überrascht von dem Angriff, dass er nicht in der Lage war, auszuweichen. Er stand einfach nur da und starrte den Dolch an, der sich direkt auf sein Gesicht zu bewegte. Zu seinem Glück begann die tödliche Waffe ein paar Zentimeter vor seinem Ziel, zu flackern und löste sich schließlich ganz auf. Alle starrten auf Aramas. Diese wiederum, starrte fassungslos auf ihre Hände. Für einen Gladiamagier war es eigentlich unmöglich, eine Waffe zu werfen, da sie sich sofort auflöste, sobald sie den Körperkontakt verlor. Nur Asgar Gardos war dazu in der Lage gewesen und selbst sie wusste nicht, wie man dieses Ereignis bewusst kontrollieren konnte.

Secur hatte sich aus seiner Starre befreit, drehte sich um und verließ langsam das Verließ, ohne sich noch einmal umzudrehen oder auch nur ein Wort von sich zu geben. Cargo sah ihm noch ein paar Sekunden nach. Auch wenn Secur nicht der Prinz war, kam er immerhin aus Desturm. Woher wusste er über Asgar Bescheid und vor allem, dass Aramas ihre Tochter war?

17. Kapitel

„Die Soldaten der Schwarzen Armee haben dem Orden des Schwertes geholfen. Sie haben überall, wo es vielversprechend war, kleine Lager aufgestellt und so tief gegraben, bis sie sich ganz sicher waren, dass sie am falschen Ort gruben.", fuhr Lapis fort.

Aramas hatte sich ein kleines Stück zurückgezogen und betrachtete schon einige Zeit lang ihre Hände. Hin und wieder ließ sie einen kleinen Dolch in ihrer Hand erscheinen und versuchte, ihn zu werfen, doch die Waffe löste sich immer auf, sobald sie ihre Handfläche verließ.

Dass sie tatsächlich die gleiche einzigartige Fähigkeit hatte wie ihre Mutter und dass sie damit beinahe Secur getötet hatte, war für sie sehr schockierend gewesen.

Doch nach einiger Zeit hatte Solon vorgeschlagen, dass die Prinzessin weitererzählen sollte, was passiert war, da es ihnen nichts brachte die ganze Zeit darüber nachzudenken, was Aramas gerade getan hatte.

„Sie haben ganz schön lange gegraben, aber vor ungefähr zwei Wochen sind sie fündig geworden. Sie haben einen uralten Tempel ausgegraben, von dem sie sich sicher sind, dass er schon länger dasteht, als die Stadt von Desturm. Er war vollgestopft mit Fallen, doch mithilfe der Schwarzen Armee war das kein großes Hindernis. Tatsächlich befand sich im Herzen des Tempels ein Karvas, indem das goldene Schwert gesteckt hatte. Der oberste Vorsteher des Ordens, Leto, hatte das Schwert an sich genommen und danach mit Erversors eine Abmachung getroffen. Leto kannte irgendwoher schon Erversors Ziel und bot ihm seine Hilfe an. Erversors wusste damals schon, dass ihr auf der Suche nach dem Brustpanzer wart, und wollte euch einen großen Empfang bereiten, sobald ihr in Desturm nach dem Schwert sucht. Er nahm Letos Hilfe an und erzählte ihm von seinem Plan, der beinhaltete, dass Erversors ihm mit einem Teil seiner Armee zur Seite stehen sollte, um Leto zum König zu machen. Leto war mit diesem Plan einverstanden, da er außerhalb des Ordens ein einfacher Soldat war und dem Orden gefiel der Gedanke, über Desturm zu herrschen, wohl auch. Wie schon gesagt, der Orden ist überall und wir wussten bis dahin nicht einmal wirklich, dass er existierte. Sie haben uns einfach überrannt mit ihren Köchen, Dienern und Soldaten, die bei uns im Schloss arbeiteten und mit dem Schwert, gegen das wir nichts ausrichten konnten. Abgesehen von der der Schwarzen Armee, die verhinderte, dass irgendjemand außerhalb des Schlosses durch Rufe oder nach draußen stürmende

Menschen vom Kampf mitbekam. Als Leto sich offiziell zum König gemacht hatte, mussten die Soldaten ihm dienen. So ist ihr Eid. Von da an haben sie nur auf euch gewartet."

Cargo nickte. „Deswegen haben sie uns sofort geglaubt, wer wir sind. Sie haben auf uns gewartet."

„Woher wissen Sie das alles?", fragte Surho neugierig.

„Ein Teil ist die Legende, die von diesem Orden erzählt.", erwiderte Lapis. „Der Orden des Schwertes ist nichts, was man in Desturm noch nie gehört hat. Es gibt jede Menge Bücher über ihn, obwohl bis vor Kurzem niemand genau wusste, ob es ihn tatsächlich gibt. Und den Rest hat mir mein Vater erzählt, wenn er ab und zu hier herunterkommt."

„Ist der König denn frei?", fragte Solon überrascht.

Lapis ballte die Fäuste. „Wie man es nimmt. Leto möchte ihm zeigen, dass er bedeutungslos ist und erlaubt ihm, sich im Schloss frei zu bewegen. Kein Raum im Schloss ist verschlossen. Auch nicht das Verlies, wo dieser Feigling mich eingesperrt hat, um zu verhindern, dass mein Vater das Schloss verlässt, oder irgendetwas anderes tut, was der Orden des Schwertes nicht gebrauchen kann."

„Gut, dass wir das alles jetzt wissen, aber was machen wir jetzt?", fragte Shiron in die Runde. „Niemand von uns, abgesehen von Aramas, ist bewaffnet. Wir kommen nicht aus dieser Zelle heraus und selbst wenn, gäbe es nichts, was wir tun könnten, abgesehen davon, dass wir uns in den Thronsaal schleichen, den Brustpanzer holen und dann verschwinden, was wir aber nicht tun können, weil Leto noch die Karte hat."

„Ich hätte da einen Vorschlag.", begann Lapis. „Die Bevölkerung weiß nicht, dass Leto das Schloss übernommen hat. Ich müsste es nur aus dem Schloss schaffen und den Menschen erzählen, was passiert ist und dass Freunde von Erversors das Reich regieren. Es würde ganz sicher einen Aufstand geben, den wir nutzen können, um Leto das Schwert abzunehmen!"

„Aber reicht so ein Aufstand?", überlegte Solon nachdenklich. „Leto ist mit der Schwarzen Armee verbündet. Er hat viele Soldaten, unter anderem auch die des Königs und davon abgesehen auch das Schwert."

Lapis zuckte mit den Schultern. „Ein Versuch ist es wert."

Cargo stand auf. „Schön, dass wir jetzt einen Plan haben und auch über alles Bescheid wissen, aber selbst, wenn der Plan funktionieren würde, müssten wir doch erst einmal hier herauskommen!"

„Das ist mein Stichwort"

Alle sahen zu den Treppen, die ins Verlies hinunterführten. Er schwarzhaariger Junge, der sich ungefähr in Securs Alter befand, marschierte grinsend zu ihnen hinunter und wedelte mit etwas in der Hand, das wie ein Schlüsselbund aussah. Er trug schwarze Stoffkleidung unter einem kurzen Mantel, wobei, zu Cargos Erleichterung, nirgends an der Kleidung Schwertsymbole zu sehen waren.

„Noa!", rief die Prinzessin erleichtert. „Bin ich froh, dass du da bist."

Der Junge probierte schnell die Schlüssel durch und stellte erfreut fest, dass der zweite schon passte. Mit einer dramatischen Geste öffnete er die Zellentür und verbeugte sich vor Lapis. „Darf ich mich vorstellen? Ich bin Noa Wies. Der Leibwächter der Prinzessin."

„Schön, dich kennenzulernen, aber vorstellen können wir uns später!", antwortete Solon. „Ich glaube kaum, dass du nett um den Schlüssel gefragt hast, also sollten wir zusehen, dass wir hier wegkommen."

Noa nickte und zeigte an das obere Ende der Treppe, wo man zwei bewusstlose Wachen am Boden liegen sehen konnte.

Cargo staunte. Die Wachen waren beide sicher einen Kopf größer als ihr Retter und sicher auch zweimal so breit. „Wie hast du das gemacht?"

„Ganz einfach." Der Junge ließ einen kleinen Dolch in seiner Hand erscheinen. „Ich bin ein Gladiamagier."

„Was sollen wir hier jetzt machen?", fragte Surho so leise wie möglich.

„Wir überlegen, wie es weitergeht.", erwiderte Cargo. „Erinnerst du dich, dass das kopflose Loslaufen nicht gerade effektiv war?"

Bevor sie die beiden, noch immer bewusstlosen Wachen, in ihre Zelle gesperrt hatten, hatten sie ihnen ihre Waffen abgenommen. Anscheinend hatten sie schon mit einem Ausbruch gerechnet, denn die beiden Männer waren bis an die Zähne bewaffnet gewesen. Cargo hatte, genau wie Solon und Shiron, eines der Schwerter in die Hand gedrückt bekommen. Lapis besaß nun das Schild, dass die Wachen wohl verlangt hatten, nachdem Secur von seinem Erlebnis erzählt hatte und einen Morgenstern, der, wie alle Morgensterne in Desturm beeindruckend schimmerte.

Nachdem sie das Verlies verlassen hatten, hatten sie sich ein paar Türen weiter in einem Zimmer der Diener versteckt. Der Orden durfte unter keinen Umständen mitbekommen, dass sie geflohen und zudem noch bewaffnet waren.

Noa war Aramas überraschend ähnlich. Auch er trug keine Rüstung, da er der Meinung war, dass sie ihn langsam machen würde. Er trug, genau wie Aramas nichts anderes mit sich herum, was ihn daran hindern könnte, so zu kämpfen, wie es für Gladiamagier üblich war. Noa und Aramas hatten sich schon einige Zeit unterhalten, was sicher daran lag, dass diese Magier so selten waren, dass sie beinahe nie einen anderen trafen und außerdem auch daran, dass Aramas glaubte, Cargo und Surho hätten nicht gewusst, dass sie Asgar Gardos Tochter war und nun nicht darauf angesprochen werden wollte.

„Wir müssen meinen Vater aus dem Schloss schaffen!", antwortete Lapis entschlossen auf Surhos Frage. „Wenn Leto bemerkt, dass wir weg sind, wird er sicher ihm die Schuld geben!"

Noa nickte ein wenig schuldbewusst. Leto würde ganz sicher nicht auf die Idee kommen, dass es der Leibwächter der Prinzessin in das Schloss geschafft hatte, indem er eine Uniform für Diener gestohlen und sich damit, unter einige andere Diener gemischt, ins Schloss geschmuggelt hatte. Von dort aus hatte Noa möglichst viel Blickkontakt vermieden, um zu verhindern, dass ihn schließlich doch wer erkannte, und war zum Verlies marschiert, wo er es geschafft hatte, die beiden Wachen zu überwältigen.

Solon hatte schon die ganze Zeit nach Dieneruniformen als Tarnung gesucht, war bisher aber noch nicht fündig geworden. „Wo finden wir Ihren Vater?"

Lapis seufzte. „Er könnte überall im Schloss sein. Vielleicht sogar im Thronsaal oder in der Schatzkammer."

„Schatzkammer?", fragte Surho erstaunt nach. „Was sollte er in der Schatzkammer wollen?"

„Dort liegt der mächtige Morgenstern der Zwerge.", antwortete Noah an der Stelle seiner Prinzessin. „Der Morgenstern liegt immer in der Schatzkammer, um zu verhindern, dass er gestohlen wird. Sollte er gebraucht werden, wird er geholt. Leto hätte ihn sicher auch gerne, aber die Schatzkammer ist nur über einen Custodian zugänglich und die Tür lässt ihn natürlich nicht hinein."

„Könnte der Morgenstern es mit dem Schwert aufnehmen?", fragte Shiron neugierig.

„Ich weiß es nicht.", erwiderte Lapis unsicher. „Der Orden hatte damals schon den Weg zur Schatzkammer versperrt, als wir angegriffen wurden, und so hat mein Vater ihn gar nicht erst benutzen können."

„Dann holen wir beides.", entschied Solon. „Wir finden Ihren Vater und holen den Morgenstern aus der Schatzkammer!"

Shiron nickte. „In diesem Fall wäre es besser, wenn wir uns aufteilen würden. Eine Gruppe verlässt das Schloss und berichtet vom Orden des Schwerts, die andere holt den Morgenstern und den König!"

„Ich suche meinen Vater!", sagte Lapis entschlossen.

Solon schüttelte den Kopf. „Das halte ich für keine gute Idee. Die Prinzessin muss den Leuten erzählen, was passiert ist, dann würden sie uns sicher glauben. Sie sollten mit Shiron nach draußen gehen. Es wäre sicher nicht schlecht, wenn er als König auch draußen wäre."

Auch wenn die Prinzessin es nicht gern zugab, war das ein guter Vorschlag und so standen kurz darauf die Gruppen fest. Cargo ging mit Noa und Solon zusammen auf die Suche nach dem König, während Surho, Aramas, Shiron und Lapis das Schloss verließen, um einen Aufstand anzuzetteln.

Noa sollte ihr Führer durch das gigantische Gebäude sein, damit sie die Schatzkammer überhaupt fanden. Die Schatzkammer war der am schwersten bewachte Raum im ganzen Schloss, da die Soldaten von dem Custodian nicht hineingelassen wurden, der König aber schon.

Surho klopfte Cargo zum Abschied noch einmal auf die Schulter, bevor er Aramas folgte, die Cargos Blickkontakt so gut es ging, mied.

Cargo winkte seinen Freunden mit gequältem Grinsen noch einmal nach, bevor Lapis ihm ebenfalls noch einmal zunickte und dann den anderen folgte. Als sie die Tür geschlossen hatte, sah Cargo Solon fragend an. „Was machen wir zuerst? Suchen wir den König, oder gehen wir zur Schatzkammer?"

„Es wäre klüger, zur Schatzkammer zu gehen.", antwortete Noa. „Wenn wir ihn suchen wollen, müssen wir durch das ganze Schloss laufen und werden sicher gesehen, aber wenn wir auf dem Weg zur Schatzkammer sind, könnten wir ihn auch zufällig treffen."

Solon nickte. „Guter Vorschlag."

Cargo ging zur schlichten Eichentür des Zimmers und drückte sie langsam auf, doch bevor er sie durchschritt, sah er noch einmal zu dem Gladiamagier. „Ich habe es vorhin schon ein paar Mal gehört, aber nicht verstanden. Kannst du mir sagen, was Samus Potens bedeutet?"

„Es waren die letzten Worte, die der König von Desturm sprach, bevor er im Kampf gegen Ignis getötet wurde.", erklärte Noa feierlich. „Seitdem ist es der Kampfschrei von Desturm und bedeutet so viel wie, *Wir sind unaufhaltsam!*"

18. Kapitel

„Da kommt wer!", zischte Noa und drückte eilig die nächstbeste Tür auf.

Tatsächlich waren im Gang vor ihnen Schritte zu hören und Cargo und Solon folgten dem Leibwächter der Prinzessin so schnell sie konnten. Gerade noch rechtzeitig zog Solon die Tür zu, bevor die Schritte lauter wurden und die Wache, wie man an dem Licht, das unter der Tür hindurchfiel, erkennen konnte, an der Tür vorbeiging, ohne langsamer zu werden. Sie waren nun schon einige Zeit unterwegs, kamen aber leider nicht sehr schnell voran, da sie sich ständig verstecken mussten, wenn ihnen jemand im Gang entgegenkam. Je näher man dem Thronsaal kam, desto mehr Wachen patrouillierten durch die Gänge. Zwei Mal hatte Cargo es nicht mehr rechtzeitig geschafft, sich zu verstecken. Doch zu seinem Glück kannten ihn nur wenige Soldaten und somit war ihre Reaktion nicht mehr als ein schnelles Grüßen gewesen. Trotzdem wollten sie kein Risiko eingehen, da sie ungefähr dreißig Soldaten schon mindestens ein Mal gesehen hatten.

Das Schloss war riesig und, zu ihrem Glück, voller verwinkelter Gänge und abgelegener kleiner Kammern, die sich ideal als Versteck in der letzten Sekunde eigneten.

„Wie weit ist es noch?", flüsterte Solon und öffnete die Tür einen Spalt, um zu erkennen, ob die Luft rein war.

„Noch ein ganzes Stück.", antwortete Noa. „Aber gleich wird es ein wenig schwerer, denn wir müssen an der Eingangshalle am Thronsaal vorbei. Dort können wir uns nirgendwo verstecken und die Wachen dort haben euch alle schon einmal gesehen."

„Gibt es keinen anderen Weg?", fragte Cargo hoffnungsvoll.

Noa schüttelte den Kopf. „Deswegen ist die Halle doch so gut bewacht. Die Schatzkammer ist nur hier zu erreichen. Wir müssen von hier, durch die Eingangshalle, an der Treppe vorbei zu einer kleinen Tür. Man erkennt sie sofort. Es ist ein goldenes Bild mit einem Morgenstern darauf. Es ist unmöglich, da durchzukommen, ohne dass uns nicht einer erkennt."

„Das denke ich nicht.", murmelte Solon, der durch die gute Lage der Türe, durch den restlichen Gang hindurch, fast die gesamte Halle überblicken konnte. Wenn wir auf den Wachwechsel warten, würden die neuen Soldaten uns nicht erkennen."

„Die wechseln aus Sicherheitsgründen nicht alle auf einmal!", warf Noa ein.

„Das müssen sie auch nicht.", überlegte Cargo. „Es reicht, wenn die meisten gewechselt haben und wir uns an ihnen vorbeischleichen und hoffen, dass uns nur die sehen, die uns nicht kennen!"

„Aber mich kennt sicher jeder von denen.", erwiderte der Magier.

Da fiel Cargo etwas ein. „Hast du die Dieneruniform noch, mit der du ins Schloss gekommen bist?"

Noa nickte. „Ja schon, aber durch die Halle komme ich damit unmöglich. Überall stehen Soldaten und ich kann nicht die ganze Zeit mein Gesicht verstecken, ohne dass sie misstrauisch werden."

Cargo zeigte in den hinteren Teil der Kammer, in der sie sich versteckt hielten. Sie war vollgestopft mit Stoffen und alten Wandteppichen, die schon vollkommen mottenzerfressen waren. „Verdeck damit dein Gesicht! Tu so, als müsstest du sie irgendwo hintragen, dann bist du für die Soldaten nicht mehr, als ein Diener, der was zu erledigen hat."

Der Magier nahm die Teppiche skeptisch. „Glaubst du wirklich, das funktioniert?"

„Eine andere Wahl haben wir nicht.", erwiderte Solon und schloss die Tür wieder. „Die Wachen haben schon gewechselt. Es stehen nicht mehr die gleichen vor der Tür zum Thronsaal. Am klügsten wäre es, wenn wir nicht alle auf einmal gehen. Ich gehe als Erster. Wenn sie mich erkennen, schaff ich es am ehesten nach draußen und ihr nutzt das, verstanden?"

Damit waren Noa und Cargo einverstanden. In wenigen Augenblicken zog sich Noa die Uniform über und nahm ein paar der Teppiche. „Dann gehe ich als Letzter. Mich erkennen sie am ehesten und dann seid ihr schon vorbei!"

Damit war die Reihenfolge klar und Solon öffnete langsam die Tür und betrat den Gang. Vorsichtig schloss er sie wieder und nach dem, was Cargo hörte, hatte kein Soldat mitbekommen, dass der General eben aus einer Abstellkammer gekommen war.

Nun saßen sie beide da und lauschten an der Tür. Sie trauten sich nicht einmal, zu atmen, während sie den Schritten von Solon zuhörten, die immer leiser wurden.

Cargo hoffte, dass Leto nicht im Thronsaal war und wenn doch, dass er ihn wenigstens nicht verließ, denn er erkannte Solon auf jeden Fall und dank des Schwertes würde er den General auch besiegen können.

Doch nachdem sie sicher eine halbe Minute gewartet hatten, atmeten sie auf. Es war kein Geschrei oder sonst etwas zu hören gewesen, was bedeutete, dass Solon es geschafft hatte.

Noa nickte in Richtung der Tür. Cargo schluckte. Jetzt war er dran. Vorsichtig öffnete er die Tür einen Spalt und sah hinaus. Keiner der Soldaten sah in seine Richtung. Das war seine Chance, die er nutzte, indem er sich durch den Spalt drückte und die Tür langsam schloss. Keiner der Männer hatte etwas gehört. Nun ging Cargo los.

Als er die Halle erreicht hatte, drehte sich einer der Männer zu ihm um und Cargo gab sich Mühe, sich nichts anmerken zu lassen, und nickte dem Mann zur Begrüßung zu. Tatsächlich hatte er Glück. Die Wache erkannte ihn nicht und drehte sich wieder zur Seite. Cargo atmete innerlich auf. Schon hatte er die Treppe erreicht, als er einen der Männer erkannte, der am oberen Treppenabsatz stand. Der Gang hatte, zu seinem Glück, schon am oberen Ende auf die Eingangshalle getroffen, weswegen er die Treppe nicht hinaufmusste und ganz sicher von mehreren Wachen erkannt worden wäre. Auch wenn er ihm gerade den Rücken zudrehte, war es eindeutig einer der Soldaten, die gegen die Skorpione gekämpft hatten.

Sicherheitshalber machte er einen großen Bogen um den Mann, was er sofort bereute, da er deswegen von einigen anderen Wachen angesehen wurde, die links und rechts vor der Tür zum Thronsaal aufgestellt waren. Zu seinem Glück sagten sie nichts. Cargo lächelte ihnen zu und merkte, dass es immer schwerer wurde, ruhig zu bleiben. Es waren nur noch drei Türen, an denen er vorbeimusste und vor denen auch keine Soldaten standen, doch wenn seine Glückssträhne nicht anhielt, würde sich die Wache von der Treppe um nur ein paar Zentimeter zur Seite drehen und ihn sofort erkennen.

Plötzlich öffnete sich eine der Türen neben dem großen Eingangstor und Mernos trat heraus. So schnell Cargo konnte, griff Cargo nach dem nächsten Türgriff, den er erreichen konnte, öffnete die Tür und verschwand dahinter. Der General hätte ihn ebenfalls sofort erkannt und wenn er die Treppe nach oben gekommen wäre, hätte er ihn auf jeden Fall gesehen.

Cargo hörte Schritte auf den Stufen und Mernos Stimme, doch was er sagte, konnte er durch die dicke Tür nicht verstehen. Die Stimme wurde immer lauter. Offenbar kam Mernos seiner Tür näher. Hektisch sah sich Cargo um und entdeckte eine Wendeltreppe, die nach oben führte. Wenn irgendjemand gesehen hatte, dass er sich hinter dieser Tür versteckte, sollte er zusehen, dass er dahin kam, wo auch immer die Treppe hinführte.

So schnell er konnte, sprintete er die steile Wendeltreppe nach oben und folgte dem kurzen Gang, der darauffolgte. Doch er kam nicht weit. Nach wenigen Metern war der Gang schon wieder zu Ende und mündete auf einer Art Balkon, der sicher nur zwei Meter breit war. Es war zwar eine Sackgasse, aber trotzdem würde er hier oben bleiben müssen, bis er sich sicher sein konnte, dass Mernos die Halle verlassen hatte, oder vielleicht sogar bis alle anderen Soldaten, die ihn erkennen konnten, wegen einem Wachwechsel ebenfalls verschwanden.

Cargo lehnte sich ein wenig nach vorne, um zu erkennen, wo sich sein Balkon ungefähr befand. Sofort zog er seinen Kopf wieder zurück. Der Balkon befand sich direkt über dem Thronsaal. Er hatte zwar keine Ahnung, wofür er da war, trotzdem konnte man mit seiner Hilfe den gesamten Raum überblicken. Leto saß noch immer auf seinem Thron, hielt das goldene Schwert in der Hand und betrachtete interessiert die Karte, die vor ihm ausgebreitete war und vor einigen Stunden noch in ihrem Besitz gewesen war. Über dem Schloss schwebte noch immer das kleine Bild des Schwertes, was bedeutete, dass er den nächsten Teil noch nicht geöffnet hatte. Außer ihm befanden sich noch zwei Wachen im Raum, die wie versteinert neben der Tür standen und in die Luft starrten. Cargo ballte die Fäuste. Am liebsten hätte er sein Schwert genommen und es nach dem Verräter geworfen, doch erstens hätte er sicher nicht getroffen und zweitens hätte Leto es vorausgesehen.

Plötzlich wurde die Tür aufgestoßen und Mernos stürmte herein. Er wirkte vollkommen überrascht, als er zu Leto rannte und sich vor ihm verneigte. „Leto, Ihr glaubt nicht was eben passiert ist! Ich habe selbst keine Ahnung, wie er ins Schloss gekommen ist. Keiner der Wachen hat ihn gesehen!"

„Wen hat keiner gesehen?", fragte Leto barsch. „Rede! Was ist passiert!"

„Ihr habt hohen Besuch, König Leto!", drang eine Stimme aus der Eingangshalle.

Leto sah vor Cargo, wer gesprochen hatte, da Cargo von seinem Platz aus nicht durch die Eingangstür sehen konnte. Die Augen des falschen Königs weiteten sich und er stand ruckartig auf.

Die Gestalt betrat den Thronsaal und nun konnte auch Cargo ihn sehen. Dieser wäre daraufhin fast die Wendeltreppe wieder hinuntergefallen. Durch den Türbogen trat ein Mann mit einem langen, tiefschwarzen

Mantel, der bis zum Boden reichte. Verschiedene, lilafarbene Symbole verzierten die weiten Ärmel und die Kapuze die tief ins Gesicht gezogen war, und schienen selbst im hellen Licht zu leuchten. Abgesehen von der Kapuze war fast das ganze Gesicht mit einem schwarzen Tuch bedeckt und ließ nur ein wenig Platz für die Augen. Mit langsamen Schritten ging die Person bis zur Mitte des Raumes, blieb dort stehen und blickte fest auf Leto. Cargo konnte es noch immer nicht glauben. Den Mann, der dort unten stand, hatte er schon häufig gesehen, aber nie persönlich vor sich gehabt. Dort unten stand Erversors!

„Welche Ehre, Sie zu treffen.", begrüßte Leto den bösen Zauberer.

Er hatte ihn wohl auch noch nie persönlich gesehen.

„Ich hörte, dass du den Brustpanzer und die Karte in deinen Besitz bringen konntest.", sprach Erversors, ohne die Begrüßung zu erwidern. Durch das Tuch, vor seinem Mund war er zwar gut zu verstehen, doch sosehr er sich auch anstrengte, konnte Cargo trotzdem unmöglich sagen, wie alt der Zauberer etwa war. „Zudem befinden sich die Aventaner in Gefangenschaft."

Cargo schauderte es. Es war wirklich unheimlich, wie der Zauberer jedes Mal seine Persönlichkeit ein wenig änderte.

Leto nickte. „Die Karte konnten wir ihnen abnehmen, aber den Brustpanzer konnten wir bei keinem von ihnen finden. Sicher haben sie ihn in Barstaras gelassen, um die Menschen dort gegen Ihre Truppen zu unterstützten."

Cargo atmete auf. Solon hatte recht gehabt, sie hatten den Brustpanzer tatsächlich nicht gefunden. Mernos verneigte sich noch einmal vor dem König und dem Zauberer und verlies dann, ohne von einem der beiden beachtet zu werden den Thronsaal und zog die Tür hinter sich zu.

„Der Brustpanzer ist hier.", widersprach Erversors zu Cargos Entsetzten. „Hätte Betula ihn, würde sie ihn gegen meine Truppen einsetzen, oder ihn irgendwo aufbewahren, wo ich ihn spüren könnte. Sie müssen den Brustpanzer mitgenommen haben!"

Letos Gesicht verzog sich zu dem gleichen unheimlichen Grinsen, das Cargo schon vorhin gesehen hatte. „Ach tatsächlich?"

Er ging langsam auf Erversors zu, worauf dieser die Hand ausstreckte, offensichtlich mit der Erwartung, dass er ihm das Schwert geben würde, doch Leto zögerte. Es vergingen einige Sekunden, in denen man Leto ansah, dass er nachdachte, doch dann schüttelte er den Kopf und zog das Schwert wieder zurück.

„Allein, wenn ich den Brustpanzer und das Schwert vereinen könnte, wäre ich jetzt schon der mächtigste Krieger der ganzen Welt! So leid es mir tut, ich glaube, ich kann dir das Schwert nicht geben."

19. Kapitel

„Was soll das bedeuten?", fragte Erversors lauernd.

Leto betrachtete das Schwert von allen Seiten. „Jetzt, wo ich das Schwert, die Karte und bald auch den Brustpanzer habe, fällt mir kein Grund ein, wieso du mir noch nützlich bist."

„Wieso ich nützlich bin?", schrie der böse Zauberer fassungslos. „Du bist mein Diener und nur noch am Leben, weil du deine Aufgabe bisher erledigt hast, ohne Fragen zu stellen!"

Leto ging zum Tisch, rollte die Karte zusammen und steckte sie an seinen Gürtel. „Ich war bereit, deinen Größenwahn zu ertragen, als du mich zum König gemacht hast, aber jetzt sehe ich nicht wirklich einen Grund mehr dafür."

„Wähle deine nächsten Worte klug.", fauchte der Magier und ging ein paar Schritte auf Leto zu. „Wenn es nämlich die Falschen sind, werden es deine Letzten sein."

Cargo blickte gespannt auf die beiden hinunter und vergaß dabei fast, dass er auf keinen Fall gesehen werden durfte.

Leto schien nicht unbedingt beeindruckt zu sein und ließ das Schwert ein paar Mal durch die Luft wirbeln.

Erversors verstand, was er damit sagen wollte. „Die Truppen, die dir dabei halfen, den König zu stürzen, sind noch immer hier! Nur ein Zeichen von mir und sie werden diese Stadt angreifen."

„Bis dahin nutze ich die Zeit, suche nach dem Brustpanzer und mache dann mit deinen mächtigen Soldaten das Gleiche, was schon in Silva Lupus passiert ist."

Cargo wusste nicht, was er von dieser Entwicklung halten sollte. Erversors war persönlich gekommen und hatte damit einen großen Fehler begangen. Doch wenn Leto Erversors unschädlich machte, würde er mit zwei Teilen der Rüstung, der Karte und dem Heer von Desturm einen würdigen Ersatz abgeben.

Leto zeigte nach draußen. „Deine Armee ist beeindruckend. Mit ihr und der goldenen Rüstung wäre es sicher kein Problem, alle Königreiche zu erobern!"

Was du nicht sagst.

„Du überschätzt dich!", fauchte Erversors. „Du wirst für deinen Verrat bezahlen und ich werde persönlich dafür sorgen!"

Leto lachte höhnisch. „Wofür wirst du persönlich sorgen? Du bist ein Feigling, der sich im Hintergrund versteckt hält und andere seine Schlachten kämpfen lässt."

Das war zu viel für den bösen Zauberer. In seiner Hand erschien ein lilafarbener Feuerball, der unheimlich leuchtete und perfekt zu den leuchtenden Runen auf seinem Umhang passte. Mit wütendem Brüllen schleuderte er ihn nach Leto, der ohne große Mühe auswich.

Cargo verfolgte das Geschehen gespannt. Erversors würde es nicht leicht haben, denn das Schwert war, genau wie Shiron gesagt hatte, eine nicht zu unterschätzende Waffe. Aber trotzdem wusste er nicht, wozu der Magier in der Lage war. Auch dem zweiten und dritten Angriff konnte der Verräter entkommen, doch bei der vierten Attacke drehte sich der böse Zauberer ruckartig um und schleuderte den Feuerball auf eine der Wachen. Diese war so überrascht, dass er nicht die geringste Chance hatte, auszuweichen. Der Angriff traf ihn mit voller Wucht, ließ ihn ein kleines Stückchen durch die Luft fliegen und in einer Ecke des Saales landen, wo er bewusstlos liegenblieb.

Erversors ging auf den Soldat zu und nahm ihm das Schwert ab.

Er rannte auf Leto zu und ein erbitterter Schwertkampf begann, bei dem sich die Wache, die noch in der Lage war zu kämpfen, einmischen wollte, aber Leto gab ihm den Befehl, sich fernzuhalten.

Cargo musste erstaunt zugeben, dass Erversors ein beeindruckender Schwertkämpfer war und für Leto keinen leichten Gegner darstellte. Gerade nutzte er seine Magie, um einen Stuhl nach Leto zu schleudern, doch dieser räumte den Stuhl mit einem einzigen Schlag zur Seite. Letos Angriffe waren immer gleich, wie Cargo feststellen konnte. Er griff nie als Erstes an, sondern ließ seine Gegner immer zu sich kommen, wo er ihre Angriffe voraussah und perfekt konterte.

Gerade war Erversors wieder zum Angriff übergegangen. Er versuchte Leto direkt den Kopf abzuschlagen, doch dieser konnte sich ducken und Erversors einen Tritt verpassen, auf den ein weiterer Schlag folgen sollte, doch diesmal war es Erversors, der ausweichen konnte. Erversors versuchte noch einmal, Leto mit einem Feuerball zu treffen, doch auch aus dieser Distanz hatte Leto keine Probleme, worauf der böse Zauberer versuchte, ihm die Klinge in den Bauch zu rammen. Doch Leto kam ihm zuvor, indem er ihm einen ordentlichen Faustschlag verpasste, der den bösen Zauberer kurz taumeln ließ und nach einem Fußtritt auch das Schwert zur Seite beförderte. Erversors schaffte es gerade noch, nicht hinzufallen, doch sein Schwert war weg und er blieb stillstehen, um zu zeigen, dass er nicht weiterkämpfte.

Leto grinste und setzte sich wieder auf seinen Thron. „Da das nun geklärt wäre, hätte ich eine Bitte an dich. Ich weiß, dass die Macht über die Schwarze Armee übertragbar ist."

„Und du glaubst, ich würde dir diese Macht übergeben?", fragte Erversors tonlos.

„Ich glaube, dass du keine andere Wahl hast.", lachte Leto. „Es ist nur eine Frage der Zeit, bis ich den Brustpanzer gefunden habe und zusammen mit der Schwarzen Armee wird mich nichts daran hindern, ein Königreich nach dem anderen zu erobern."

Cargo entfernte sich ein paar Schritte von der Brüstung. Der Lauf der Geschichte gefiel ihm überhaupt nicht. Erversors war zwar viel gefährlicher als Leto, doch mit dem Brustpanzer, dem Schwert, der Schwarzen Armee und der Karte, würde es beinahe unmöglich werden, ihn zu besiegen. Erversors hatte noch nichts gesagt. Er stand still da und starrte Leto so wütend an, dass das bösartige Leuchten sogar für Cargo sichtbar war.

„Du bist so gut wie tot!", fauchte er. „Von heute an solltest du dich vorsehen und das Schwert nicht mehr aus der Hand geben, damit du mich siehst, wenn ich komme, denn ich werde ganz sicher kommen. Ich werde einen Weg finden, dich zu erledigen. Vielleicht wirst du nicht rechtzeitig erkennen, dass ich dafür verantwortlich bin, aber sei dir sicher, ich werde dafür verantwortlich sein! Und wenn du im Sterben liegst, sei dir bewusst, dass du selbst daran schuld bist!"

Als Erversors diesen Satz zu Ende gesprochen hatte, strömte dichter Nebel aus den Ärmeln des Magiers. Ehe Leto reagieren konnte, war der ganze Raum so voller Qualm, dass selbst Cargo nichts mehr erkennen konnte. Er hörte, wie die große Tür aufgerissen wurde und das erstaunte Rufen der Wachen, die sich in der Eingangshalle befanden.

Sie stürmten in den Raum, doch auch sie konnten in dem Nebel nichts erkennen. Letos aufgeregte Schritte waren zu hören, als er versuchte, den Zauberer noch einzuholen, doch er hatte keine Chance. Nach einigen Momenten löste sich der Nebel wieder auf und natürlich war Erversors verschwunden.

„Sucht das ganze Schloss ab!", schrie Leto seine Soldaten an. „Kein Ausgang bleibt unbewacht und ich will, dass jeder einzelne Raum, wenn es sein muss, zweimal durchsucht wird! Erversors darf dieses Schloss unter keinen Umständen verlassen oder sich hier versteckt halten!"

Die Wachen nickten und verließen den Raum. Wäre die Situation eine andere gewesen, hätte Cargo sich ein Lächeln nicht verkneifen können. Leto hatte Erversors bedroht und nun war dieser verschwunden. Erversors hatte unmissverständlich klar gemacht, dass er sich rächen würde, und nach eigenen Erfahrungen konnte Cargo sagen, dass der Zauberer zu vielem fähig war. Doch eine erhöhte Aufmerksamkeit würde bedeuten, dass es noch schwieriger werden würde, das Schloss nach dem König abzusuchen. Jede Wache des Schlosses würde sich in den Gängen befinden und die Räume und Kammern absuchen.

Doch jetzt sollten sich die Soldaten, die gerade die Halle bewacht hatten, auf die Suche nach dem bösen Zauberer gemacht haben, was bedeutete, dass er es wahrscheinlich wagen könnte, den Balkon zu verlassen.

Gerade als Cargo sich langsam umdrehen und zu der Wendeltreppe gehen wollte, legte sich plötzlich eine Hand über seinen Mund. Er schrie, was jedoch durch die Hand nicht im Geringsten zu hören war, und versuchte, sich zu befreien, doch die Person hielt ihn eisern fest. Gerade wollte er das Schwert ziehen, als die Person ihn umdrehte und er direkt in Solons ernstes Gesicht sah.

„Was machen Sie hier?", fragte Cargo überrascht, aber trotzdem so leise wie möglich.

Solon ließ ihn los. „Du bist nicht gekommen. Also bin ich zurückgegangen und als plötzlich die vielen Soldaten in den Thronsaal gerannt kamen, habe ich mich hinter der nächstbesten Tür versteckt!"

„Gut, dass Sie hier sind!", japste Cargo und eilte in Richtung Wendeltreppe. „Wir müssen uns beeilen! Das ganze Schloss wird bald voller Soldaten sein und selbst, wenn sie uns nicht erkennen, werden sie Noa erwischen und sofort einsperren!"

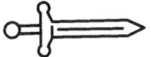

„Das bedeutet, dass Leto sich mit Erversors angelegt hat, von ihm die Schwarze Armee gefordert hat und dann entkommen ist?", wiederholte Solon und lächelte leicht. „In seiner Haut möchte ich nicht stecken!"

Cargo nickte nur. Er hatte in Kurzform alles erzählt, was er glücklicherweise hatte beobachten können und natürlich nicht ausgelassen, dass Erversors sich jetzt irgendwo im Schloss befand. Solon hatte Noa nicht mehr zu Gesicht bekommen, und da sie dummerweise keinen bestimmten Raum als Treffpunkt ausgemacht hatten, eilten sie durch die Gänge und sahen hinter jede Tür. Was zuerst eine Notwendigkeit gewesen war, stellte sich als eine hervorragende Tarnung heraus, da die Wachen sie ebenfalls für Soldaten hielten, die das Schloss nach Erversors absuchten.

Außer ihnen war nur ein anderer Soldat in diesem Teil des Schlosses auf der Suche nach dem Zauberer. Er war ein paar Meter entfernt, weswegen Cargo es gewagt hatte, über sein Erlebnis zu berichten.

Die Wache vor ihnen riss die Tür auf, die nach seiner Reihenfolge die Nächste darstellte und wurde augenblicklich von einem Jungen mit schwarzer Stoffkleidung angegriffen. Er hatte zwei goldene Morgensterne erscheinen lassen und war damit auf den Soldaten losgegangen, der davon so überrascht war, dass er sofort kehrt machte und zurück zum Thronsaal rannte, um Alarm zu schlagen. Oder anders gesagt, er wollte es tun, doch Solon stellte sich ihm in den Weg und beförderte ihn mit einem heftigen Faustschlag zu Boden. Der Schwung seines Sprints hatte zusammen mit dem ordentlichen Schlag des Generals dafür gesorgt, dass er so schnell nicht wieder wach werden würde.

„Das hat gutgetan.", seufzte Solon und schüttelte seine Hand.

„Danke sehr.", begrüßte sie der Gladiamagier und zog die Wache an den Füßen in Richtung der Türe, hinter der er sich gerade versteckt hatte. „Wo wart ihr so lange?"

„Es ist was dazwischengekommen.", antwortete Cargo und half Noa mit dem bewusstlosen Soldaten. Als er die Türe ein Stück weiter öffnete, um den Mann hineinzubekommen bemerkte er erstaunt einen weiteren Mann um die fünfzig, der ihm misstrauisch entgegensah. Er trug Dienerkleidung und war ziemlich abgemagert.

„Darf ich vorstellen?", fragte Noa und zeigte auf den Mann. „Das ist König Argento! Herrscher von Desturm!"

„Schön Sie kennenzulernen.", begrüßte Solon den König schnell und schüttelte ihm die Hand. „Wir müssen so schnell wie möglich weiter! Die Soldaten durchsuchen das ganze Schloss. Das bedeutet, kein Verstecken mehr!"

Solon nahm der Wache den Morgenstern ab und reichte sie dem König. „Wir erklären alles auf dem Weg."

20. Kapitel

„Also, willst du damit sagen, dass Erversors sich hier in diesem Schloss aufhält, oder sich aufgehalten hat und dass er Leto umbringen will, weil er ihn verraten hat?", fragte der König noch einmal nach, dann grinste er. „Jetzt wird er mir fast sympathisch."

Cargo nickte. Der König war ein optimistischer Mensch, wie er mittlerweile feststellen durfte. Wäre er nicht so mager, hätte man ihm nicht angesehen, was er hinter sich hatte. Nachdem der Orden des Schwertes das Schloss übernommen hatte, hatte Leto ihn in eine Dieneruniform gesteckt und ihm erlaubt, sich frei im Schloss zu bewegen. Die Soldaten sollten, nach einem Befehl von Leto, dem König nicht die geringste Beachtung schenken.

Argento war um die fünfzig und hatte trotzdem noch volle, braune Haare. Die Dieneruniform hatte er selbst mit Dingen, die er bei den Soldaten „gefunden" hatte, fast in eine Rüstung verwandelt. Deswegen wurde die zerrissene Hose von einem dazu passenden, abgewetzten Ledergürtel gehalten, an dem sicher zehn Dolche angebracht waren.

Über dem fleckigen Hemd trug er einen der Schultergurte, an dem die einschneidigen Schwerter angebracht waren.

Früher hatte er beides unter der Kleidung getragen und da ihn keiner beachten durfte, war er damit auch durchgekommen.

Wie wahrscheinlich jeder König der fünf Königreiche, war auch er ein guter Kämpfer, wie Noa ihnen schon vorgeschwärmt hatte.

Plötzlich öffnete sich vor ihnen eine Tür und zwei Soldaten traten heraus. Bevor sie sie überhaupt entdeckt hatten, ging Noa schon zusammen mit seinem König auf die beiden los. Der erste Soldat bemerkte Noa gerade noch rechtzeitig, um seiner Keule auszuweichen und den Angriff mit seinem Morgenstern zu erwidern. Noa wich der Waffe mit einem ähnlichen Angriff aus, wie Aramas ihn verwendet hätte. Mit einem weiten Sprung schaffte der Magier es, sich an seinem Gegner vorbeizudrücken und sich auf den anderen Soldaten zu konzentrieren. Die zweite Wache hatte nicht damit gerechnet, nun angegriffen zu werden und wehrte sich nicht schnell genug. Der erste Soldat hingegen blickte immer noch Noa hinterher und sah Argento damit zu spät.

Nachdem auch sie einige Augenblicke später hinter einer Tür verstaut worden waren, schien Noa eine Idee zu kommen. „Glaubt ihr, Erversors würde sich mit uns zusammentun? Er will den Orden des Schwertes genauso loswerden, wie wir und so ungern ich das auch sage, die Schwarze Armee wäre eine gewaltige Hilfe."

„Selbst wenn er uns seine Hilfe anbieten würde, würde ich sie trotzdem nicht annehmen!", knurrte Cargo. Nach allem, was ihm der Zauberer angetan hatte, würde er seine Hilfe nicht einmal annehmen, wenn sein Leben davon abhinge (was wahrscheinlich gerade der Fall war). Solon nickte zustimmend. „Erstens würde er den Orden nicht mit der Schwarzen Armee angreifen, sondern sich irgendetwas Hinterhältiges ausdenken, womit Leto nicht rechnet, und zweitens würde er uns bei der erstbesten Gelegenheit hintergehen!"

„Es ist doch völlig egal, was Erversors damit zu tun hat.", erwiderte Argento und spähte um die Ecke. Nachdem er sich sicher war, dass keine Soldaten auf dem Gang patrouillierten, gab er ihnen ein Handzeichen, ihm zu folgen. „Hauptsache ist, dass wir uns den Morgenstern holen und dann verschwinden. Wie ich Lapis kenne, hat sie mittlerweile schon eine ganze Armee rekrutiert!"

„Wieso sind hier nirgendwo Wachen?", flüsterte Cargo misstrauisch. „Es ist doch der einzige Weg zum Morgenstern."

„Eben deshalb.", flüsterte der König genauso leise zurück. „Das Einzige, was in dieser Richtung wichtig ist, ist der

Morgenstern. Ich befürchte, alle Soldaten, die hier die Räume durchsuchen sollten, werden den Custodian bewachen."

Plötzlich drückte Noa seinen Zeigefinger auf die Lippen und zeigte auf die Wand vor ihnen, von wo aus man nur noch um eine Ecke biegen musste. Türen gab es in diesem Teil des Gangs keine mehr und die Wände waren voller Wandteppiche, Gemälde und Reliefs, von denen jedes ein anderes Thema zeigte.

Das Licht, das aus dem Raum vor ihnen strahlte, zeichnete mehrere Schatten an die Wand und machte deutlich, dass der König richtig lag. Sehen konnten sie die Soldaten zwar nicht, aber allein an den Schatten konnte man um die zehn Soldaten zählen.

„Was machen wir jetzt?", flüsterte Cargo und zeigte auf die Schatten. „Das sind jede Menge Soldaten. Gegen die alle kommen wir doch nie an!"

Noa ließ zwei Schwerter in seinen Händen erscheinen. „Wir wär's, wenn wir das testen?"

Cargo sah Hilfe suchend zu Solon. Cargo war ohne Zweifel der schwächste Kämpfer unter ihnen. Er konnte es noch nicht lange und hatte sich bisher immer auf seine Elixiere verlassen können, doch die hatte Leto ihm abgenommen und er war gezwungen, mit einem fremden

Schwert und ohne Schild gegen eine große Übermacht von Wachen zu kämpfen.

Solon ging ein paar Schritte nach vorne. „Wir müssen zum Custodian, ihn öffnen, dann in die Schatzkammer und das Tor wieder schließen, bevor sie uns folgen können."

„Wie sollen wir das machen?", fragte Cargo ratlos.

„Das sehen wir, wenn es so weit ist!", erwiderte der König. „Wir müssen es versuchen. Einen anderen Weg gibt es nicht!"

„Wenn es sein muss.", murmelte Cargo und umklammerte das Schwert ein wenig fester. Er bemühte sich, nicht daran zu denken, dass es selten gut ausgegangen war, wenn er ohne seine besondere Unterstützung gekämpft hatte.

Solon nickte ihnen allen noch einmal zu, dann stürzte er nach vorne, in das Sichtfeld der Soldaten. Diese hatten schon damit gerechnet, dass sie jemand angreifen würde und rannten sofort auf den General zu. Cargo atmete tief durch, dann folgte er Solon, der schon damit begonnen hatte, auf die Schilder der Soldaten einzuschlagen.

Einer der Männer versuchte, Solon von der Seite aus das Schwert in seinen Bauch zu rammen, doch Cargo gab ihm einen beherzten Tritt in die Kniekehle, worauf der Soldat zu Boden fiel und Cargo sein Schwert aus der Hand trat.

Nun hatten zwei weitere Soldaten ihre Morgensterne gezogen und kamen auf ihn zu gerannt.

Gerade so konnte Cargo der schweren Waffe ausweichen und wollte gerade mit einem Schwertschlag erwidern, als die zweite Wache seinen Morgenstern hob und Cargo auch sicher getroffen hätte, wenn Noa ihm nicht in letzter Sekunde zu Hilfe gekommen wäre und den Soldaten auf den Boden beförderte.

Cargo blieb keine Zeit, sich zu bedanken, denn die andere Wache war noch durchaus in der Lage, zu kämpfen und schlug seinen Morgenstern auf Cargo ein. Dieser hob sein Schwert und blockte den Schlag, so gut er konnte, ab obwohl er beinahe unter dem Druck zusammengebrochen wäre.

Die Zeit, die die Wache brauchte, um seinen Morgenstern für den nächsten Angriff zu heben, nutzte Cargo für einen gezielten Schwertschlag in Richtung Arme, vor dem sich der Soldat aber, mit einer schnellen Bewegung, in Sicherheit bringen konnte.

Zwei weitere Soldaten kamen der Wache zu Hilfe und Cargo sah sich verzweifelt um, ob ihm jemand helfen konnte. Solon hatte mit zwei Soldaten zu tun, die abwechselnd mit ihren Morgensternen auf ihn einschlugen. Er hatte wohl irgendeinem Soldat den Schild abgenommen, hinter dem er sich jetzt versteckte und ab und zu hervorkam, um auf seine Gegner einzuschlagen. Noa hatte sich mit dem König zusammengetan und kämpfte mit zwei gigantischen Keulen gegen die vielen Wachen, die den König erkannt hatten und nun versuchten, ihn zu erreichen.

Weiter konnte Cargo sich nicht umsehen, da schon wieder ein Morgenstern auf ihn zuraste. Cargo hielt sich instinktiv sein Schwert vor den Bauch und versuchte auszuweichen, doch diesmal hatte er seine Beweglichkeit überschätzt. Zu seinem Glück hatte ihn das Schwert davor bewahrt, sofort von den Spitzen der Waffe getötet zu werden. Der Schlag war trotzdem heftig, schleuderte ihn ein kleines Stückchen durch die Luft und ließ ihn am harten Steinboden aufschlagen.

Cargo stöhnte auf und hielt sich den schmerzenden Bauch. Sein Schwert war breit und so hatte es alle Stacheln abgefangen, was nicht hieß, dass der Schlag nicht schmerzhaft gewesen war.

Plötzlich hörte er hinter sich eine vertraute Stimme.

Nenne Name und Begehr

Freudig drehte er sich um. Er hatte sich beim Kämpfen, ohne es zu merken, dem magischen Tor immer weiter genähert, sodass er sich nur noch wenige Meter von ihm entfernt befand.

Der Custodian war eine edelgeschmückte Tür, die, wie auch die Tür in Aventana und Barstaras, in der Mitte einen großen Kopf sitzen hatte, der vielleicht ein Mensch oder auch ein Troll sein sollte. Er hatte ein breites, flaches Gesicht, das komplett aus Silber geschmiedet worden war. Zwei furchterregende Eckzähne schmückten das aufgerissene Maul. Dazu befanden sich in seinem Mund noch zwei Eisenringe, an denen man die Türe öffnen konnte. Der einzige Unterschied der Türen war, dass die Augen des Kopfes nicht aus Rubinen oder aus grünfunkelnden Smaragden bestanden, sondern in einem wunderschönen Bernstein schimmerten.

Nenne Namen und Begehr

Cargo wollte gerade darauf antworten, als er sah, wie die drei Soldaten, mit denen er gerade gekämpfte hatte, wieder auf ihn zustürmten. Cargo hob das Schwert, konzentrierte sich und rannte nun ebenfalls auf die Wachen zu. Er machte es ähnlich wie damals beim Training gegen Solon. Er täuschte einen Angriff auf den vordersten Soldaten an, den dieser mit einem Keulenschlag erwidern wollte. Doch Cargo wich aus und die Keule traf den zweiten Soldaten, der vor Schmerz aufschrie und zu Boden fiel. Einen kurzen Augenblick lang war sein Angreifer abgelenkt und sah zu seinem Kameraden hinunter, was Cargo nutzte, um sich mit seinem vollen Gewicht gegen ihn zu werfen.

Der Mann konnte sich durch das Gewicht seiner Rüstung nicht halten, strauchelte und Cargo hielt ihm sein Schwert an die Kehle. Der dritte Soldat hatte gerade vorgehabt, ihn von hinten niederzuschlagen, doch jetzt blieb er zu Cargos Erleichterung stehen. Der Soldat, der am Boden lag, starrte auf die Klinge, doch nach einigen Sekunden ließ er seine Waffe fallen und hob die Hände.

Cargo atmete innerlich auf und nahm das Schwert weg. Der Mann rappelte sich auf, nickte Cargo noch einmal zu und machte sich dann daran, zusammen mit dem anderen Soldaten, ihren verwundeten Kameraden aus der Halle zu ziehen.

Cargo ging zurück zu dem magischen Tor und versuchte, die Frage zu verdrängen, ob er die Wache wirklich getötet hätte, wenn es nötig gewesen wäre. Schon nach ein paar Schritten hatte er den Custodian wieder erreicht.

Nenne Namen und Begehr

„Ich bin Cargo Calligis.", rief er über den Kampflärm hinweg. „Ich bin hier, um König Argento zu helfen und

Desturm wieder den Herrscher zu geben, den es braucht!".

Obwohl er eigentlich wusste, dass das Tor sich öffnete, wenn man die Wahrheit sagte, war er gespannt, was die Antwort war.

Du sprichst wahr! Trete ein, mein Freund, ich werde mich öffnen!"

21. Kapitel

Lautlos schwangen die beiden Flügel des Tores auf und machten den Blick auf einen Raum frei, der mit Bergen von Gold- und Silbermünzen vollgestopft war. Wunderschöne Schwerter, Morgensterne und Streitäxte lagen neben prächtig verzierten Truhen, die weit offenstanden und Einblicke auf die Goldmünzen und Edelsteine ermöglichten, die sich im Inneren anhäuften. Kostbar aussehende Teppiche lagen fein säuberlich aufgerollt auf kleinen Stapeln neben Marmorskulpturen, die Soldaten und hier und da auch verschiedene Ungeheuer zeigten. Der Raum hatte keine Fenster, doch in jeder der fünf Ecken stand ein Kerzenleuchter aus Gold, auf dem jeweils ein merkwürdiger Stein angebracht worden war, der so hell strahlte, dass er den gesamten Raum gut ausleuchtete und das Gold und die Edelsteine farbige Lichtflecken an die Wand werfen ließ. Zwischen diesen vielen Kostbarkeiten schlängelte sich ein schmaler Weg aus Marmor zur Mitte der Schatzkammer, wo er vor einem wunderschönen Altar endete. Der Altar bestand aus einem kleinen Podest, in das die verschiedensten Symbole eingearbeitet worden waren, die ein wenig an die Zeichen erinnerten, die auf magischen Gegenständen zu finden waren. An seiner Oberseite ragte eine Hand, die natürlich ebenfalls aus Gold gefertigt war und einen beeindruckenden Morgenstern in die Luft reckte.

Als der Custodian sich geöffnet hatte, war mit einem Mal der gesamte Lärm des Kampfes, der bis vor Kurzem noch getobt hatte, verstummt. Alle starrten zu Cargo und der Schatzkammer. Den Soldaten war es nicht möglich gewesen, das Tor zu öffnen und an den Morgenstern zu kommen, weswegen Cargo eine große Chance für sie eröffnet hatte.

Argento ließ von seinem Gegner ab und stürzte auf Cargo zu. „Schließ das Tor! Wir schaffen das schon."

Cargo nickte und zog hektisch an der Tür, die das als Signal verstand, sich wieder zu schließen. Langsam bewegte sie sich, Zentimeter für Zentimeter, in ihre Ausgangsposition zurück. Noa hatte ihn als Erster erreicht und drückte sich durch die Tür, um sich gleich darauf wieder umzudrehen und auf die Wachen einzuschlagen, die ihn verfolgt hatten. Sie mussten stehenbleiben, um sich vor den Keulenschlägen zu schützen und konnten damit nicht verhindern, dass auch Solon die Schatzkammer betrat. Trotzdem war es knapp, denn der General musste einen Hechtsprung ausführen, um es zu schaffen und wäre beinahe von einem niedersausenden

Morgenstern getroffen worden. Für den König wurde es langsam eng. Er war am weitesten entfernt gestanden und damit sah es nicht so aus, als würde er es noch schaffen. Der Spalt war kaum noch einen Meter breit, die Soldaten versuchten Noa und Solon zur Seite zu drängen, um es in die Schatzkammer zu schaffen, während andere dem König entgegenrannten, um ihn aufzuhalten. Argento kämpfte sich nach vorne, doch die Soldaten dachten gar nicht daran, ihn sein Ziel erreichen zu lassen. Cargo verfolgte gebannt, wie der König verzweifelt versuchte, es noch zu schaffen, doch es sah nicht gut aus. Plötzlich kam ihm eine Idee. Er griff nach der nächstbesten Truhe, die er in die Finger bekam und klemmte sie in den Türspalt, der keinen halben Meter mehr ausmachte. Zu seinem Glück war die Truhe klein und passte gerade noch hinein, bevor das Tor sie einklemmte und zum Halten kam. Argento hatte mitbekommen, was passiert war und beeilte sich nun noch mehr, denn das magische Tor hatte nicht vor, sich von der kleinen, wenn auch ziemlich massiven Truhe aufhalten zu lassen. Das starke Holz ächzte, während sich nun mehrere Soldaten wieder darauf konzentrierten, in die Schatzkammer zu kommen, doch Noa ließ keinem von ihnen eine Chance.

Argento hatte es fast geschafft. Er krabbelte unter den Beinen der Wachen zur Holztruhe, die nun aufgab und unter dem gewaltigen Druck in tausend Teile zerbrach. Der König stürzte nach vorne und die Tür schloss sich mit einem lauten Rumms. Cargo hatte die Augen geschlossen und traute sich nicht, sie zu öffnen, um dann zu sehen, wie Argento von den beiden Flügeln zerdrückt worden wäre.

Einige Sekunden lang sagte niemand etwas, bis Cargo, der immer noch die Augen geschlossen hatte, eine Stimme hörte, die ihn aufatmen ließ.

„Das war knapp!"

Erleichtert sah er, wie der König vor ihnen stand. Abgesehen von einigen Schrammen und Schnitten vom Kampf schien er unverletzt zu sein.

Von draußen hörte man die wütenden Stimmen der Soldaten, die versuchten den Custodian zu öffnen, doch die magische Tür hatte nicht die geringste Absicht das zu tun. Sie hatten es geschafft. Sie waren in Sicherheit. Jedenfalls für den Moment…

Nun, da sie nicht mehr gegen eine Übermacht an Soldaten kämpfen mussten, beruhigten sie sich langsam wieder. Solon sah sich nun ebenfalls ein wenig um und betrachtete staunend das viele Gold und die anderen

Kostbarkeiten. „Ich muss schon sagen, ich habe gehört, dass Desturm etwas von Bergbau und Schmieden versteht und dass ihr so nicht gerade arm sein könnt, aber das hier ist unglaublich!"

Noa nickte zustimmend. „Desturm ist unglaublich reich. Deswegen wurde auch hier unser Custodian verwendet. Die ersten Könige dachten, dass der Kontakt mit den anderen Reichen bleiben würde, und somit arbeiteten sie auf einen großen Reichtum hin, um Handel treiben zu können."

Argento ging zum Altar, wo der mächtige Morgenstern aufbewahrt wurde, und nahm ihn der goldenen Hand, die aus dem Sockel reichte, vorsichtig ab. „Aber nichts in diesem Raum ist so wertvoll wie der Morgenstern des Zwergenkönigs. Vor unzähligen Jahren wurde er vom besten Schmied Desturms geschmiedet, und zwar aus Metall, das von den Zwergen aus den Tiefen der Erde geholt worden war. Danach wurde er von dem damaligen König der Zwerge, Mor, verzaubert."

Mit diesen Worten betrachtete der König den Morgenstern ehrfürchtig. Es war eine wirklich beeindruckende Waffe. Der Griff war aus wunderschönem Leder gemacht, dem man sein Alter in keinster Weise ansah. Es strahlte im Licht der leuchtenden Steine, so hell, als würde er selbst leuchten. In das Holz des Mittelstücks waren Edelsteine eingearbeitet, die so gut abgeschliffen worden waren, dass es so aussah, als hätten sie schon immer zum Holz gehört. Am Ende des Griffs saß die massige Eisenkugel mit den vielen Spitzen, die ebenfalls strahlten, als wären sie noch nie zum Einsatz gekommen. Aber was an der Waffe am merkwürdigsten war, war das Leuchten, das aus dem Inneren der Eisenkugel nach außen drang. Es sah so aus, als wäre es Lava, die man in einen Morgenstern aus Glas gefüllt hatte.

„So weit, so gut.", murmelte Solon, der ebenfalls den Morgenstern betrachtete. „Wir haben Sie gefunden, Argento und wir haben den Morgenstern, aber dort draußen stehen immer noch jede Menge Soldaten und außerdem müssen wir das Schloss verlassen und Prinzessin Lapis mit den anderen finden, ohne dass die Soldaten uns schnappen."

Argento lächelt nur. „Das ist kein Problem. Diese Wachen sind kein Gegner für den Morgenstern und aus diesem Schloss finde ich mit verbundenen Augen hinaus. Ich habe jeden möglichen Fluchtweg, den es gibt, ausfindig gemacht, damit ich mit Lapis entkommen hätte können."

„Aber wo finden wir die anderen?", fragte Cargo. „Wir können doch nicht die ganze Stadt nach ihnen absuchen!"

Noa ging zur Tür und machte erste Anstalten, sie zu öffnen. „Das werden wir auch nicht müssen. Lapis hat sicher irgendetwas vorbereitet, damit wir sie finden können."

Noa berührte die beiden Flügeltüren und drehte sich um. „Seid Ihr bereit, Argento?"

Der König nickte und hob die Waffe. „Ich bin dafür schon bereit, seitdem dieser Mistkerl meine Tochter in den Kerker geworfen hat."

Noa wartete noch ein paar Sekunden, dann zog er ein wenig an dem Tor, worauf dieses sich wie von selbst öffnete. Zentimeter für Zentimeter gab er den Blick frei, auf die vielen Soldaten, die schon damit gerechnet hatten und sich nun neu aufgestellt hatten. Die Männer mit den Schildern standen als Vorderster und schützten so die restlichen Wachen, die sich mit gezogenen Morgensternen und Schwertern hinter ihnen verschanzt hatten.

Cargo betrachtete alles genau. Die Wachen hatten tatsächlich wahnsinnigen Respekt vor der Waffe, obwohl er sich nicht vorstellen konnte, wie der König im Alleingang mit den Soldaten fertig werden sollte. Plötzlich hob Argento den Morgenstern in die Luft, um ihn danach wieder mit aller Kraft auf den Boden zu schmettern. Die

Soldaten waren noch näher zusammengerückt, doch gegen das, was jetzt passierte, half es ihnen nichts. Eine Art goldene Explosion verließ den Morgenstern und dehnte sich mit hoher Geschwindigkeit im Raum aus. Die Soldaten wurden von der Druckwelle erfasst und gegen die Wände geschmettert, von wo sie wieder auf den Boden fielen und dort regungslos liegen blieben. Cargo, Noa und Solon hatten sich sicherheitshalber hinter dem Torbogen versteckt, wo sie die magische Druckwelle nicht erreichen konnte. Jetzt, wo ihre Gegner außer Gefecht gesetzt waren, kamen sie aus ihrer Deckung und betrachteten den Morgenstern erstaunt, wenn auch nicht ohne Vorsicht. Das Leuchten, das vor einigen Momenten noch im Inneren der Eisenkugel gestrahlt hatte, war fast erloschen. Alles, was davon übrig war, war ein schwaches Glimmen, ähnlich wie ein Feuer, das fast ausgebrannt war und von dem nur noch einige Funken übrig waren.

„Das war beeindruckend!", stieß Cargo hervor und betrachtete die Soldaten, die noch immer keine Anstalten machten, wieder aufzustehen.

Der König grinste und warf seine Waffe in die Luft, um sie gleich darauf wieder zu fangen. „Das ist der Zauber des Zwergenkönigs. Die Magie sammelt sich im Morgenstern, bis er ein Ziel trifft, dann entlädt sich alles auf einmal.

Dummerweise muss er sich danach wieder aufladen, was ein paar Minuten dauern könnte."

„Dann sollten wir so schnell wie möglich von hier verschwinden!", erwiderte Noa und verschwand im Gang. Die anderen folgten ihm einen Augenblick später und schlichen nun mit größter Vorsicht durch den Gang, aus dem sie gerade eben gekommen waren. Doch ihre Zurückhaltung schwand mit jedem Meter ein wenig mehr. Anscheinend hatte Leto wirklich allen Soldaten, die diesen Teil des Schlosses zu überwachen hatten, befohlen, vor dem Custodian Stellung zu beziehen.

Argento lief als Vorderster, um ihnen den Fluchtweg zu zeigen, den er entdeckt hatte. Cargo gab sich große Mühe, so etwas wie Euphorie in sich aufzubauen. Immerhin hatten sie alle Aufgaben gelöst, für die sie im Schloss geblieben waren und noch ein wenig mehr, wenn man das Gespräch mitzählte, das Cargo hatte belauschen können. Doch trotzdem fühlte er sich nervös. Sicher würde es besser werden, wenn er seinen Gürtel, an dem sein Notizbuch und sein Schwert festgemacht waren, zusammen mit seinem besonderen fingerlosen Handschuh wiederhatte und sie auf der Suche nach dem dritten Teil der Rüstung waren, in dem Wissen, dass der

Orden des Schwertes besiegt war und Leto in irgendeinem tiefen, dunklen Keller saß.

Seine Gedanken wurden vom König unterbrochen, der eine knarrende Holztür öffnete und ihnen mit einer Handbewegung den Auftrag gab, hineinzugehen. In der kleinen Kammer war nicht viel zu sehen, außer ein wenig Brennholz, das hier wohl für den Winter gelagert wurde. Es gab keine Fenster und so fiel nur durch die kleine Tür ein wenig Licht hinein und ließ so den feinen Staub in der Luft sichtbar werden.

Cargo sah sich erstaunt um, denn es war weit und breit nicht einmal etwas zu sehen, das auf einen Geheimgang hindeuten würde, wie zum Beispiel eine kaum sichtbare Klappe hinter dem Holz oder ein kleiner Spalt in der Mauer, der darauf hindeuten würde, dass sie sich bewegen ließe. Gerade wollte er Argento fragen, was das zu bedeuten hatte und wie sie von hier aus nach draußen kommen sollten, als dieser den Morgenstern hob und ihn mit aller Kraft gegen die bröckelnde Steinmauer krachen ließ. Das Glimmen hatte erst zur Hälfte wieder seine alte Größe erreicht, womit die Explosion ausgeblieben war, was nicht bedeutete, dass die Waffe damit nutzlos wäre. Die marode Mauer ächzte unter dem Schlag und stürzte nach zwei weiteren Angriffen vollständig zusammen.

22. Kapitel

„Das Schwerste haben wir hinter uns.", murmelte der König und nickte in die Richtung der beeindruckenden Steinmauer, wo immer noch die Soldaten patrouillierten und nach Erversors und vielleicht auch nach ihnen Ausschau hielten, ohne zu ahnen, dass sie den Hauptsitz des Ordens des Schwertes schon verlassen hatten.

Cargo sah ebenfalls zurück und konnte sich ein Grinsen nicht verkneifen. In seinem Kopf entstand ein Bild, das Leto zeigte, der unruhig im Thronsaal hin und her lief und sich darüber aufregte, dass er Erversors bedroht hatte, der darauf entkommen war ‚und dass seine Gefangenen, inklusive der Königsfamilie entkommen waren, und so viel sie wussten, hatte er den Brustpanzer noch immer nicht gefunden. Solon schien seine Sache gut gemacht zu haben. Nachdem Argento die Rückwand der Kammer in Stücke geschlagen hatte, hatten sie das Schloss so unauffällig wie möglich durch den Schlossgarten verlassen. Die Soldaten, die die Schatzkammer bewacht hatten, hatten zu diesem Zeitpunkt sicher schon Leto benachrichtigt, der darauf alle Truppen des Ordens zu den Ausgängen hatte kommen lassen, um zu verhindern, dass der König samt Begleitung und dem Morgenstern das Schloss verließ. Doch genau damit hatten sie ihnen einen gewaltigen Vorteil beschert, denn Argento hatte dafür gesorgt, dass sie für ihre Flucht keinen der offiziellen Wege benutzen mussten. Er hatte zwar geplant, irgendwann die Schlüssel zu stehlen, Lapis zu befreien und dann das Schloss zu verlassen, während die Soldaten die Eingänge bewachten, aber sein Plan ging auch unter diesen Umständen auf. Sie hatten sich an den vielen Sträuchern des Gartens vorbeigeschlichen und waren durch ein winziges Loch in der Mauer nach draußen gekrabbelt.

Nun liefen sie durch die Straßen zwischen dicht beieinanderstehenden Häusern vor dem Schloss und suchten nach irgendetwas, das ihnen zeigte, wo sich die anderen aufhielten. Die Sonne stand schon sehr tief, da der Tag langsam zu Ende ging und damit lief ihnen auch die Zeit davon. Immerhin wussten sie nicht, wie klein das Zeichen war, das man ihnen hinterlassen hatte und ob es bei Dunkelheit überhaupt möglich war, es zu finden.

„Woher wissen wir überhaupt, dass sie es geschafft haben aus dem Schloss rauszukommen?", fragte Noa ein wenig besorgt. „Ich meine, wie hätten sie aus dem Schloss kommen sollen? Ich denke nicht, dass sie den

Hauptausgang genommen haben und genauso auf ihr Glück vertraut haben wie wir."

Solon nickte. „Ich weiß auch nicht, wie sie es angestellt haben, aber ich denke, du kannst sie gleich selbst fragen." Er zeigte auf eine Art Wirtshaus, das ein wenig weiter am Ende der Straße lag und so unscheinbar mit seinem hellen Sandstein zwischen den anderen Häusern lag, dass man auf den ersten Blick gar nicht darauf achtete. Nach wenigen Schritten hatten sie das zweistöckige Gebäude erreicht. Die Fensterläden waren geschlossen und die vielen Tische, die vor dem Wirtshaus aufgestellt worden waren, waren zu Cargos Erstaunen alle unbesetzt. Es war schon Abend und um diese Zeit hätte er sich wenigstens ein paar Menschen erwartet, die es sich dort gemütlich gemacht hatten. Aber bevor er sich darüber Gedanken machen konnte, sah er das Holzschild, das vor der Tür angebracht worden war und wo das Wort „Geschlossen" in großen Buchstaben aufgemalt worden war.

„Wieso sollten sie denn hier sein?", fragte Cargo erstaunt und versuchte durch irgendeinen Spalt in den Fensterläden in den Raum zu sehen, doch er fand keine, soviel er auch suchte.

Solon antwortete nicht, sondern machte eine Augenbewegung, bei der er Cargo befahl nach oben zu sehen. Cargo tat, was der General ihm aufgetragen hatte, und trat ein paar Schritte nach hinten, um einen besseren Überblick zu bekommen. Er ärgerte sich augenblicklich über sich selbst, dass er erst jetzt erkannte, was Solon gemeint hatte. Was sie sich hatten einfallen lassen, war so einfach wie genial. Ein kleines Stück über dem Türrahmen war ein schwarzer Drache auf den Fels gemalt. Das Monster bestand nur aus einer Silhouette und hielt sich an einer Art Fünfeck fest, während es die Flügel weit ausstreckte und bedrohlich nach vorne starrte.

„Was ist das?", fragte Noa neugierig. „Sieht für mich aus, als wollte der Wirt einfach nur sein Gasthaus verschönern."

„So sieht es aus.", erwiderte Solon und klopfte an die Tür. „In Wirklichkeit ist es aber das Siegel von Shirons Vater Lemas. Kann sein, dass Leto durch Erversors weiß, wie Shirons Siegel aussieht, aber das des ehemaligen Königs kennt er sicher nicht. Geschweige denn, die Soldaten."

Nachdem Solon geklopft hatte, war erst einmal Stille, doch nach einigen Sekunden waren Schritte zu hören, die sich zielstrebig auf die Tür zu bewegten. Schon wurde die Tür geöffnet und sie blickten in das Gesicht von Surho.

„Es ist mir eine Ehre, Sie in diesem bescheidenen Wirtshaus empfangen zu dürfen, meine werten Herren."

Lachend gab Cargo seinem Freund einen Stoß.

„Ihr lasst uns einfach rein?", erkundigte sich Noa skeptisch. „Kein Passwort oder so etwas in der Art. Was, wenn Mernos vor der Tür gestanden wäre?"

Surho zuckte mit den Schultern. „Hätte er ausgerechnet an dieses geschlossene Gasthaus geklopft, hätten wir ihm die Tür vor der Nase zugeschlagen. Aber was wäre schon auffälliger als ein Passwort vor einem Wirtshaus?"

Der Schütze führte sie in den Raum, wo für gewöhnlich die Gäste saßen, doch wo nun die einzelnen Tische zu einer großen Tafel zusammengeschoben worden waren und wo durch die geschlossenen Fensterläden eine schummrige Atmosphäre herrschte. Überall wo ein Platz frei war, standen angezündete Kerzen, die alle, dem Wachs, das sich am Kerzenständer gesammelt hatte, zu urteilen, schon seit längerer Zeit brannten. Der Wirt, der ihnen Unterschlupf gewährt haben musste, befand sich nicht im Raum, so viel Cargo erkennen konnte. Wen er aber entdecken konnte, war Aramas, die zusammen mit Shiron und Lapis an dem großen Tisch saß und ihnen erleichtert entgegensah. Lapis hatte ihr zerrissenes Kleid, das sie im Kerker getragen hatte, gegen eine Art

Lederrüstung getauscht, die der von Leto nicht unähnlich war. Die Arme und Beine wurden durch einige Metallverstärkungen geschützt und um die Hüfte trug sie einen Gürtel, an dem sicher um die zwanzig Dolche festgemacht worden waren. Nun war ihr kaum noch anzusehen, dass sie eigentlich eine Prinzessin war.

Als sie ihren Vater entdeckte, sprang sie auf und schloss ihn lachend in die Arme. Es war beiden anzusehen, dass sie sich unglaublich freuten, wieder frei zu sein. Cargo sah den beiden noch einige Sekunden zu, bevor er sich zu seinen beiden Freunden an den großen Tisch setzte.

„Wie ist es gelaufen?", erkundigte Surho gespannt. „Erzähl alles! Habt ihr gegen Leto kämpfen müssen?"

Cargo schüttelte den Kopf. „Das nicht, aber wir mussten ohne Tarnung durch eine schwer bewachte Eingangshalle spazieren, gegen sicher dreißig Wachen gleichzeitig kämpfen und schlussendlich wäre Argento fast von einer riesigen Tür in zwei Teile gespalten worden."

Aramas wollte wohl gerade mit ihren Erlebnissen kontern, als Solon sich auf einen Stuhl stellte, um die Aufmerksamkeit des Raumes zu bekommen und die Magierin ließ von ihrem Vorhaben ab. „Hört alle gut zu! Als wir im Schloss nach dem König gesucht hatten, hat

Cargo etwas Wichtiges mitbekommen, das ihr alle besser wissen solltet!"

Er gab Cargo mit der Hand ein Zeichen, dass er aufstehen und erzählen sollte, was passiert war.

Cargo stand auf, räusperte sich kurz und begann zu erzählen, während ihn die, die noch nicht wussten, was er zu berichten hatte, gespannt ansahen.

„Wie ihr sicher alle wisst, mussten wir die Eingangshalle durchqueren, da es leider keinen anderen Weg zur Schatzkammer gab. Falls ihr es nicht gesehen habt, die Halle ist wahnsinnig schwer bewacht und es war unmöglich, sich dort zu verstecken. Solon hatte die Idee, einfach durch die Halle durchzumarschieren und jeden Blickkontakt zu vermeiden. Das funktionierte für ihn auch gut, aber als ich an der Reihe war, kam auf einmal Mernos in die Halle und ich versteckte mich sofort hinter einer kleinen Tür, die gleich neben dem Eingangstor zum Thronsaal lag. Ich hatte Angst, dass Mernos mich finden würde, also folgte ich dem Gang, der hinter meine Tür lag. Er war leider nicht allzu lang, aber ich kam dahinter zu einem Balkon, von dem man auf den Thronsaal hinuntersehen konnte."

Lapis nickte. „Den kenne ich. Er ist gebaut worden, um Bogenschützen eine Möglichkeit zu geben, den König zu verteidigen, wenn Personen im Raum waren, denen man wohl, um es nett zu sagen, nicht wirklich trauen konnte."

„Jedenfalls,", fuhr Cargo fort. „kam Mernos, um Leto einen Besucher anzukündigen, der mit ihm sprechen wollte. Noch während die beiden darüber sprachen, kam der Besucher dann einfach ungefragt in den Thronsaal." Er machte eine kurze Pause. „Es war Erversors. Persönlich. Ohne Übertragung."

Er war immer noch erstaunt, dass der böse Zauberer diesen gefährlichen Schritt gewagt hatte und konnte deswegen verstehen, wieso der König ihn ungläubig anblickte

„Hast du unter die Kapuze sehen können?", fragte Surho gespannt. „Hast du gesehen, wie er aussieht?"

Cargo schüttelte bedauernd den Kopf. „Leider nein. Er hatte noch ein Tuch vor den Mund und seine Stimme klang dadurch so verzerrt, dass ich glaube, ich würde ihn nicht mal erkennen, wenn er vor mir stehen, und mit mir reden würde."

Shiron strich sich nachdenklich über seinen Bart. „Ich nehme an, er wollte das Schwert zusammen mit der Karte und dem Brustpanzer haben."

Cargo nickte.

„Woher konnte er das wissen?", wunderte Shiron sich kopfschüttelnd. „Wir sind erst seit heute Morgen hier. Es kann schon sein, dass er nach Desturm gereist ist, um zu sehen, ob wir auch hierherkommen würden, aber er müsste beinahe gleichzeitig mit uns angekommen sein, wenn nicht später, falls er wirklich in Barstaras war. Cargo, bist du dir ganz sicher, dass er nicht einmal gefragt hat, ob Leto den Brustpanzer und die Karte hat?"

Cargo strengte sich an, um sich die Szene noch einmal vor Augen zu rufen. Er sah den Zauberer, der durch das Eingangstor hineinmarschierte, Letos überraschte Begrüßung und dann die Stimme des Zauberers. *Ich hörte, dass du den Brustpanzer und die Karte in deinen Besitz bringen konntest.*

„Nein!", sagte er nun. „Er ging hinein und sprach Leto sofort auf die Karte und den Brustpanzer an."

„Wir können später darüber nachdenken, woher er das wusste.", unterbrach Lapis. „Was ist dann passiert?"

„Natürlich hatte Erversors das Schwert verlangt.", fuhr Cargo fort, während der König noch immer nachdachte. Shiron hasste es, wenn Erversors ihnen in irgendetwas voraus war und versuchte, immer hinter die Tricks zu kommen, die der Magier verwendete, doch das gelang ihm leider nur in den seltensten Fällen.

„Ein paar Sekunden sah es wirklich so aus, als würde er es ihm geben, aber dann weigerte er sich und behauptete, dass er andere Pläne damit habe. Erversors wurde daraufhin wirklich wütend und versuchte, Leto mit seiner Magie auszuschalten, aber das Schwert hat ihn vor allem beschützt. Danach überwältigte er eine Wache und versuchte, ihn im Schwertkampf zu besiegen, wobei nebenbei gesagt werden muss, dass er ein wirklich guter Schwertkämpfer ist, doch das hat ihm nicht geholfen. Leto entwaffnete ihn und forderte von ihm die Herrschaft über die Schwarze Armee.“

„Die Schwarze Armee kann ihren Anführer wechseln?“, fragte Surho erstaunt.

Cargo zuckte mit den Schultern. „Anscheinend schon. Jedenfalls hat sich Erversors natürlich geweigert. Er hat Leto damit gedroht, ihn für seinen Verrat zu bestrafen und ist dann verschwunden.“

Um zu zeigen, dass seine Erzählung zu Ende war, setzte er sich wieder auf seinen Stuhl. Einen Moment lang herrschte Stille. Alle schienen wohl darüber nachzudenken, was Cargo erlebt hatte, und malten sich aus, wie der böse Zauberer mit einer gewaltigen Armee von schwarzen Rüstungen gerade auf dem Weg zurück zum Schloss war.

Das Schweigen wurde schließlich von Lapis gebrochen, die eine Karte auf dem Tisch ausrollte. Die Karte schien neu zu sein, denn es waren nicht die geringsten Abnutzungsspuren oder Flecken darauf zu erkennen. Es war eindeutig ein Abbild der Stadt von Desturm aus der Vogelperspektive und dazu noch eine sehr gute. Jedes der Häuser war einzeln eingezeichnet worden und das Schloss, das in der Mitte zu sehen war, war so genau eingetragen, dass man das Gefühl hatte, man würde auf einen Bauplan sehen.

„Über Erversors können wir später nachdenken.", rief die Prinzessin und sah angriffslustig auf die Stelle in der Karte, wo das Schloss eingezeichnet war. „Jetzt lassen wir den Orden des Schwertes aus dem Schloss verschwinden und holen uns zurück, was uns gehört!"

23. Kapitel

„Wie gehen wir vor?", fragte Solon gespannt und beugte sich über die Karte. Er hatte immer Freude daran, eine geschickte Strategie zu entwickeln, mit der er etwas erreichen wollte. Da Aventana nie im Krieg steckte, sah der General die Reise als eine große Chance, sein Können zu nutzen.

Lapis nahm einen ihrer Dolche vom Gürtel und zeigte auf das große Eingangstor. „Wir werden mit unserer größten Einheit am Haupttor angreifen und versuchen, in den Schlosshof zu kommen. Von dort aus ist der Weg zum Thronsaal am kürzesten."

„Wie viele Menschen wollen uns helfen?", fragte Noa und betrachtete unsicher das Haupttor, das in kürzester Zeit zum Thronsaal führte. Er dachte wohl das Gleiche, was Cargo dachte. Dieser Weg war sicher wahnsinnig gut bewacht und die Soldaten würden sie nicht kampflos durchlassen.

Lapis brachte ein Lächeln zustande. „Nach dem zu schließen, was wir bis jetzt wissen, zweimal so viele, wie sich Mitglieder vom Orden im Schloss befinden."

Cargo schnappte nach Luft. Das waren jede Menge Menschen. In seinen Gedanken sah er schon eine gewaltige Menschenmenge, die unter lautem Rufen in den Schlossgarten strömte und die Soldaten, die dort Wache schoben, zurückschrecken ließen und das beklemmende Gefühl, das er eben noch gespürt hatte, ebbte langsam ab.

Doch Argento schien nicht wie er zu denken, denn er betrachtete skeptisch das Haupttor. „Reicht das denn wirklich? Bedenkt nur, die Soldaten und die Mitglieder des Ordens sind gut trainiert und mit dem Besten bewaffnet, was die Waffenkammer hergibt. Mal ganz davon abgesehen, dass Leto noch immer das goldene Schwert hat und nach dem, was uns Cargo über Erversors Drohung erzählt hat, kann ich mir nicht vorstellen, dass er die Nerven behalten wird, wenn so viele Menschen vor dem Burgtor stehen."

Cargo stöhnte innerlich auf. Da war es wieder.

Nun meldete sich Shiron. „Eine andere Möglichkeit wird uns nicht bleiben, um das Schloss zurückzuerobern, aber was die Bewaffnung angeht, stehen wir den Soldaten in nichts nach. Die Schmiede, mit denen Surho gesprochen hat, haben sich bereiterklärt, uns alle Waffen zur Verfügung zu stellen, die sie haben."

„Genau.", stimmte Surho zu. „Ich habe mir angesehen, was sie uns gegeben haben. Wenn wir sparsam beim

Verteilen sind, können wir sicher ein Dreiviertel bewaffnen."

Das schien Argento zu überzeugen, denn er nickte nur noch und sagte nichts mehr. Lapis rollte die Karte wieder zusammen und stopfte sie in eine kleine Tasche, die am Boden stand. „Ich weiß, dass es sich riskant anhört, aber wir sind gut vorbereitet und wir werden Leto besiegen. Dann bekommt ihr den Brustpanzer, das Schwert und die Karte und wir das Wissen, dass dieser Verräter und der Orden niemandem mehr schaden können!"

Gerade noch so konnte Cargo sein Schwert in die Luft reißen und die Streitaxt von Aramas abwehren. Mit einer schnellen Drehung wollte er den Schlag erwidern, aber Aramas machte einen geschickten Satz zur Seite und war schon wieder außer Reichweite. Argento hatte Cargo befohlen mit Aramas zu trainieren, damit sie sich beide auf den Kampf vorbereiten konnten, der am Tag darauf geplant war. Es sollte nicht mehr lange gehen, denn es war schon spät und Shiron bestand darauf, dass sie bei dem Angriff ausgeschlafen sein sollten. Surho trainierte währenddessen mit Noa im Nebenzimmer. Bögen waren in Desturm nicht gerade einfach zu finden, trotzdem hatte Lapis einen auftreiben können. Cargos Freund war darüber so dankbar gewesen, dass er keine einzige Bemerkung über den Zustand des Bogens von sich gegeben hatte. Cargo hatte bei dieser Gelegenheit gleich um ein Schild gebeten, da er es gewohnt war, sich schützen zu können und das Schild zu einem festen Bestandteil seines Kampfstils, wie Solon es gern nannte, geworden war. Leider hatten Argento und Lapis ihm kein Schild gegeben, da sie der Meinung waren, dass jedem der Bürger, die ihnen helfen wollten, eine Waffe zur Verfügung stehen sollte, weshalb keiner zwei besitzen durfte.

Außerdem war der Effekt des Reisetranks dem Ende zu gegangen, worauf Lapis sich jedoch vorbereitet hatte und für ihre Retter ein gewaltiges Festmahl hatte kochen lassen. Der Wirt, dem das Gasthaus gehörte, hatte es schon gekocht, bevor er losgeschickt worden war, um zu erzählen, dass der König es aus dem Schloss geschafft hatte. Cargo hatte noch nie zuvor einen Reisetrank getrunken und wusste nicht, was passierte, wenn er seine Wirkung verlor. Doch alles, was geschah, war, dass er auf einmal ein wenig Hunger bekam, worauf dieser mit einem gewaltigen Braten irgendeines Tieres, das er noch nie gesehen hatte, niedergeschlagen wurde.

Aramas war immer noch so wortkarg, wie sie es im Schloss gewesen war, nachdem Secur verraten hatte, wer ihre Mutter war. Sie konnte natürlich nicht wissen, dass Cargo es schon seit einiger Zeit wusste. Aber er konnte es ihr auch nicht sagen, da Surho unter allen Umständen verboten worden war, darüber zu sprechen. Vor allem über die Tatsache, dass Solon die gefährliche Magierin besiegt hatte, was in keinster Weise etwas mit Cargos Frage zu tun gehabt hatte, was er aber trotzdem verraten hatte.

Cargo gab sich Mühe, sich so gut wie möglich zu verteidigen, während er versuchte einen Weg zu finden, mit ihr darüber zu sprechen, ohne dass man mitbekam, dass er es schon gewusst hatte. Als Aramas ihn noch für einen Spion gehalten hatte, hatte sie fast nie mit ihm gesprochen und ihn beinahe völlig ignoriert. Nun hatte er sie zwar davon überzeugt, dass er auf ihrer Seite stand, aber dadurch, dass sie jetzt wegen ihrer Mutter nicht mit ihm reden wollte, fühlte es sich fast genauso an.

Plötzlich stoppte Aramas mit den Streitaxtschlägen und ließ die beiden Waffen wieder verschwinden. „Was denkst du jetzt über mich?"

Cargo war dankbar, dass sie ihm das Anfangen abgenommen hatte und antwortete deshalb sofort. „Was meinst du mit *jetzt*?"

„Was denkst du denn!", erwiderte sie und setzte sich auf eine kleine Holzbank, die gleich neben der Eingangstür aufgestellt worden war. „Ich meine jetzt, weil du weißt, dass meine Mutter Asgar Gardos war!"

„So schlimm war sie auch nicht.", erwiderte Cargo und hätte sich sofort dafür ohrfeigen können.

Aramas sah ihn verständnislos an. „Sie hatte den Spitznamen: Die Göttin des Todes! Sie hat Shirons Eltern getötet. Sie hat einfach, um den Menschen Angst zu machen, willkürlich Bauern ermordet. Und sie hätte beinahe Shiron, deinen Vater und Solon umgebracht."

Cargo versuchte sich schon während sie sprach, eine gute Antwort zurechtzulegen und ignorierte, so gut es ging, die Geschichten, die Fang ihm von den Kämpfen mit Asgar Gardos erzählt hatte. „Erzähl mir, was das mit dir zu tun hat.", versuchte er es nun. „Ich weiß, dass das kitschig klingt, aber was deine Mutter getan hat, hat mit dir nicht das Geringste zu tun. Du hast Shiron schon immer geholfen. Du bist eine gute Soldatin und niemand glaubt, dass du so wie sie wirst."

Sie sah ihn an. „Du meinst damit, dass ich die stärkste Kämpferin des Königreichs werden könnte, noch dazu die neue Generalin und eine der am meisten geachtetsten Personen von Aventana?"

Beinahe hätte Cargo ihr zugestimmt, aber er konnte sich gerade noch zurückhalten, um die Magierin nicht genauso zu beschreiben, wie Asgar bekannt gewesen war, bevor sie den Thron gefordert hatte. „Ich meine damit, dass deine Mutter entschieden hat, so zu werden, wie sie geworden ist. Oder hat sie irgendwer dazu gezwungen?"

„Nein.", murmelte Aramas.

„Und dich wird auch keiner zwingen. Ähm, ich meine damit, du wirst die Entscheidung auch treffen müssen und du wirst es anders machen.", fuhr Cargo fort, in der Hoffnung, dass er dieses Thema gleich erledigt hatte. „Du wirst jetzt mit mir weiter trainieren, morgen zusammen mit uns das Schloss zurückerobern, eine große Heldin werden und wenn es sein muss, werde ich, verdammt nochmal, dafür sorgen, dass du eine Statue bekommst, wenn wir wieder zuhause sind!"

Einen Moment lang sah es noch so aus, als hätte Cargos kleine Ansprache nicht im Geringsten geholfen, doch nach einigen Sekunden, in denen Aramas nur auf den Boden gestarrt hatte, stand sie tatsächlich wieder auf. Sie lächelte Cargo noch einmal zu, bevor sie wieder zwei Streitäxte in ihren Händen erscheinen ließ und mit einer schnellen Drehung auf ihn einschlug. Cargo war erleichtert, dass seine Freundin wieder die Alte war und konterte deswegen so gut er konnte. Mit einem schnellen Schlag wollte er ihr die Streitäxte aus der Hand schlagen, um sie dann mit einem Tritt zu Boden zu befördern, doch damit hatte er sich gewaltig überschätzt.

Der Angriff führte nicht einmal dazu, dass Aramas den Griff um ihre Äxte lockerte. Sie fing den Schlag geschickt ab und schob Cargos Arm einfach zur Seite, womit sie sich den Platz für einen neuen Angriff frei machte. Gerade noch konnte Cargo sich in Sicherheit bringen, doch bevor er sich davon erholen konnte und vielleicht auf eine Idee gekommen wäre, wie er kontern könnte, hatte ihm die Magierin schon einen Stoß versetzt, der ihn fast zu Fall gebracht hätte. Innerlich fluchte er, dass er kein Schild bekommen hatte, mit dem er den Schlag mühelos hätte blocken können.

Aramas griff erneut an und diesmal dauerte es nur fünf Sekunden, bis Cargos Schwert krachend in einer Ecke des Raumes landete und fast eine Kerze getroffen hätte. Während Aramas ihm dabei zusah, wie er sein Schwert wieder aufsammelte, betrachtete sie ihn kritisch. „Du solltest an deiner Beinarbeit arbeiten.", murmelte sie. „Du bewegst dich zu langsam und denkst zu wenig über deine Ausweichmöglichkeiten nach."

Fluchend hob Cargo sein Schwert auf und rannte erneut auf die Magierin zu, während diese wieder in Verteidigungsposition ging.

Als Cargo erwachte, war die Sonne schon ein gutes Stück höher am Himmel als sonst, wenn er wach wurde. Er lag in einem der Zimmer, das der Wirt für die Gäste zur Verfügung gestellt hatte. Solon sorgte für gewöhnlich dafür, dass sie alle möglichst früh aufstanden und sich mit Training oder irgendetwas anderem befassten. Doch diesmal hatte Shiron sich eingemischt und Solon davon überzeugt, dass sie nach dem letzten Tag Schlaf bitter nötig hätten. Solon hatte das diesmal ausnahmsweise durchgehen lassen, da auch er zugeben musste, dass der Tag, der um vier Uhr früh mit einem Kampf gegen Skorpione begonnen hatte und dann immer schlimmer geworden war, wirklich anstrengend gewesen war, sodass er ihnen erlaubt hatte, ausnahmsweise einmal auszuschlafen. Das war Cargo mehr als recht, denn als er gestern schlafen gegangen war, hatte er sicher jeden Knochen und jeden Muskel gespürt, den er besaß. Die Kratzer und Schürfwunden, die er sich im Schloss geholt hatte, hatte er nicht behandeln können, da in Desturm beinahe nichts wuchs, außer natürlich die Nutzpflanzen, die schon von den Menschen mitgenommen worden waren, die hierhergezogen waren. Zu seinem Glück hatte er wenigstens die Wunde am Oberarm, die er von Leto zugefügt bekommen hatte, noch rechtzeitig behandeln können.

Immer noch ein wenig verschlafen stieg er aus dem Bett, gähnte noch einmal und bemerkte, dass er gestern offenbar so müde gewesen sein musste, dass er es nicht mehr fertiggebracht hatte, seine Kleidung auszuziehen. Sich die Augen reibend, sah er sich nach dem Schwert um. Er entdeckte es auf seinem Nachttisch, wo es so selbstverständlich lag, als würde es zur Einrichtung gehören.

Cargo spähte aus dem Fenster. Wie erwartet, war nichts zu sehen. Solon, Argento und Lapis hatten gestern noch bis tief in der Nacht damit zugebracht, eine Strategie zu entwickeln, mit der sie das Schloss erobern konnten. Sie waren den Soldaten zahlenmäßig, dank der großen Unterstützung der Stadtbewohner, die es überhaupt nicht duldeten, dass jemand auf dem Thron saß, der sich mit Erversors verbündet und auch noch die königliche Familie eingesperrt hatte, überlegen.

Doch leider waren die Soldaten stark und besaßen eine beinahe unerschöpfliche Waffenkammer mit allem, was ein Soldat für eine große Schlacht benötigte. Dazu zählten natürlich auch die Rüstungen, in die, wie Cargo letzte Nacht von der Prinzessin erfahren hatte, Sonnenstein eingeschmolzen wurde. Das gab den Rüstungen den gleichen Effekt, wie es in der gesamten Wüste der Fall war, nämlich dass das Metall die gesamte Hitze reflektierte und damit immun dagegen war.

Laut dem Plan würde sich niemand auf die Straße begeben, bevor der König und die Prinzessin nicht ihr Haus verlassen hatten. Demnach sollten alle gleichzeitig ihre Häuser verlassen und den Wachen keine Möglichkeit bieten, sich gut vorbereiten zu können.

Es war eigentlich ein sehr guter Plan. Die Frage war nur, ob er reichen würde.

24. Kapitel

Cargo wollte sein Zimmer eben verlassen, als ihm das Hemd und die Hose auffielen, die über seine Tür gehängt worden waren. Erstaunt nahm er die Kleidungsstücke herunter. Es war eine ähnliche Lederrüstung, wie er sie schon ein paar Mal gesehen hatte. Die Schulter und die Ärmel des Hemdes wurden von einigen Metallteilen verstärkt, die so angebracht waren, dass sie ihm bei keiner Bewegung im Weg standen. Bei der Verstärkung der Hose war es das Gleiche. Ebenfalls mit einer kleinen Lücke am Knie, wobei über die Kniescheibe ein kleines Metallstück gestülpt war, was trotzdem schmerzhafte Treffer verhinderte. Sein Rumpf wurde von einigen Metallstreben geschützt, die ähnlich wie die Rippen eines Skelettes verliefen, und es dadurch möglich machten, dass der Träger des Hemdes sich bücken konnte. Am meisten gefiel Cargo jedoch die kleine Brosche, die offenbar nachträglich an der Brust des Hemdes angebracht worden war und damit jeden Zweifel unmöglich machte. Diese Kleidungsstücke waren eindeutig für ihn hier bereitgelegt worden.

Die Brosche zeigte eine Serpentina. Eine tödliche Riesenschlange, die Cargo vor einigen Wochen in seinem

Garten getötet hatte. Die Schlange war irgendwie zu seinem Markenzeichen geworden und zierte sowohl sein Schwert als auch sein Schild.

Cargo überlegte keine Sekunde, sondern zog sich das Hemd und die Hose sofort an. Er trug noch immer die gleichen Sachen, die er damals getragen hatte, als er Aventana verlassen hatte, da er weder an Kleidung zum Wechseln gedacht hatte, noch die Zeit gefunden hatte, welche zu besorgen. Dementsprechend sah er auch aus. Sein Hemd war verdreckt und voller Risse und Löcher, die er sich bei den Kämpfen zugezogen hatte. Hier und da waren auch einige Blutflecken zu sehen, die entweder von ihm stammten, wie am Ärmel, wo Leto ihn mit dem Pfeil gestochen hatte, oder von Ungeheuern, mit denen er gekämpft hatte, wie zum Beispiel die bläulich glitzernden Tupfen, die vom Felsspalter stammten, dem er vor einer knappen Woche sein Schwert in den Fuß gerammt hatte. Eigentlich hatte er schon eine kleine Rüstung, die sogar von innen gepolstert war und sich damit ideal für längere Reisen machte, doch sie bot lange nicht die Bewegungsfreiheit, die er jetzt hatte, was für ihn ein guter Grund war, die Rüstungsteile als Ersatz in seinen magischen Rucksack zu stopfen.

Cargo nahm sein Schwert, steckte es in die kleine Lederscheide, die für diesen Zweck seitlich an seiner Hose angebracht worden war und verließ sein Zimmer. Schon auf dem Flur, der von den Zimmern hinunter zu dem Raum führte, in dem sie am vorigen Tag besprochen hatten, wie sie vorgehen würden, traf er Surho.

Der Schütze zupfte prüfend über seine Pfeilsehne und betrachtete sie dabei von allen Seiten. Er war so vertieft in das, was er da tat, dass er Cargo erst bemerkte, als dieser genau hinter ihm stand. „Morgen, Cargo. Hast du, oh. Was ist das?"

„Sieht cool aus, oder?", erwiderte Cargo stolz. „Das lag heute Morgen in meinem Zimmer!"

„Irgendwie wird es auch Zeit.", murmelte Surho vorwurfsvoll. „Ich meine, du trägst jetzt schon seit, ich glaube, neun Tagen die gleichen Sachen!"

Cargo zuckte mit den Schultern. „Es war bei der Abreise noch so viel zu tun und versuch du doch einmal bei der Aufregung, an Ersatzkleidung zu denken!"

„Habe ich getan.", konterte der Schütze und erst jetzt fiel Cargo auf, dass sein Freund tatsächlich neue Sachen anhatte.

„Wie gefällt dir dein Schwert?", änderte Surho freundlicherweise das Thema, während er sich auf den Weg nach unten machte.

Unwillkürlich sah Cargo zu dem Schwert hinunter. „Es ist ziemlich leicht, trotzdem hart und liegt gut in der Hand, trotzdem vermisse ich mein Altes! Ich hole es mir heute wieder und wenn ich dafür gegen Leto persönlich kämpfen muss."

Surho seufzte. „Ich bin ganz deiner Meinung. Aber dieser Bogen hier, ist zu nichts zu gebrauchen! Lapis hat mir erzählt, dass er uralt ist und sie ihn irgendwo in einer Waffenkammer eines Schmiedes gefunden hat. Die Sehne ist lose, die Wurfarme sind zu schwer und der Griff…mit dem Griff ist eigentlich alles in Ordnung."

Während sein Freund gesprochen hatte, war Cargo in Gedanken den Kampf durchgegangen, den sie vor sich hatten. Sie hatten viele Menschen, die ihnen helfen wollten, oder anders gesagt, Lapis und Argento helfen wollten, aber diese waren eben schlecht bewaffnet und nicht ausgebildet wie die Soldaten. Dennoch waren sie mehr und damit könnten sie es schaffen, bis zu Leto vorzudringen, aber was dann? Der Ordensführer würde sich bestimmt nicht ergeben und das Schwert war mit Sicherheit genauso stark wie der Brustpanzer. Wie sollten sie einen Mann besiegen, der alles kommen sah, was sie taten?

Cargo wollte eben fragen, wie Surho über den Angriff auf Leto dachte, als dieser die Tür aufdrückte, die sie von den restlichen Menschen, die in diesem Wirtshaus lebten, trennte und Cargo schluckte die Frage hinunter.

Tatsächlich sah es so aus, als wären sie alle schon seit Ewigkeiten wach. Argento sprach mit Shiron über die Waffen, die für die Bewohner der Stadt, die ihnen helfen wollten, schon gestern in ihre Häuser gebracht worden waren, wobei Shiron gefühlt nach jedem Satz eine Frage stellte. Argento trug immer noch den Morgenstern und Cargo konnte sich gut vorstellen, dass er ihn die ganze Nacht nicht losgelassen hatte. Das Leuchten war wieder so stark, wie am Tag zuvor und damit hatte die Waffe ihre volle Zerstörungskraft zurück, was den König nicht dazu bewegte, ihn vorsichtig zu behandeln.

Aramas unterhielt sich in einer Ecke des Raumes mit Noa über die Waffen, die sie jeweils in der Lage waren, zu erschaffen und welche sie noch nicht hinbekamen, wobei Cargo eigentlich keine Ahnung hatte, was Gladiamagier eigentlich tun mussten, um eine Waffe zu erschaffen.

Solon saß an einem Tisch und aß gerade sein Frühstück, welches, soviel Cargo erkennen konnte, einen großen

Braten darstellte. Natürlich hatte er schon seine Rüstung an, bereit, jeden Moment aufzustehen und die paar hundert Meter zum Schloss zurückzulegen. Es sah so aus, als hätte er sogar sein Schwert poliert, denn dieses glänzte, als ob es noch nie benutzt worden wäre.

Lapis hatte sich über die Karte gebeugt und schien im Kopf noch einmal durchzugehen, was passieren würde, wenn sie tatsächlich in das Innere des Schlossgartens, oder auch hinter die starken Tore aus Stein gelangen würden, wo sie von allen Seiten mit Soldaten zu rechnen hatten.

Cargo stellte sich neben sie und bedankte sich bei ihr für die neue Kleidung, wobei er inständig hoffte, dass wirklich die Prinzessin dafür gesorgt hatte, dass er sie bekommen hatte. Lapis lächelte, sah jedoch nicht von der Karte hoch.

„Kein Problem, Cargo. Einer der Schmiede hätte es eigentlich ins Schloss bringen sollen, aber jetzt, wo sie alle wissen, dass der Orden das Schloss regiert, dachte ich mir, dass du sie dringender brauchst. Er war freundlicherweise bereit, diese kleine Brosche einzusetzen."

Cargo wollte fragen, woher sie die Brosche hatte, die eine Schlange zeigte, die es, soviel er wusste, nicht in Desturm gab, als sich plötzlich die Tür öffnete und ein Mann hereintrat. Er war etwa fünfzig und hatte einen breiten Bierbauch, über den er ein Stoffhemd und eine Schürze trug. Mit schnellen Schritten betrat er den Speisesaal des Gasthauses, wobei er sich beim Vorbeigehen schnell vor Shiron verbeugte. Seine Haare waren nicht mehr, als ein kleiner Rand, der sich um den Kopf herumzog, dem aber auch anzusehen war, dass er nicht mehr viele Jahre vor sich hatte. Der Mann ging zielstrebig auf Lapis zu und verbeugte sich tief vor ihr. „Ich habe mich umgesehen, so gut ich konnte. Es gibt aber leider nicht viele Plätze in Desturm, wo ich die Soldaten beobachten konnte, ohne dass sie aufmerksam werden!"

„Was haben Sie herausbekommen?", fragte die Prinzessin gespannt.

„Leto hat einige Soldaten an den Wachtürmen aufstellen lassen.", antwortete der Mann mit seiner tiefen Stimme. „Wie Sie sagten, bereitet er sich wahrscheinlich auf einen Angriff von Erversors vor. Ich weiß nicht, wen er mehr fürchtet, euch oder ihn. Jedenfalls sind die Soldaten bis an die Zähne bewaffnet. So etwas habe ich noch nie gesehen! Ich war in einigen Häusern, um nach dem Rechten zu sehen und wie es aussieht, sind nach wie vor alle dafür, heute den Orden des Schwertes anzugreifen."

Lapis nickte. „Ich danke Ihnen! Ich schulde Ihnen mehr, als ich Ihnen jemals zurückzahlen könnte. Allein, dass wir schon in Ihrem Haus bleiben dürfen!"

Der Mann, der offensichtlich der Wirt sein musste, lächelte gequält. „Hoffen wir mal, dass Sie heute wirklich Erfolg haben, sonst glaube ich nicht, dass ich eine wirklich lebenswerte Zukunft vor mir habe."

Cargo hatte ein Stück Braten auf einem Tisch entdeckt, das noch nicht sehr alt sein konnte, wie er schnell durch die Wärme feststellte. Eilig machte er sich über das Fleisch her, um noch etwas in den Magen zu bekommen, bevor, wer auch immer bei ihnen das Kommando hatte, den Befehl gab, anzugreifen. Aramas hatte ihr Gespräch mit Noa beendet und setzte sich neben Cargo, während der Leibwächter der Prinzessin sich neben Shiron stellte und das Gespräch der beiden Könige mitanhörte.

„Nehmen wir mal an, wir schaffen es heute, überhaupt ins Schloss reinzukommen", flüsterte die Magierin. Sie schien sich wieder vollständig normalisiert zu haben und Cargo sah deswegen keinen Grund, über das Gespräch vom Vortag zu reden. „und auch, dass wir in den gut geschützten Thronsaal reinkommen und nehmen wir an, dass dort Leto auf uns wartet und wir ihn besiegen

272

können. Was glaubst du, wird dann mit dem Schwert passieren?"

Cargo zuckte mit den Schultern und bemühte sich, so schnell zu kauen, wie es ihm möglich war. „Ich denke, sie werden uns das Schwert geben. Wenn ich an der Stelle von Lapis und Argento wäre, würde ich das Schwert einfach nur weghaben wollen!"

Das schien Aramas nicht zu überzeugen. „Du siehst das zu sehr aus deiner Sicht! Desturm hat den Morgenstern und wenn wir heute gewinnen, haben sie das Schwert. Niemand könnte ihnen noch gefährlich werden und die Schwarze Armee würde sicher keinen Sinn mehr sehen, sie anzugreifen."

„Betula hat sich auch nicht geweigert, ihn uns zu geben!", erwiderte Cargo, obwohl er wusste, dass das nicht als Argument taugte.

Der gleichen Meinung war auch Aramas. „Barstaras musste sich verstecken. Der Brustpanzer hätte sie verraten und damit hatten sie keine andere Wahl, als uns den Brustpanzer zu geben, auch wenn Mori das nicht eingesehen hat."

Cargo schluckte die letzten paar Bissen hinunter und nickte dann einfach nur. Aramas hatte Recht. Wenn Desturm das Schwert behielt, stand ihnen ein ruhiges

Leben bevor, denn Desturms Soldaten waren ohnehin schon stark und mit den beiden Waffen würde es auch Erversors schwerfallen, etwas auszurichten.

Lapis schien mit ihren Überlegungen fertig zu sein, denn sie rollte die Karte zusammen, stopfte sie wieder in eine ihrer Taschen und ging zu ihrem Vater, der sich immer noch mit Shiron unterhielt. Nachdem sie kurz miteinander geredet hatten, gab der König mit seinem Morgenstern das Zeichen. Wie sie am Tag zuvor beschlossen hatten, bedeutete das, dass alles bereit war und dass nun der Angriff auf das Schloss, auf Leto und auf den Orden des Schwertes beginnen würde.

25. Kapitel

Cargo atmete tief ein. Die Luft hatte den merkwürdigen Beigeschmack des feinen Sandes, der nur beim kleinsten Windstoß von den Dünen rund um sie herum in die Stadt geblasen wurde. Trotzdem war die Luft vollkommen klar und zeigte das riesige Schloss, das nur noch wenige hundert Meter vor ihnen über die Häuser ragte. Die Sonne des frühen Vormittages schien hell auf das beeindruckende Gebäude, das in diesem Licht sogar noch schöner wirkte. Man konnte eindeutig die vielen Rüstungen erkennen, die auf der Burgmauer standen und im Sonnenlicht leuchteten und ihn blendeten.

Cargo sah kurz über seine Schulter, um zu sehen, wie viele Menschen inzwischen hinter ihnen marschierten. Seitdem sie das Wirtshaus verlassen hatten, waren immer mehr Menschen aus ihren Häusern gekommen und waren ihnen gefolgt. Dieser Teil des Planes funktionierte perfekt. Jeder, der sah, dass die anderen ihre Häuser verließen, griff ebenfalls zu der Waffe, die er am Tag zuvor von Shiron, Aramas, Surho oder Lapis bekommen hatte. Mit jedem Schritt, den sie gemacht hatten, hatte sich eine Tür geöffnet und zwei oder drei Personen waren herausgetreten. Sie hatten ihre

Gesichter mit Tüchern verdeckt, die nur Platz für die Augen ließen. Sie reckten ihre Waffen hoch in die Luft und Cargo bemerkte, dass wirklich fast jeder mit einer echten Waffe ausgestattet war. Die Wenigen, die leer ausgegangen waren, hatten improvisiert und marschierten mit Vorschlaghämmern und anderen Werkzeugen mit ihnen mit. Einige trugen sogar Rüstungshandschuhe und andere Teile, mit denen sie sich schützten und die wahrscheinlich von den Schmieden stammten.

Jedes von den vielen Schwertbannern, die in der Stadt verteilt waren und an dem sie vorbeikamen, wurde unter lautem Jubel von den Häusern gerissen. Noa hatte ihm erzählt, dass Leto es sich unmöglich hatte verkneifen können, die Banner mit dem Symbol des Ordens aufzuhängen und alle Fragen damit beantwortet wurden, dass die königliche Familie den Fund des goldenen Schwertes feierte, was ihnen auch alle geglaubt hatten.

Als Cargo seinen Kopf wieder wendete, hoffte er inständig, dass Betula die gleiche Unterstützung von ihrem Volk erhalten hatte und dass die Menschen in Barstaras sich auch für sie bewaffnen würden, um gegen ihre Soldaten zu kämpfen. Falls irgendwer überhaupt etwas von Moris Verrat mitbekommen hatte. Um sich selbst ein wenig zu beruhigen, stellte er sich vor, wie der General der Bogenschützen, von vielen Dienern umkreist, auf einem der Plateaus stand und zähneknirschend seinen Bogen fallen ließ.

Solon war in der Menge nach hinten geeilt, um gegen einen Hinterhalt vorbereitet zu sein, womit die beiden Könige einverstanden waren, da jeder Leto so etwas Hinterhältiges zutraute. Deswegen ging Solon ein ganzes Stück hinter ihnen und hielt Ausschau nach den Soldaten, die der Wirt auf den Wachtürmen gesehen haben wollte.

Doch bisher blieb alles ruhig, was bedeutete, dass die Wachen sie entweder nicht sahen, oder sie zwar sahen, aber ihren Posten trotzdem nicht verließen.

Nun hatten sie die letzte Kurve hinter sich gelassen, die zwischen ihnen und dem Schloss lag. Nicht einmal hundertfünfzig Meter trennten sie noch von dem gewaltigen Fallgitter und den Soldaten, die sie nun sicher entdeckt hatten. Cargo konnte sehen, wie einer von ihnen seine Hand hob und auf die Menge zeigte, worauf alle anderen Soldaten hastig über die Mauer und in die Türme eilten.

Argento reckte den Morgenstern in die Höhe und stimmte den Kampfschrei an, der in Desturm wohl üblich war und in den alle einstimmten, worauf nach wenigen Sekunden nichts mehr zu verstehen war.

„Samus!", schrie der König aus vollem Hals, worauf hinter ihnen viele andere Stimmen, unter ihnen auch Cargo und die anderen Aventaner einstimmten. „Potens!"

Cargo grinste. Er konnte sich gut vorstellen, dass sie mit den vielen Menschen, die bewaffnet mit Morgensternen, Schwertern und Hämmern auf die Burgmauer zumarschierten und dabei jedes Banner von den Fassaden riss, das ihnen in die Quere kam, beeindruckend aussehen mussten und dass den Soldaten, die gerade die Burgmauer bewachten, nicht gerade fröhlich zumute sein musste.

Cargo konnte erkennen, wie sie immer noch hektisch auf der Mauer hin und her liefen und sich offenbar auf die Verteidigung des Schlosses vorbereiteten. Was sie sich gegenseitig zuriefen, konnte Cargo jedoch durch den Krach, den der Kampfschrei verursachte, nicht verstehen. Wen er aber erkennen konnte, war Mernos, der wie am Vortag in voller Rüstung am Rand der Burgmauer stand und mit versteinertem Blick auf sie hinuntersah.

Nur noch wenige Meter trennten sie vom Fallgitter, bei dem Cargo nicht die geringste Ahnung hatte, wie sie es aufbekommen sollten.

Plötzlich blieb Argento stehen und hob seine Faust, worauf alle Anwesenden sofort Ruhe gaben. Die Soldaten, die auf der vordersten Mauer standen, waren erschreckenderweise mit bedrohlichen Armbrüsten ausgestattet, wobei Cargo nicht erkennen konnte, ob sie geladen und damit funktionsfähig waren.

„Leto!", schrie der König zur Burgmauer hinauf. „Wenn du den Mut hast, zeig dich! Ich lasse dir und dem Orden noch eine Chance, aufzugeben und das Schloss und gleich auch Desturm für immer zu verlassen."

Einige Sekunden lang passierte nichts und alle starrten einfach nur zu den Zinnen der Mauer hinauf, um zu sehen, was als Nächstes passierte. Doch plötzlich erschien ein Gesicht über den Zinnen. Leto starrte mit ausdruckslosem Gesicht auf Argento hinunter. Er trug eine ähnliche Lederrüstung wie Cargo, doch mit viel mehr Metallverstärkungen als am Vortag. Seine Augäpfel leuchteten golden, was bedeuten musste, dass, selbst wenn Cargo es gerade nicht sehen konnte, Leto das Schwert in der Hand hielt, was wohl nicht bedeutete, dass er von Aufgeben viel hielt.

Leto verzog sein Gesicht zu einem hämischen Grinsen.

„Was auf dieser Welt lässt dich glauben, dass ich mich vor dir fürchten würde? Es wird nicht anders laufen als damals, als ich dieses Schloss eingenommen habe. Ich werde jeden, der hinter dir steht, einsperren und hinrichten lassen und du wirst der Erste sein! Deine Tochter wird in die finsterste Zelle wandern, die ich finden kann. Dort wird sie so lange bleiben, bis ich dich köpfen lasse, wobei sie zusieht und wenn sie um dich weint, wird sie die Nächste sein!"

„Du warst nur ein einfacher Soldat! Du hattest keinen Grund mein Schloss zu erobern. Du hattest keinen Grund meine Tochter in den Kerker zu werfen und du hattest keinen Grund den Aventanern den Brustpanzer und die Karte abzunehmen.", knurrte Argento zornig und hob drohend den Morgenstern. „Jetzt stehst du vor mir und wagst es, mir damit zu drohen, meiner Tochter etwas anzutun, die noch weniger damit zu tun hat als ich! Beweise wenigstens jetzt ein wenig Ehrgefühl und komm herunter von deiner hohen Mauer!"

Leto schnaubte verächtlich und wandte sich an Mernos, der direkt neben ihm stand. Es war dem General anzusehen, dass er sich nicht sicher war, was er von der Situation halten sollte. Zu Cargos Entsetzen hatte er ebenfalls eine Armbrust in der Hand, die, sofern er erkennen konnte, auch ganz sicher geladen war.

„Mernos, erschieß diesen Clown!", fauchte Leto und grinste den König von Desturm gehässig an.

Alle Augen waren auf Mernos gerichtet, der von seiner Position aus keine Probleme damit haben sollte, Argento tödlich zu treffen. Cargos Blick flog weiter zu Aramas. Die Magierin hatte in Barstaras ein paar Tage trainiert, wie sie sich am besten vor Pfeilen schützen konnte, aber er bezweifelte, dass es ausreichen würde, um Argento zu verteidigen.

Mernos hob tatsächlich die Schusswaffe, doch zu Cargos Erstaunen machte der König keine Anstalten, sich in Sicherheit zu bringen. Er stand einfach nur da und sah zum General hoch.

Weitere nervenzerreißende Sekunden vergingen, doch dann schüttelte Mernos den Kopf und ließ die Armbrust über die Schlossmauer fallen. Krachend schlug sie am Boden auf und zerbrach in mehrere Teile, ohne dass sich ein Schuss löste.

„Ich werde Argento nicht töten!", knurrte Mernos.

„Was fällt dir ein?", schrie Leto empört. „Ich bin dein König und demnach hast du meine Befehle zu befolgen! Wenn ich sage, du tötest Argento, dann tust du das!"

Mernos schüttelte ruhig den Kopf. „Als General der Armee werde ich niemanden der Königsfamilie verletzten oder sogar töten. Sie, Leto haben den Thron erobert und sich damit irgendwie zum König gemacht. Ich bin bereit, das zu akzeptieren, auch wenn Sie meiner Meinung nach wahnsinnig sind, doch trotzdem bleiben Argento und Lapis ein Teil der Königsfamilie und ich werde sie genauso wenig angreifen wie Sie!"

„Was willst du damit sagen?", fragte Leto lauernd.

„Ganz einfach.", erwiderte der General. „Ich werde in dieser Schlacht nicht kämpfen und ich denke, die meisten meiner Soldaten werden das auch nicht tun. Wer von Ihnen diesen Kampf gewinnen wird, wird sicher der neue König sein und wer auch immer es ist, kann sich sicher sein, dass ich ihm dienen werde!"

Knurrend sah Leto zum König hinunter, dessen leichtes Grinsen verriet, dass er schon damit gerechnet hatte, dass der General die Waffen niederlegen würde.

„Ich wiederhole mich, Leto!", rief Argento nach oben. „Deine letzte Chance! Wirf das Schwert hinunter und gib zu, dass du verloren hast. Wer weiß, wie viele Leben du damit retten kannst!"

Man sah Leto an, dass es in seinem Kopf arbeitete. Er hatte einige Soldaten verloren, aber sie würden nicht gegen ihn kämpfen. Die Mitglieder des Ordens sollten ihm treu bleiben und vielleicht würden einige Soldaten nicht

Mernos Meinung teilen und unter seiner Herrschaft bleiben. Wenn es zum Kampf kommen würde, würden dabei viele Menschen zu Schaden kommen, aber Cargo glaubte kaum, dass das den Verräter groß interessieren würde.

Alle, die Soldaten des Ordens, die Aventaner, die Königsfamilie und die Menschen, die sich gegen den Orden erhoben hatten, warteten gespannt auf Letos Entscheidung, was dazu führte, dass eine furchtbare Stille aufgekommen war.

Nach einigen Sekunden wandte Leto sich zu dem Mann, der in einem Turm über dem Burgtor postiert war. „Nichts und niemand stellt sich mir in den Weg! Öffnet das Tor! Ich will, dass nicht einer von ihnen lebend davonkommt!"

Noch während dem das Fallgitter sich langsam und mit lautem Ächzen nach oben quälte, gab Leto seinen Armbrustschützen ein Handzeichen. „Tötet von mir aus, wen ihr wollt, aber verschont Lapis und Argento. Die beiden will ich persönlich umbringen."

Erschrocken wichen alle ein Stück zurück. Aramas ließ vorsichtshalber zwei breite Streitäxte erscheinen, hinter denen sie versuchte, auch Shiron in Sicherheit zu bringen, der ihr am nächsten stand. Surho sah sich nach irgendeinem Schutz um, schien jedoch nichts zu entdecken. Auch Cargo sah sich nach irgendetwas um, was ihn schützen konnte, doch alles, was er sah, war, dass einer der Armbrustschützen sich ihn als Ziel ausgesucht hatte und nun eine Hand an den Abzug legte. Das Fallgitter war mittlerweile ganz oben angelangt und das laute Knarren war verstummt. Ein klarer Blick auf den Schlossgarten wurde ebenso frei, wie auf die Unmengen an Soldaten, die dort bereit für die Schlacht auf ihre Gegner warteten. Doch niemand wagte, den Schlossgarten zu betreten, aus Angst ins Visier der Schützen zu geraten.

Plötzlich passierte etwas, mit dem in diesem Moment keiner gerechnet hatte. Ein lauter Donner erklang und aus dem Boden quoll eine graue Rauchwolke, die nach und nach eine menschliche Gestalt annahm, und den, ihnen nur allzu bekannten, Mantel des bösen Zauberers Erversors bildete.

Das Gesicht konnte man durch den Rauch und die Kapuze nicht erkennen, dennoch war sich Cargo sicher, ein höhnisches Grinsen erkennen zu können. Das übliche undeutliche Rauschen, das die Stimme der Übertragung darstellte, hallte über den nun vollkommen stillen Platz. „Ich werde einen Weg finden, dich zu erledigen. Vielleicht wirst du nicht rechtzeitig erkennen, dass ich dafür verantwortlich bin, aber sei dir sicher, ich werde dafür verantwortlich sein! Und wenn du im Sterben liegst, sei dir bewusst, dass du selbst daran schuld bist!"

26. Kapitel

Es war der Übertragung jedes Mal aufs Neue anzusehen, dass Erversors es genoss, wenn sein Erscheinen die Leute zum Schweigen brachte und er selbst mit der leisen Stimme der Übertragung sprechen konnte.

Cargo wusste nicht richtig, was er davon halten sollte, dass der böse Zauberer sich schlussendlich doch einmischte, immerhin waren sowohl sie, als auch der Orden des Schwertes seine Feinde.

„Nun haben Sie nicht mehr den Mut, persönlich herzukommen, wie?", fragte Leto verächtlich.

Der Schatten winkte ab. „Wieso sollte ich jetzt schon herkommen? Wenn dich die Aventaner heute nicht töten, werde ich es tun!"

Cargo wollte eben dem Zauberer zurufen, dass er besser wieder verschwinden sollte und dass er sich nicht einmischen sollte, doch da sah er, dass auch die Armbrustschützen nun nur noch auf die Übertragung achteten, und hielt es deswegen für besser, den Mund zu halten.

Leto schien von dem Schatten nicht sonderlich beeindruckt zu sein. „Glauben Sie nicht, dass ich Angst vor Ihnen hätte. Ich habe überall um die Stadt herum

Wachen aufgestellt, die sofort Alarm schlagen, wenn Ihre Armee auch nur am Horizont zu sehen ist!"

„Sehr schön für dich.", murmelte der Schatten und schnippte mit den Fingern.

Plötzlich gingen die Armbrüste, die vor wenigen Augenblicken noch auf sie gerichtet waren, in Flammen auf. Die Soldaten schrien erschrocken auf, als die lilafarbene Stichflamme in den Himmel schoss. Den Männern fiel nichts anderes ein, als die Waffen nun ebenfalls von der Mauer zu schleudern, wo sie krachend am Boden aufschlugen.

Der Schatten lachte hämisch, während er zusah, wie einige Soldaten auch ihre ledernen Handschuhe, die ebenfalls Feuer gefangen hatten, panisch auszogen und irgendwohin warfen. „Ich denke, jetzt ist es ein wenig gerechter. Sie können sich nun völlig fair einander die Schädel einschlagen."

Leto funkelte den Schatten zornig an. „Dafür werden Sie bezahlen! Wenn ich heute Abend den Brustpanzer, das Schwert und den Morgenstern habe, können Sie sich sicher sein, dass ich Sie überall finden werde!"

Erversors beachtete Leto gar nicht mehr, sondern drehte sich, noch während dieser sprach, zu Argento um und verbeugte sich tief. „Betrachten Sie diese kleine Geste als

Geschenk meinerseits. Ich weiß zwar nicht, wer diesen Kampf für sich entscheiden wird, aber ich hoffe doch sehr, dass Sie Leto besiegen. Aber ich habe es nicht getan, um euch zu helfen, sondern um ihm zu schaden, das sollte euch bewusst sein. Der Gewinner dieser Schlacht kann sich auf meine volle Aufmerksamkeit freuen, denn ich werde sicher nicht aufgeben, auch wenn ich diesmal einen Fehler gemacht habe. Bis bald."

Aramas wollte dazu noch etwas sagen, doch der Zauberer schnippte nur wieder mit den Fingern und schon war er nach dem bekannten lauten Donner wieder verschwunden, worauf Aramas ihren Mund wieder schloss.

Argento jedoch verlor keine Sekunde mehr und rannte mit erhobener Waffe unter dem hochgelassenen Fallgitter hindurch, das jetzt nicht mehr durch die Schützen bewacht werden konnte.

Von allen Seiten strömten die Wachen von den Mauern und aus den Wachtürmen in den Schlossgarten, um den König aufzuhalten. Doch die Soldaten hatten nicht an die Kraft des Morgensterns gedacht, was der König sofort ausnutzte. Mit lautem Brüllen hob er seine Waffe, um sie im nächsten Moment wieder auf den Boden zu schmettern. Die mächtige Druckwelle blieb auch dieses

Mal nicht aus und schleuderten die Angreifer in alle Richtungen, als wären sie Spielzeuge.

Der Anblick der Soldaten, die den König eigentlich aufhalten wollten und nun am Boden lagen, gab allen anderen die nötige Motivation, mit lautem Kampfschrei durch das Burgtor zu strömen und sich erbitterte Kämpfe mit den Soldaten zu leisten, die ihren Kameraden zur Hilfe kommen wollten.

Cargo hatte den Torbogen kaum hinter sich gelassen, als er seine Freunde schon aus den Augen verloren hatte, nachdem sie in der Menge verschwanden. Eigentlich hatte Cargo nicht vorgehabt, allein zu kämpfen, da er schon in der Schlacht gegen die Schwarze Armee gemerkt hatte, dass so etwas viel zu riskant war. Doch ihm blieb keine Zeit, sich jemanden zu suchen, denn plötzlich wurde er von einem Mann attackiert, der fast zwei Köpfe größer war als er. Er trug einen furchteinflößenden Morgenstern, der so groß war, dass sich Cargo fragte, wie der Mann damit überhaupt kämpfen wollte. Der Soldat holte aus und ließ den Morgenstern auf Cargo niedersausen. Die Waffe war schwerfällig, was es Cargo möglich machte, auszuweichen, ohne zerschmettert zu werden. Doch der Platz auf dem Schlossgarten wurde durch die vielen Menschen, die gegeneinander kämpften, immer begrenzter und Cargo zweifelte, in wenigen Minuten noch zur Seite springen zu können, ohne mit jemanden zusammenzustoßen. Der Soldat hob den Morgenstern ächzend wieder auf und schlug ein weiteres Mal nach Cargo, der versuchte den Mann zuvor noch mit dem Schwert zu treffen, doch er musste schließlich wieder den Rückzug antreten, um sich vor dem Morgenstern in Sicherheit zu bringen. Diesmal jedoch war es so knapp, dass die mörderischen Stacheln an der Eisenkugel ein wenig an seiner Kleidung zogen. Cargo machte ein paar Schritte nach hinten, doch zu seinem Entsetzen bemerkte er, dass es nicht mehr weiterging. Hinter ihm befand sich die Schlossmauer und ein weiterer Sprung nach hinten war nicht mehr möglich. Das merkte der Riese und hob erneut unter lautem Ächzen den ebenfalls riesigen Morgenstern, bevor er ihn mit aller Kraft auf Cargo schmetterte. Dieser sah die mörderische Kugel mit den vielen Spitzen auf sein Gesicht zukommen. Instinktiv ließ er sich auf den Boden fallen. Der Mann sah es zwar, aber mit dem Schwung des Morgensterns konnte er den Angriff nicht zurückhalten, was dazu führte, dass die Kugel mit einer solchen Wucht in die Mauer einschlug, dass sie darin steckenblieb. Größere und kleinere Steinbrocken regneten auf Cargo nieder, der nun ein wenig zusammengekauert am Boden saß und froh war, dass es funktioniert hatte.

Der Soldat fluchte verärgert, während er versuchte, seine Waffe aus der Mauer zu ziehen, indem er bis zur Kugel vorging und an der Stelle zog, wo der Griff in das Eisen mündete. Doch bevor er seine Waffe befreit hatte, bekam er von Cargo einen kräftigen Tritt in die Kniekehle, wodurch der Mann hinfiel, ohne den Holzgriff loszulassen. Doch zu seinem Pech reichte dieser Ruck schon aus, um den Morgenstern aus der Wand zu befreien und ihn auf den Mann hinabstürzen zu lassen. Der Mann schrie entsetzt auf, bevor der unter dem schweren Metall begraben wurde und regungslos liegen blieb.

Cargo drehte sich schnell weg und untersuchte die Stelle am Leder, wo er eben vom Morgenstern getroffen worden war. Er wollte gar nicht wissen, ob er den Soldaten getötet hatte, oder ob dieser sich unter dem Gewicht seiner Waffe einfach nicht mehr rühren konnte. An seiner Rüstung jedenfalls war kein großer Schaden erkennbar, außer ein paar Abschürfungen an der Stelle, wo die Spitzen über das Leder gekratzt hatten, wobei die Metallverstärkungen alles problemlos überstanden hatten.

Schnell sah er sich um, ob irgendwer seine Hilfe benötigte. Auf den ersten Blick war es unmöglich zu sehen, wer in dieser Schlacht die Oberhand hatte. Die Leute aus Desturm kämpften tapfer gegen die Soldaten, doch es war nicht zu übersehen, dass diese ihnen mit ihren Rüstungen und bis an die Zähne bewaffnet überlegen waren. Doch überlegen waren die Soldaten ganz sicher nicht Aramas und Noa. Die beiden Gladiamagier hatten sich zusammengetan und kämpften als Team gegen die Soldaten, die versuchten sie unter Kontrolle zu bringen. Die beiden kämpften jeweils mit Schwertern und Keulen gegen die Angreifer, wobei sie sich ohne Worte zu verstehen schienen, sich immer gegenseitig schützten, wenn es nötig war, und so dafür sorgten, dass sie fast nie einen Treffer einstecken mussten.

Eben hatte Noa einen Soldaten zur Seite gefegt, wobei ihn ein anderer Angreifer währenddessen sein Schwert in die Rippen stoßen wollte, doch Aramas war schon zur Stelle, um den Mann mit einem gezielten Schwertschlag zu entwaffnen und mit einem Tritt auf den Boden zu befördern.

Die beiden würden sicher keine Hilfe von ihm brauchen. Genau so sah es mit den beiden Königen aus, die zusammen mit einigen Menschen, die Cargo nicht kannte, auf drei Soldaten losgingen, die versuchten, Solon in eine

Ecke zu drängen. Wobei es bei einem Versuch blieb, da der General sich heftig wehrte und jedem, der ihm zu nahe kam, einen Faustschlag verpasste, um sich danach, so gut, es ging mit dem Schwert zu verteidigen. Einer der Soldaten wurde nun von einem der Männer, mit denen Shiron bis eben noch gekämpft hatte, von hinten mit einem Morgenstern niedergeschlagen, worauf er schreiend in sich zusammenfiel.

Surho hatte sich einen der Wachtürme hochgekämpft und feuerte von dort oben seine Pfeile auf die Soldaten ab. Doch dummerweise waren die Rüstungen der Soldaten sehr stark und Surhos Bogen, wie er vorhin schon gesagt hatte, uralt und nicht mehr zu viel zu gebrauchen. Hin und wieder durchschlug ein Pfeil das Metall der Rüstungen, doch das kam so selten vor, dass Surho nicht viel ausrichtete, was ihn aber nicht zu entmutigen schien.

So viel Cargo sich aber auch umblickte, Leto war nirgends zu sehen. Wo steckte der falsche König? Er konnte sich doch unmöglich irgendwo verstecken, immerhin hatte er das goldene Schwert und er musste doch wissen, dass es einen enormen Nachteil für sie bedeutete, wenn er nicht mitkämpfte.

Doch er hatte keine Zeit, weiter darüber nachzudenken, denn plötzlich entdeckte Cargo Lapis die von einigen

Soldaten eingekreist worden war. Die Prinzessin versuchte, sich frei zu kämpfen, doch so fest sie auch auf die Schilder der Soldaten einschlug, die Männer dachten gar nicht daran, zurückzuweichen. Im Gegenteil. Nach jedem ihrer Angriffe kamen sie ein wenig näher. Cargo zögerte nicht, sondern rannte, so schnell er konnte, zur Prinzessin, um ihr zu helfen. Nach einigen Metern hatte er die Wand aus Soldaten erreicht und warf sich mit voller Wucht gegen den Erstbesten, der in Reichweite kam. Der Soldat hatte nicht mit einem Angriff von hinten gerechnet und verlor so das Gleichgewicht, was dazu führte, dass er Lapis direkt vor die Füße fiel. Die Soldaten drehten sich nun zu Cargo um und wollten ihn gerade angreifen, als Lapis ihre Chance nutzte und einen weiteren Angreifer zu Fall brachte.

Auch dieses Mal wollte Cargo gar nicht wissen, ob die Prinzessin ihn getötet hatte, wobei er auch gar keine Zeit hatte, es zu überprüfen, da einer der beiden Männer, die noch standen, ihn mit seinem Schwert attackierte. Der Mann, den Cargo vor einigen Sekunden zu Boden geworfen hatte, versuchte sich wieder aufzurappeln, was Cargo verhinderte, indem er sich auf seinen Rücken stellte und ihn so wieder zu Boden drückte. Der Mann ächzte, als er wieder zusammenbrach. Die Rüstung war nicht leicht und samt Cargos Gewicht war es wohl nicht möglich, wieder auf die Beine zu kommen.

So gut es ihm auf dem schwankenden Untergrund möglich war, kämpfte er gegen den Soldaten, der versuchte seinen Kameraden von Cargo zu befreien. Dieser schaffte es, sich einigermaßen gut zu wehren und konnte auch einige fiese Treffer landen. Trotzdem bekam er eine schmerzhafte Wunde am Arm, die dank der Metallverstärkung nicht dazu führte, dass er den Kampf abbrechen musste.

Eben wollte er mit einem Schlag auf die Hand den Soldaten dazu bewegen, das Schwert fallen zu lassen, als er Surho entdeckte, der nach wie vor versuchte, ihnen zu helfen, indem er auf der Burgmauer seine Pfeile auf das Schlachtfeld feuerte. Doch zu Cargos Entsetzen schlich sich einer der Soldaten von hinten an und Surho hatte ihn noch nicht bemerkt.

27. Kapitel

Cargo sprang von dem Rücken des Mannes herunter, ließ den Soldaten, mit dem er eben gekämpft hatte, links liegen und rannte so schnell er konnte zu seinem Freund. Er schrie und fuchtelte mit seinen Armen herum, damit Surho auf ihn aufmerksam wurde, doch die Schlacht um ihn herum war so laut, dass sein Freund ihn nicht hörte. Cargo versuchte es ein weiteres Mal, doch das laute Krachen und Klirren der Waffen, die gegeneinandergeschlagen wurden und das Schreien derer, die verletzt worden waren, übertönten ihn problemlos.

Der Mann hatte noch um die sechs Meter vor sich, die er nicht wirklich schnell hinter sich brachte, wahrscheinlich damit der Schütze ihn nicht bemerkte.

Cargo jedenfalls war nicht mehr weit von der in etwa fünf Meter hohen Mauer entfernt, doch in der Menge der Soldaten, die gegen die Bewohner kämpften, war er wahrscheinlich immer noch weder zu sehen noch zu hören. Cargo versuchte panisch, sich an zwei Soldaten vorbeizudrücken, doch in der Masse von Menschen kam er viel zu langsam voran und konnte es unmöglich noch schaffen, rechtzeitig die Tür des Turmes zu erreichen, die ins Innere und sicher auch auf die Mauer führte. Danach würde er noch die Leiter oder Treppe, oder was sonst in dem Turm dafür sorgte, dass man die Schlossmauer hinaufkam, hinauf und dann noch über die Burgmauer laufen müssen.

Da kam Cargo eine Idee. Er nahm alle Kraft zusammen und schleuderte sein Schwert nach oben. Er jubelte innerlich auf, als die Waffe tatsächlich krachend an dem Steg der Mauer aufschlug. Das Klirren des Metalls, das auf dem Stein landete, hatte Surho gehört.

Tatsächlich drehte er sich um und entdeckte den Soldaten, der gehofft hatte, Surho mit seinem Dolch ohne Umstände beseitigen zu können. Nun aber sah er auch keinen Grund mehr, zu schleichen und stürzte mit erhobener Klinge auf Surho zu.

Was dann passierte, konnte Cargo nicht mehr verfolgen, denn einige Soldaten hatten bemerkt, dass Cargo seine Waffe geopfert hatte, um seinen Freund zu warnen, und kamen nun in der Erwartung eines schnellen Kampfes auf ihn zu. Zu seinem Glück kamen sie zwischen den vielen kämpfenden Menschen ebenso langsam voran wie er.

Cargo jedoch war, als er sein Schwert geworfen hatte, kurz vor der Mauer gestanden und hatte so nur noch einen kurzen Weg zum Turm, der auf die Mauer führte.

Doch im Gegensatz zu Cargo vor einigen Momenten, drückten sie sich nicht durch irgendwelche kleinen Spalten, die sich aufgetan hatten, sondern schlugen sich den Weg einfach mit ihren Keulen und Morgensternen frei.

Das führte dazu, dass sie dem Turm erschreckend schnell näherkamen. Fast zeitgleich mit Cargo erreichten sie die schwere Holztür, die in das Innere des Wachturmes führte. Doch eben nur fast. Cargo hatte den kalten Eisengriff als Erster in der Hand, riss die Tür auf und schlug sie hinter sich wieder zu. Keinen Moment später hörte er das Krachen, das die Soldaten verursachten, als sie, anstatt langsamer zu werden, versuchten, die Tür aufzubrechen. Doch die Tür war stabil und hielt den Soldaten stand. Sie nahmen Anlauf und versuchten es ein weiteres Mal, wie Cargo sich aus der Stille denken konnte, die plötzlich herrschte. Schnell sah es sich nach etwas um, womit er die Tür blockieren konnte und tatsächlich lag unter der vermoderten Treppe, die nach oben führte, eine breite Metallstange, die man in einer Halterung an der Tür befestigen konnte, um zu verhindern, dass sie geöffnet wurde.

Keine Sekunde, nachdem er die Stange in ihre Halterung gelegt hatte, krachte es schon wieder. Doch die

Metallstange war überaus stabil und Cargo verschwendete keinen Gedanken mehr an seine Verfolger und beeilte sich, Surho zur Hilfe zu kommen. Trotzdem stellte er auf dem Weg zur Mauer fest, dass die Soldaten die Tür nur hätten öffnen müssen. Bevor Cargo die Metallstange benutzt hatte, um die Tür zu versperren, wäre das normal möglich gewesen.

Doch auch damit wollte Cargo sich nicht länger aufhalten. Er stieß die Holztür auf und stürzte auf die Mauer hinaus. Surho hatte es geschafft, sich Cargos Schwert zu schnappen und kämpfte jetzt damit gegen den Soldaten, der, wie Cargo feststellte, der Soldat war, der den Eingang bewacht hatte, als sie in die Stadt gekommen waren. Surho stand mit dem Rücken zu ihm, doch der Soldat sah ihn und schien einen Moment zu überlegen, ob Cargo ein solches Problem darstellte, dass er seinen Kampf mit Surho unterbrechen sollte. Doch zu Cargos Empörung entschied er sich dagegen.

Cargo lief auf die beiden zu. Er hatte sie nach wenigen Schritten erreicht und kletterte über die Zinnen, um an Surho vorbei, den Soldaten umzustoßen, wie gerade eben den Soldaten, der Lapis angegriffen hatte. Doch damit hatte er sich zu viel vorgenommen, denn der Mann hatte ihn kommen sehen und blockte seinen Angriff mit einem Faustschlag, der ihn mitten in der Luft traf und wieder zu Boden schleuderte. Cargo keuchte unter dem Schmerz, den der Rüstungshandschuh in seiner Morgengrube hinterlassen hatte, und kämpfte dagegen an, sich nicht zu übergeben.

Es brauchte einige Sekunden bis er sich wieder aufgerappelt hatte, doch dann startete er ein wenig beschämt einen neuen Versuch, während er sich nichts mehr wünschte, als endlich in den Thronsaal zu marschieren und seine Waffen, sowie seinen Gürtel wieder in den Händen zu halten. Surho hatte ein wenig Abstand zwischen den Soldaten und sich bringen können. Die paar Sekunden die er so erhalten hatte, nutzte er, indem er Cargo das Schwert zuwarf und sich selbst wieder um seinen Bogen kümmerte. Cargo fing das Schwert zu seiner Erleichterung tatsächlich auf und schlug auf jenes Schwert des Soldaten ein, der nun auf ihn losging. Cargo führte einen kurzen Kampf mit dem Mann, der jedoch nach einigen Momenten schon wieder vorbei war, als Surho auf den Mann zielte, was dieser natürlich bemerkte. „Lass sofort das Schwert fallen!", schrie der Schütze den Soldaten an.

Der Mann schien kurz nachzudenken, doch dann nickte er und ließ das Schwert fallen. Aus dieser kurzen Distanz würde selbst der uralte Bogen, mit dem sich Cargos Freund herumärgerte, die Metallrüstung durchschlagen und wenn Surho gut zielte, was er immer tat, wäre der Schuss tödlich.

„Leto hätte auf mich hören und euch schon in der Wüste töten sollen.", knurrte der Soldat.

„Ich möchte Sie nicht entmutigen, aber so viel ich bisher mitbekommen habe, sind wir nicht sehr leicht zu töten."

Cargo ging zu dem Mann, nahm sein Schwert und reichte es Surho „Hier bitte! Ich glaube es wäre besser, wenn du auch eines hast."

„Danke.", keuchte Surho und nahm das Schwert, um es in seinen Gürtel zu stecken. „Wenn du nicht gewesen wärst..."

Cargo winkte ab. „Keine Ursache."

Von der Schlossmauer aus hatte man einen großartigen Überblick über den ganzen Schlossgarten und damit über das ganze Kampfgeschehen. Von der Pracht der Sträucher und den kleinen Bäumen, die hier angepflanzt worden waren, war nicht mehr viel übrig.

Doch viel schlimmer waren die vielen Menschen, die regungslos über das ganze Schlachtfeld verteilt dalagen und von denen man nicht sagen konnte, ob sie nun in der Schlacht gestorben waren, oder ob sie verletzt wurden und nun keine Kraft mehr hatten, um weiterzukämpfen. Zu seiner Erleichterung zählte keiner von denen dazu, die die letzte Nacht im Wirtshaus verbracht hatten.

„Ich gehe wieder runter!", erklärte Cargo. „Du solltest die Tür hinter mir wieder zusperren. Dann kommt nicht noch jemand hier hoch."

Surho nickte und zeigte auf den Soldaten, der immer noch die Hände in die Höhe hielt. „Gut. Aber was mache ich mit ihm?"

Cargo zuckte mit den Schultern. „Du könntest ihn mit irgendetwas fesseln, oder ihn in den Türm da drüben sperren, falls man den von außen verschließen kann."

Mit diesen Worten machte Cargo sich wieder auf den Weg nach unten. Wenn er auf der Mauer richtig gesehen hatte, kämpfte vor seiner Tür niemand, weshalb er sie ungehindert verlassen konnte.

Doch kaum hatte er die schwere Holztür hinter sich gelassen, wurde er schon wieder von einem der Soldaten angegriffen. Der Mann hatte schon einiges hinter sich und Cargo brachte es beinahe nicht über sich, mit ihm zu kämpfen. Er hatte sich eine bösartig aussehende Wunde am Arm zugezogen die noch immer blutete und das Metall, das seinen Arm schützen sollte, rostig-rot leuchten ließ. Der Mann holte mit seinem Schwert aus und schlug nach Cargo. Dieser konnte ausweichen und dem Mann aus seiner geduckten Position mit seinem Schwert einen Schlag auf das Bein verpassen. Der Mann schrie auf und fiel in sich zusammen. Als er nicht mehr die Kraft zu haben schien, weiterzukämpfen, nahm ihn Cargo kurzerhand und lehnte ihn an die Schlossmauer.

Plötzlich hörte man das laute Rufen von Leto über den Schlossgarten hallen. Alle drehten sich um. „Argento! Wo bist du? Ich will dir ein Angebot machen!"

Alle hörten fast gleichzeitig mit dem Kämpfen auf und sahen zu Leto der breitbeinig mit dem goldenen Schwert vor dem weitgeöffneten Steintor stand und auf sie hinabsah. Cargo fiel auf, wie ordentlich Leto noch aussah. Er hatte nicht einmal ein paar Schürfwunden, sofern er das erkennen konnte, was einen nicht sonderlich überraschen sollte, doch wenn Cargo genau überlegte, hatte er Leto nach wie vor nicht ein Mal auf dem Schlachtfeld kämpfen sehen.

Die Menschen, die auf dem Schlachtfeld standen, gingen ein paar Schritte zur Seite, um den König von Desturm durchzulassen. Ihm war anzusehen, dass er tapfer gekämpft hatte. Er war voller Kratzer und Schnittwunden, ein blaues Auge zierte sein erschöpftes Gesicht und sein

Bein schien stark zu bluten. „Was ist das für ein Angebot?", fragte er misstrauisch.

Leto zeigt mit dem Schwert auf den Schlossgarten. „Sieh dich nur um! Es ist Wahnsinn, uns hier alle gegenseitig abzuschlachten. Du verlierst so viele von deinen Leuten, wie ich von meinen, obwohl es einen viel einfacheren Weg geben würde."

„Du hast meine Frage nicht beantwortet.", stellte Argento fest.

„Ich schlage vor, wir zwei treten gegeneinander an. Du kämpfst mit dem Morgenstern, ich mit dem Schwert. Wer von uns beiden gewonnen hat, hat die Schlacht entschieden und ist damit der Herrscher über Desturm und hat das Recht, zu entscheiden, was mit den Teilen der magischen Rüstung und der Karte passieren soll."

Leto streckte Argento seine Hand entgegen.

Dem König war anzusehen, dass er nachdachte. Das Schwert war sehr stark, genau wie der Morgenstern, aber hatte er eine Chance gegen Leto? Argento überlegte noch einige Sekunden, doch als er sah, dass die meisten seiner Leute wirklich nicht mehr in der Lage waren, zu kämpfen, schlug er ein. „Ich bin einverstanden, aber wehe, wenn du irgendeinen Trick versuchst!"

„Keine Tricks!", erwiderte Leto. „Ich beweise dir, dass ich es ernst meine und lasse deine Tochter und die Aventaner den Kampf von mir aus mitansehen. Wie du vielleicht weißt, gibt es über dem Thronsaal einen kleinen Balkon. Wenn wir im Thronsaal kämpfen, können sie uns beobachten."

„Keine Soldaten im Thronsaal!", verlangte Argento. „Ich traue dir nicht. Die Tür wird von innen verschlossen und der Gewinner unseres Kampfes wird sie öffnen. Einverstanden?"

Leto nickte. „Einverstanden!"

28. Kapitel

Die Tatsache, dass Cargo und Solon auf Anhieb wussten, welche Tür geöffnet werden musste, um auf den Balkon zu kommen, hatte Leto sie mit misstrauischen Blicken mustern lassen, gesagt hatte er jedoch nichts. Letos Soldaten standen in der Eingangshalle neben den Bewohnern von Desturm, um zu verhindern, dass einer von beiden das Abkommen brach. Ihre Waffen hatten sie alle abgeben und jemandem von der jeweils anderen Seite überreichen müssen, der auf sie aufpassen sollte. Die Stimmung unter ihnen war schlecht, wobei der Orden des Schwertes mehr Vertrauen in ihren Anführer zu haben schien als die anderen in Argento. Trotzdem bemühten sich beide Seiten, ruhig zu bleiben, um das Abkommen am Leben zu erhalten, was sie möglicherweise am Leben hielt. Die Verletzten beider Seiten waren mittlerweile schon in die Krankenstation gebracht worden.

Nur den Aventanern, Lapis und Noa war es erlaubt gewesen, sich auf den Balkon zu begeben, da nicht mehr Menschen dort oben Platz hatten.

Surho hatte gefragt, ob er durch das Abkommen auch seinen Bogen zurückbekommen würde, da dieser mit ihren anderen Waffen anscheinend noch immer im

Thronsaal lag, doch natürlich hatte Leto das nicht zugelassen. Keiner von ihnen würde seine Waffe vor Ende des Kampfes wiederbekommen, mit der Begründung, dass sie sie momentan nicht brauchen würden, und weil Leto ihnen genauso wenig traute, wie sie ihm.

Die Stimmung war auch unter ihnen schlecht, denn auch wenn sie es nicht zugeben wollten, war Leto dem König in diesem Kampf um einiges überlegen.

„Was glaubt ihr?", fragte Noa nervös. „Hat er eine Chance gegen das Schwert? Oder anders. Hat allein irgendjemand eine Chance gegen das Schwert?"

„Ich weiß es nicht.", murmelte Cargo. „Aber Leto ist ein hinterhältiger Betrüger!"

„Wieso das?", fragte Shiron erstaunt. „Nicht, dass ich dir widersprechen würde, aber was meinst du damit?"

„Hat irgendjemand von euch Leto während des Kampfes gesehen?", fragte Cargo in die Runde. Als alle verneinten, fuhr er fort. „Ich denke, er hat seine Soldaten kämpfen lassen, damit Argento erschöpft oder verletzt ist. Wenn er großes Glück gehabt hätte, hätte er sogar getötet werden können. Wenn seine Soldaten gewonnen hätten, hätte er gewonnen. Wenn es aber schlecht für ihn ausgesehen oder es ihm zu lange gedauert hätte, kommt er aus seinem bequemen Schloss und bittet den erschöpften Argento um ein Abkommen, das dafür da ist, Menschenleben zu retten. Argento kann natürlich nicht nein sagen und muss jetzt gegen Leto kämpfen, der bis jetzt noch völlig ausgeruht und unverletzt ist."

„Dieser ehrenloser Betrüger!", knurrte Lapis und sah auf den Thronsaal hinunter, wo Argento sich noch ein wenig vorbereitete. Leto war noch nicht gekommen, da er, wie er sagte noch seine Rüstung anlegen wollte. „Wieso hast du das nicht früher gesagt?"

Cargo zuckte mit den Schultern. „Was hätte das gebracht? Erstens ist mir das gerade jetzt eingefallen und zweitens, selbst wenn Argento das gewusst hätte, hätte er Letos Angebot trotzdem nicht ablehnen können."

Aramas hatte einen kleinen Dolch in ihrer Hand erscheinen lassen und spielte wütend damit herum. „Wenn Leto diesen Kampf tatsächlich überleben sollte, werde ich ihn umbringen, das schwöre ich euch!"

„Noch ist nichts entschieden! Argento kann Leto besiegen.", knurrte Solon und beugte sich ein wenig vor und rief nach dem König, der von ihrem Gespräch nichts mitbekommen hatte, da er sich um seine Wunde am Bein kümmerte. „Dort drüben am Haken hängt ein Gürtel. Können Sie ihn sehen?"

Nachdem Argento genickt und Cargos Gürtel von der Wand genommen hatte, fuhr der General fort. „Nehmen Sie die Grünen und tun Sie ganz genau, was ich sage!" Argento tat, was Solon ihm geraten hatte, und nahm die Sanartränke von Cargos Gürtel herunter. Noch waren sie allein im Thronsaal und somit konnte keiner Solon daran hindern, dem König zu erklären, wie die letzten verstärkten Tränke des Schamanen Arbor seine Wunden heilen konnten, wobei sich natürlich alle einig waren, dass es keine bessere Verwendung für sie geben konnte.

Der König keuchte überrascht auf, als er sah, wie die Schnitte und Schürfwunden langsam kleiner wurden, aufhörten zu bluten und schließlich ganz verschwanden. Argento wollte sich gerade bei dem General bedanken, als plötzlich eine kleine Tür in der linken Ecke des Thronsaales aufgerissen wurde und Leto heraustrat. Er hatte sich einen Brustpanzer und Armschützer angelegt, schien aber sonst auf Rüstung verzichten zu wollen, denn er trug ansonsten die gleiche braune Lederkleidung wie vorher.

Argento ließ den Verräter nicht aus den Augen, während er langsam und vorsichtig zum unteren Ende des Tisches marschierte. Leto starrte den König ebenfalls an, während er zum oberen Ende der Tafel ging und dabei das Schwert immer Mal wieder am Boden kratzen ließ, was zu einem scheußlichen Geräusch führte.

„Auf das hier warte ich schon so lange.", sagte Argento, während er den Morgenstern durch die Luft wirbeln ließ. Das Leuchten schien sich wieder vollständig aufgeladen zu haben, doch genau konnte Cargo es vom Balkon aus nicht erkennen.

„Du hättest es anders haben können.", murmelte Leto.

„Du hättest es lassen können, wie es war! Deine Tochter war zwar im Gefängnis, aber sie lebte und du durftest dich im Schloss bewegen, wie du wolltest! Abgesehen von deinem Volk, für das sich rein gar nichts geändert hat."

„Lassen können, wie es war?", fragte Argento verächtlich. „Selbst wenn du nicht meine Soldaten gegen mich aufgebracht, meine Tochter ins Verließ geworfen oder dich mit Erversors verbündet hättest, hast du immer noch die Frechheit besessen, das magische Schwert gegen deinen König einzusetzen, um ihn vom Thron zu jagen, ohne einen anderen Grund, als selbst König sein zu wollen!"

Leto schüttelte den Kopf. „Ich hatte sehr wohl einen Grund. Ich hatte das Schwert, ich wusste, dass die Aventaner mit dem Brustpanzer kommen würden und dass sie die Karte dabeihatten. Drei Dinge, die Desturm zum Herrscher aller anderen Königreichen und über Erversors gemacht hätten."

„Wozu sollten wir die anderen Königreiche erobern?", fragte der König. „Desturm fehlt es an nichts. Wir haben genug Essen, um uns zu ernähren. Wir haben selbst in dieser Wüste genug Wasser und wir wissen uns gegen die Ungeheuer zu wehren. Wieso sollten wir mehr wollen?"

Leto stieg von einem Stuhl auf den Tisch und ging von dort aus langsam auf Argento zu. „Das ist eine dumme Frage. Mit den anderen Königreichen und der goldenen Rüstung gibt es nichts mehr, was dem neuen Desturm gefährlich werden könnte! Kein Ungeheuer würde uns bedrohen können und keine Zauberer, die beschließen, sich brutal die Herrschaft über die Königreiche zu holen."

„Inwiefern unterscheidest du dich damit von Erversors?", fragte Argento bitter und hob den Morgenstern, denn Leto stand nur noch ein paar Schritte von ihm entfernt.

Leto grinste. „Ganz einfach. Ich werde es sein, der dich tötet!"

Argento schüttelte den Kopf. „Wenn ich daran denke, dass du jahrelang Soldat in meiner Armee warst. Wenn ich nur ansatzweise geahnt hätte, wie du in Wahrheit bist..."

Leto grinste. „Das ist etwas, dass mir bis heute noch Freude bereitet. Ich habe es geschafft, mich unauffällig zu verhalten, bis ich eine Chance hatte und keiner von euch hatte eine Ahnung."

Mit diesen Worten sprang Leto mit einem weiten Satz auf den König zu, worauf dieser seine Waffe hob und den Schlag ohne große Mühe abfing. Er konterte damit, dass er seinen Morgenstern auf den Tisch niedersausen ließ und Leto damit fast getroffen hätte. Dieser versuchte, so schnell wie möglich das Weite zu suchen, doch diesmal gab es kein Entkommen.

Der Aufprall an der stabilen Tischkante reichte, um die Druckwelle auszulösen, die, wie eine goldene Explosion, aus dem Morgenstern fuhr, Leto erwischte und krachend in den Stühlen, die links von der Tafel aufgestellt worden waren, landen ließ. Cargo konnte es kaum fassen, dass Leto endlich einmal einer Attacke nicht hatte ausweichen können.

Argento sprang auf den Tisch, um von dort aus zu seinem Gegner zu laufen, der sich mit schmerzverzerrtem Gesicht aufrappelte.

„Wie ich sehe, bringt es nicht immer was, die Schritte seines Gegners vorauszusehen.", rief Argento und schlug mit dem Morgenstern nach Letos Bauch. Dieser konnte die Waffe aber abfangen, was zu einem Fechtkampf führte, bei dem Leto ebenfalls auf den Tisch stieg.

„Das macht nichts! Der Sieg macht mir mehr Freude, wenn du dachtest, dass du eine Chance gehabt hättest!" Argento versuchte einen Überraschungsangriff, bei dem er so tat, als würde er nach Letos Fuß greifen wollen, während er mit dem Morgenstern auf den Kopf zielte. Leider schien Argento sich diese Idee nicht bis zum Ende überlegt zu haben, denn natürlich wusste Leto, was der König vorhatte. Er gab ihm einen Stoß, der ihn vom Tisch segeln ließ und durch den er krachend am Boden landete. Leto wollte vom Tisch springen und den König in zwei Teile teilen, doch dieser packte einen Stuhl und schleuderte ihn nach Leto, der mitten in der Luft nicht ausweichen konnte und von dem Stuhl auf die andere Seite des Tisches geschleudert wurde. Argento kletterte wieder auf den Tisch und versuchte wieder rechtzeitig bei seinem Gegner zu sein, bevor dieser wieder aufstehen konnte, doch Leto war schnell wieder kampfbereit, womit ein neuer Fechtkampf begann.

„Du solltest weiterdenken!", versuchte es Leto noch einmal, jedoch ohne ihren Kampf zu pausieren. „Früher oder später wird Erversors in Desturm einfallen, da ich nicht denke, dass er sich noch wirklich um die Abmachung mit mir scheren wird, und dann brauchen wir einen Schutz."

„Solange dieser Schutz beinhaltet, dass du auf diesem Thron sitzt, werde ich eine andere Möglichkeit finden, und wenn er mit Ignis höchstpersönlich hier aufmarschiert, du wirst diesen Thronsaal entweder gar nicht mehr oder ihn Ketten verlassen!"

Leto musste ein paar Schritte zurückweichen, womit sie den Tisch verließen und am Boden weiterkämpften, wahrscheinlich ohne es wirklich zu merken.

Argento schlug auf das Schwert, was Leto abfangen konnte und dazu führte, dass sie sich gegenüberstanden, ohne dem anderen den Erfolg zu gönnen, nachzugeben. Plötzlich war in Letos Gesicht wieder das gleiche, unheimliche Grinsen zu sehen, wie es der Fall gewesen war, als er ihnen offenbart hatte, dass er nicht der König von Desturm war und als er Erversors verraten hatte.

„Wir hätten uns verbünden, und gemeinsam über die anderen Königreiche und Erversors herrschen können, aber du wolltest nicht und deswegen ist hier dein Weg leider zu Ende."

Der König wollte darauf antworten, doch er kam nicht mehr dazu, da Leto plötzlich sein Schwert zur Seite zog. Der Morgenstern saust auf Letos Kopf zu, doch dieser konnte sich wegbücken und die Sekunde die er sich damit erkämpft hatte nutzen, um Argento, zum Entsetzen aller, das Schwert in den Bauch zu rammen.

Lapis schrie auf und auch die anderen starrten fassungslos auf den König, der sich noch einige Sekunden auf den Beinen halten konnte, bevor er zusammenbrach und schwer atmend am Boden liegen blieb. Blut strömte aus der breiten Wunde, als Leto das Schwert mit der Feinfühligkeit eines Steinschlages wieder herausriss. Der Teppich, auf dem der König lag, färbte sich von Sekunde zu Sekunde mehr in dem blutigen rostrot.

Leto beugte sich lächelnd zu dem König hinunter und sah ihn beinahe schon fröhlich an. „Auf das hier warte *ich* schon so lange. Deine Familie hat die Angewohnheit, ein nerviges Problem zu werden, worum man sich kümmern muss. Zum Glück wird es heute Abend keinen von euch beiden mehr geben!"

Argento sah ihn nur an, brachte es jedoch nicht fertig irgendetwas zu sagen.

„Du Monster!", kreischte Lapis und sah sich nach irgendetwas um, womit sie vom Balkon hinunter zu Thronsaal kommen konnte, doch es gab nichts und wie sie wussten, war die Tür unten abgesperrt.

Leto lachte einfach nur uns sah triumphierend zu ihnen nach oben.

Cargo konnte nicht glauben, dass jemand so boshaft sein konnte. In seinem Kopf bildete sich die Szene ab, wie sein Vater schwer verletzt auf dem Boden gelegen hatte, als die Serpentina ihn damals angegriffen hatte und er konnte sich trotzdem nicht vorstellen, wie Lapis sich nun fühlen musste.

Plötzlich passierte etwas, womit keiner gerechnet hatte. Argento lag genau neben der Wand, an der der Kronleuchter und einige Wandteppiche festgemacht worden waren, an denen Blutspuren klebten.

Unter großem Ächzen und mit vielen Pausen kämpfte sich Argento wieder auf die Beine, weiterhin ohne etwas zu sagen. Mit einem zornigen Leuchten in den Augen starrte er Leto an, der davon wohl nicht besonders verunsichert wurde. Er ging ein paar Schritte nach hinten und stieg wieder auf den Tisch zurück, während alle anderen die Szene mit angehaltenem Atem beobachteten.

„Ich muss zugeben, ich bin beeindruckt!", rief Leto ihm mit spöttischem Unterton entgegen. „Komm her und wir machen da weiter, wo wir aufgehört haben!"

Argento sah zu dem Balkon nach oben und nickte ihnen zu. „Ich danke euch allen für das, was … ihr für mich getan habt. Besonders euch...meine Freunde aus Aventana. Ich wünsche...euch eine erfolgreiche weitere Reise und...ich hoffe, dass ihr eure Mission erfüllen könnt!"

Mit diesen Worten atmete der König noch einmal tief ein und schmetterte den Morgenstern gegen die gewaltige Kette, die den Kronleuchter an der Decke hielt. Unter normalen Umständen hätte die stabile Kette den Schlag ausgehalten, aber die kleine Druckwelle des Morgensterns die darauffolgte, zwang die Kette in die Knie. Die Druckwelle schleuderte Argento durch den Raum und ließ ihn unsanft am Boden landen, wo er liegen blieb. Das Kettenglied, auf das der König eingeschlagen hatte, hielt dem Gewicht des gewaltigen Kronleuchters noch einige Sekunden lang stand, doch dann riss die Kette und der Kronleuchter sauste zu Boden. Genau auf Leto zu, der zwar nach oben sah, doch nicht mehr rechtzeitig zur Seite springen konnte, bevor er mit lautem Krachen und splitternden Metallteilen unter jeder Menge Stahl begraben wurde.

Einige Sekunden lang sagte keiner etwas. Alle starrten auf den Thronsaal unter ihnen, wo gerade zwei Männer um den Thron gekämpft hatten ,den nun keiner von beiden bekommen sollte.

29. Kapitel

„Ich denke, nichts, was ich jemals getan habe, oder was ich noch tun werde, wird mich nur annähernd zu einer solchen Königin machen, wie mein Vater ein König war! Ich kann nur versuchen, so nahe an ihn zu kommen, wie es mir möglich ist. Er kämpfte bis zu seinem Tod und rettete uns vor Leto mit dem Motto, das sein ganzes Leben beeinflusste. *Niemals aufgeben!*"

Cargo sah stumm zu dem großen Sarg, der auf dem Altar vor der großen Statue aufgestellt worden war. Es war der gleiche Altar, der auch seit langer Zeit in der Schatzkammer gestanden hatte und auf dem normalerweise der Morgenstern auf den Kampf wartete. Lapis hielt es für eine schöne Idee, das wertvolle Podest aus der Waffenkammer bringen zu lassen und den Sarg des Königs während der Verabschiedung darauf liegen zu lassen. Die Nachricht, vom Tod des Königs, war auch für die, die nichts vom Orden des Schwertes gewusst hatten, ein Schock gewesen. Beinahe das ganze Volk hatte sich versammelt, um den König zu ehren.

Alles war wunderschön geschmückt und die goldene Statue, die am Hauptplatz stand, trug auf dem Schild ein Banner mit dem Siegel des Königs. Vor der Statue hatte man eine Holzbühne aufgebaut, auf der der Sarg aufgestellt worden war und wo auch sie, Noa und natürlich Lapis auf bequemen Stühlen saßen, was anscheinend eine gewaltige Ehre war. Lapis hielt eine Rede, von der Cargo aber nicht allzu viel mitbekam, da er über die Ereignisse nachdachte, die seit dem Tod von Leto vorgefallen waren.

Seitdem Erversors in Desturm bekannt war, hatte man alles dafür vorbereitet, einen König schnell, aber nichtsdestotrotz prunkvoll zu verabschieden. An allen Häusern hingen ebenfalls schwarze Banner, die das Siegel des Königs zeigten. Über den Straßen hingen kleine Laternen, die mit den Steinen gefüllt waren, die Cargo auch schon in der Schatzkammer gesehen hatte und die im Dunkeln leuchteten. In der ganzen Stadt war bekannt gegeben worden, wann Argento verabschiedet wurde, bevor man ihn am Friedhof der Könige begraben wollte.

Es war am Vortag geschehen, als Argento von Leto getötet worden war, worauf dieser den Anführer des Orden des Schwertes mit dem Kronleuchter erschlagen hatte. Seitdem war einiges passiert. Solon hatte den Brustpanzer zurückgeholt, den er, wie sich herausstellte, zwischen die Tischdekoration gestellt hatte, was in der ganzen Zeit keinem aufgefallen war.

Auf die Frage, wieso Leto nicht vorausgesehen hatte, dass der Kronleuchter auf ihn stürzen würde, hatte Shiron Cargo erklärt, dass man mit dem Schwert nur das voraussah, was einem direkt schadete. Der Schlag auf die Kette an sich, hatte Leto nicht geschadet, sondern nur wozu er führte.

Nachdem Lapis zur Herrscherin von Desturm ernannt worden war, hatte sie befohlen, das Schloss nach Secur abzusuchen und ihn ins Verließ zu werfen. Wie sie jedoch von Mernos erfahren hatten, hatte Leto, nachdem Erversors zu ihm gekommen war, auch das ganze Schloss nach dem „Prinzen" absuchen lassen, doch von Secur fehlte wieder einmal jede Spur. Wahrscheinlich hatte er mitbekommen, was passiert war und hatte sich zwischen General der Schwarzen Armee und Prinz von Desturm für den Posten des Generals entschieden. Doch in diesem Moment war Secur ihnen allen ziemlich egal.

Auch Cargo war nicht halb so froh darüber, sein Schwert mit dem fingerlosen Handschuh und das Buch wieder zubekommen, wie er geglaubt hatte. Seine Waffen hatte er kurz nachdem die Soldaten, die Lapis als neue Königin ansahen, das große Tor zum Thronsaal aufgebrochen hatten, wiederbekommen.

Den Soldaten war zum Glück klar, dass sie nach dem Tod von Argento und Leto der einzigen Erbin folgen mussten, die es auf beiden Seiten gab. Secur würde wahrscheinlich vor Wut in die Luft gehen, wenn er mitbekam, dass er als „Prinz" von Desturm, hätte er sich irgendetwas einfallen lassen, um Lapis zu beseitigen, ein Recht auf den Thron gehabt hätte. Die Mitglieder vom Orden des Schwertes hatten sich sofort ergeben, als sie von Letos Tod erfahren hatten und saßen nun alle im Verließ.

Cargo, Solon, Surho, Aramas und Shiron hatten von Lapis die besten Gästezimmer bekommen, die das Schloss zu bieten hatte und in denen sie die Nacht verbringen sollten. Was zu Cargos Überraschung nach den Anstrengungen des Tages nicht halb so schwer war, wie er gedacht hätte. Erversors hatte nichts mehr von sich hören lassen, obwohl sie sich alle sicher waren, dass er von dem Tod der beiden wusste.

Noa und der Wirt, bei dem sie Zuflucht gefunden hatten, sollten beide am folgenden Tag für ihre Leistungen ausgezeichnet werden. Das fand Cargo zwar nur fair, aber die Namen, für das, was sie bekamen, hatte er noch nie gehört und merken konnte er sie sich auch nicht.

Cargo verscheuchte die ganzen Gedanken, um sich wieder auf die Rede der Prinzessin zu konzentrieren, um zu verhindern, dass er, wenn sie ihn vielleicht bat, etwas zu sagen, er es aber nicht mitbekam, sich vor ganz Desturm zum Idioten machte.

„Natürlich frage ich mich, ob oder was ich hätte anders machen müssen, um seinen Tod zu verhindern! Hätte ich verhindern sollen, dass er das Angebot von Leto annimmt? Hätte ich noch versuchen sollen, ihm zur Hilfe zu kommen? Vielleicht…vielleicht hätte ich nicht zulassen sollen, dass er kämpft und mich an seiner Stelle mit Leto duellieren sollen." Sie versuchte, zu lächeln. „Ich glaube, dass nichts davon etwas am Lauf der Dinge geändert hätte. Die Sturheit meines Vaters konnte sich nur mit seinem Stolz messen. Er hätte es niemals zugelassen, dass ich irgendetwas unternommen hätte und schlussendlich hätte einer von beiden ein Duell gegen den jeweils anderen gefordert und dabei wären sie beide gestorben." Lapis ging zum prachtvollen Sarg und berührte ihn noch einmal lange mit der Hand, bevor sie sich wieder umdrehte. „Mag es uns gefallen oder nicht, aber der Orden des Schwertes gehört nun zu unserer Geschichte. Das zählt auch für Leto und ich habe nicht die geringste Absicht, es tot zu schweigen. Aber ich will auch nicht, dass diejenigen, die uns halfen gegen den Orden anzukommen, vergessen werden. Deswegen werden die Namen all derer, die für meinen Vater und mich in den Kampf gezogen sind, auf eine große Steinplatte gemeißelt, die wir dann vor dem Schloss aufstellen und die dort bis in alle Ewigkeiten stehen wird! Dazu zählen natürlich auch unsere Freunde aus Aventana, König Shiron, Aramas Gardos, Surho Nubes, Solon Lursa und Cargo Calligis!"

Nachdem Lapis diesen Satz zu Ende gesprochen hatte, kamen wie auf Kommando einige Männer auf die Holzbühne und nahmen den Sarg an allen Seiten, um ihn in die Luft zu heben und ihn sich auf die Schultern zu laden. Die Männer waren alle fast einen Kopf größer als Cargo, trotzdem hatten sie Mühe damit, den schweren Sarg der zum Teil auch aus Stein und Metall bestand, auf den Schultern zu halten. Lapis stellte sich vor den Sarg, wobei Cargo ihr ansah, dass sie sich zusammenreißen musste, um nicht in Tränen auszubrechen. „Jetzt möchte…ich alle bitten…mit zur Ruhestätte zu kommen, wo mein Vater …begraben wird."

Cargo saß auf seinem bequemen roten Himmelbett und sah durch seine riesigen Fenster, die fast die ganze Wand einnahmen, der Sonne dabei zu, wie sie unterging. Sein neues Gästezimmer hatte, was das Aussehen anging, Shirons Zimmer in Barstaras um Längen geschlagen. Sein ganzes Zimmer wurde mit den gleichen, eigenartigen Steinen ausgeleuchtet, wie es in der Schatzkammer der Fall war. Um den Raum abzudunkeln, musste Cargo nur an einer Schnur ziehen und schon fielen schwarze Abdeckhauben über die Steine und es wurde augenblicklich finster. Die Schnüre waren bequem vom Bett aus zu erreichen, was genauso für die Schnüre zählte, an denen man ziehen musste, damit sich die Hauben wieder in die Luft hoben. Über den ganzen Boden war ein roter, weicher Teppich verlegt, der zugegebenerweise ziemlich elegant aussah. An den Wänden hingen die verschiedensten Gemälde und zeigten Drachen und andere Wesen, die gegen Ritter aus Desturm kämpften. Seine Lederrüstung hatte er in seinem schönen Eichenholzschrank mit einigen Silberverzierungen verstaut, denn so praktisch sie auch war, so waren die ganzen Metallverstärkungen wirklich unbequem. Lapis hatte Cargo den Gefallen getan, seine alten Sachen beim königlichen Schneider flicken zu lassen, was diese bitter nötig hatten. Seine Sachen sahen nun aus wie neu und Cargo musste sich nicht mehr um alle möglichen Blutflecken Gedanken machen. So schön sein Zimmer auch war, gefielen ihm am meisten die riesigen Fenster, durch die man einen wunderbaren Blick auf einen Teil der Stadt, die Wüste und den Sonnenuntergang hatte. Die verschiedenen Farben leuchteten im Wüstensand wunderschön rot-orange und ließen den Fluss strahlen.

Von seinem Fenster aus konnte er auch einen kleinen Teil des Friedhofes sehen, der für Könige bestimmt war. Nur leider konnte er Argentos Grab nicht sehen, obwohl er sicher die Hälfte der Ruhestätte überblicken konnte. Jeder König von Desturm bekam nach seinem Tod eine Statue aus Marmor, die über dem Sarg aufgestellt werden musste und auf deren Sockel das Geburtsdatum, sowie das Sterbedatum und die größte Leistung, die dem König jemals gelungen war, eingemeißelt waren. Laut Noa hatte man das alles schon kaum zwei Stunden nach Argentos Tod eingemeißelt, damit alles schnell ging. Die Beerdigung war relativ unkompliziert. Die Männer hatten den Sarg in das Loch hinuntergelassen, das Grab zugeschaufelt und dann die Statue des Königs auf der Stelle platziert, was nicht wirklich schwer war, da die

Statue eines Königs immer die Originalgröße haben musste.

Plötzlich wurde die Tür aufgedrückt und Surho und Aramas kamen herein. Beide hatten, genau wie Cargo ein paar Verbände über Schnitt- und Schürfwunden gelegt bekommen, da Cargo die Zutaten, die er für einen Sanartrank brauchte, in Desturm nicht hatte und Argento seine letzten Reserven vor dem Kampf gegen Leto aufgebraucht hatte. Deswegen mussten sie jetzt auf die gewöhnliche Medizin in Desturm vertrauen. „Abend Kumpel!", begrüßte der Schütze ihn und setzte sich auf den nächstbesten Stuhl im Raum, worauf Aramas das Gleiche tat, nachdem sie noch einmal zur Tür hinausgesehen hatte, um zu überprüfen, ob sich irgendwer auf dem Gang herumtrieb und dann die Tür schloss.

„Abend.", erwiderte Cargo ein wenig verwirrt. „Was wollt ihr denn hier?"

„Du hast doch von deinem Vater das Rezept für einen Trank bekommen.", antwortete Aramas. „Wir beide wollen dir helfen, alle Zutaten zu finden, die du brauchst und Erversors damit seine Kräfte zu nehmen."

30. Kapitel

„Sag schon!", bat Surho gespannt. „Was brauchst du alles?"

Cargo sah sich skeptisch um. „Seid ihr euch sicher, dass wir das hier einfach so besprechen sollten? Ich meine, was passiert, wenn er das vielleicht mitbekommt?"

Aramas winkte ab. „Ich glaube in diesem Schloss ist wirklich niemand, der gut auf Erversors zu sprechen ist. Nicht einmal die, die im Verließ sitzen. Selbst er wird einen großen Bogen um dieses Schloss machen. Ich glaube, genau jetzt ist es viel sicherer als jemals zuvor."

Cargo seufzte. „Wenn ihr meint."

Er stand auf, ging zu seinem Gürtel, den er, nur für alle Fälle, im Inneren seiner Lederrüstung versteckt hielt, und nahm sein kleines Notizbuch aus der Tasche, die dafür vorgesehen war, seitdem er den Gürtel und das Buch von seinem Vater geschenkt bekommen hatte.

Aramas stöhnte. „Jetzt sag nicht, du hast das wahnsinnig mächtige Rezept, das Zauberern und Gegenständen die magische Energie entzieht und ganz nebenbei auch für mich nicht ungefährlich ist, einfach in dein Notizbuch geschrieben, wo jeder hineinsieht, der danach sucht!"

Cargo zeigte ihnen die Vorderseite des kleinen Lederbuches. Dort war ein kleiner Zettel angebracht, auf dem zu lesen war: *Alchemierezepte von Cargo Calligis.*
Grinsend nahm Cargo den Zettel herunter und zeigte seinen Freunden die Rückseite, wo zu ihrem Erstaunen, alle Zutaten des Trankes aufgeschrieben waren.

„Ich glaube, da sieht jeder als letztes nach.", murmelte er, während er überlegte, ob es wirklich eine gute Idee war, was sie taten.

Doch die beiden hatten recht. Secur war weg und sollte es irgendeinen Spion im Schloss geben, hätte Leto ihn sicher gefunden und ins Verließ werfen lassen. Erversors war sicher nicht hier und sonst würde es keinem etwas nützen, mitzuhören, was sie besprachen. Der Schütze nahm Cargo den Zettel aus der Hand und überflog die Zeilen. Es waren zehn Zutaten und eine kurze, stichwortartige Anleitung zur Zubereitung des Trankes, wobei er schon drei Zutaten abgehackt hatte.

„Was macht der…wie heißt der nochmal?"

„Fartur. Eines der mächtigsten Elixiere, die bekannt sind."

„Ja genau, danke. Also was macht dieser Trank genau? Ich meine, wie fühlt es sich an, wenn man seinen Zauber dadurch verliert?"

Cargo zuckte mit den Schultern. „Soweit ich weiß, fühlt es sich an, als würde heißer Teer an dir kleben und sich von Sekunde zu Sekunde mehr in dich hineinfressen. Dann fängt er an, dir deine ganze magische Energie zu nehmen und du spürst langsam, wie du schwächer und schwächer wirst, bis du glaubst, dich nicht mehr auf den Beinen halten zu können. Man kann förmlich sehen, wie dir der Zauber abgesogen wird, um dann einfach im Nichts zu verschwinden."

Cargo nahm blitzschnell einen Becher, der auf der Kommode neben ihm stand und tat so, als würde er seinen Inhalt auf Aramas schütten, worauf diese fast einen Herzanfall bekam, und mit einem Satz hochsprang, um Cargo einen Faustschlag in die Magengrube zu verpassen, der ihn ächzend zu Boden gehen ließ.

„Tu das nie wieder!", fauchte sie, während sie sich langsam wieder hinsetzte.

Cargo nickte nur und rappelte sich wieder auf, möglichst ohne sich anmerken zu lassen, wie sehr ihm der Schlag wehgetan hatte.

„Jedenfalls", versuchte er das Gespräch weiterzuführen. „sind alle Zutaten, die wir brauchen, unglaublich selten. Und auch das Zubereiten wird nicht einfach werden!"

„Als wäre bisher irgendetwas einfach gewesen.", murmelte Surho, ohne von Cargos Zettel hochzusehen. „Das sieht alles nicht so aus, als würde man es kaufen können. Was hast du bis jetzt?"

„Sonnenstein, Felsspalterblut und, ähm, vielleicht ein wenig Serpentinagift.", gab Cargo zu.

„Serpentinagift?", fragte Aramas fassungslos und starrte Cargo an. „Bist du wahnsinnig geworden? Es gibt nicht viel, was verbotener ist, als das Gift einer Serpentina zu besitzen! Wenn man nur einen Tropfen auf die Haut kriegt, hat man sich schon vergiftet."

„Ich weiß.", murmelte Cargo. „Aber was hätte ich tun sollen, wenn ich es für den Trank brauche? Ich hatte keine andere Wahl!"

„Für wie blöd hältst du mich? Du hast die Serpentina vor drei Wochen getötet, da wusstest du noch nicht einmal wer Erversors ist."

Cargo nahm die Kette ab, die er normalerweise unter seinem Hemd trug und an der er den Zahn hängen hatte. „Das Gift ist wahnsinnig wertvoll und empfindlich. Man muss es ganz speziell lagern und sofern ich weiß, können das nur zwei Menschen auf der Welt. Willst du wirklich, dass ich so etwas Wertvolles hätte schlecht werden lassen?"

Die Magierin sah nachdenklich zu Boden. „Vielleicht hast du recht. Das Gift ist wertvoll und wir können es brauchen. Außerdem sollte Shiron damit einverstanden sein, sonst...".

Sie stockte, hob den Blick und sah Cargo ein paar Sekunden lang bohrend an. „Shiron weiß, dass du eines der tödlichsten bekannten Gifte mit dir herumträgst? Du hast es ihm erzählt, spätestens als die Reise losging, oder?"

Cargo wiegte langsam den Kopf hin und her. „Nicht ganz. Eher nicht. Ich wusste nicht, ob ich es ihm hätte sagen sollen. Er hätte es mir sicher weggenommen und allein dafür, dass ich es aus dem Zahn geholt und aufbewahrt habe, hätte ich Probleme bekommen."

„Wann hattest du vor, es ihm zu sagen?", fragte Surho und legte den Zettel zur Seite. „Wenn du es ihnen noch länger verschweigst, kann ich mir vorstellen, dass Solon *dich* bald ganz speziell lagern wird."

„Sobald der Trank fertig gewesen wäre. Ich hätte gesagt, dass es das Beste wäre, wenn möglichst niemand von dem Gift weiß."

Aramas schüttelte den Kopf. „Du solltest ihm so früh wie möglich davon erzählen..."

Sie verstummte und starrte in Richtung der Tür. Cargo und Surho folgten ihrem Blick und wurden vor Entsetzen ganz bleich im Gesicht.

Cargos Türspalt war relativ hoch. Vielleicht einen halben Zentimeter und das reichte aus, um das aus dem Gang scheinende Licht ins Zimmer zu lassen. Das wiederum machte es möglich, die beiden stiefelförmigen Schatten zu erkennen, die deutlich machten, dass sie gerade belauscht wurden und sie nicht wussten, wieviel dieser jemand gehört hatte.

Wer auch immer vor der Tür stand, schien bemerkt zu haben, dass im Raum keiner mehr etwas sagte und dass er entdeckt worden war. Schon waren auf dem Gang laute Schritte zu hören, die von Sekunde zu Sekunde leiser wurden.

Cargo rannte zur Tür und riss sie auf. Der Unbekannte war eben um die nächste Ecke gebogen, wie Cargo an dem Schatten an der Wand erkennen konnte. Schon rannte er zusammen mit seinen Freunden der Gestalt, die sie belauscht hatte, hinterher. Ein Diener war es sicher nicht und auch sonst keiner, der gut auf sie zu sprechen war, oder zumindest nicht erkannt werden wollte, denn sonst hätte derjenige nicht gelauscht und außerdem hätte er sich einfach dafür entschuldigt und würde nicht sofort die Flucht ergreifen, noch bevor sie überhaupt die Tür geöffnet hatten.

Die Treppe hatten sie mittlerweile schon erreicht, doch zu ihrem Pech war es eine Wendeltreppe, die es unmöglich machte, zu sehen, was hinter der nächsten Kurve passierte. Die Schritte hallten unüberhörbar in ihre Richtung und machten deutlich, dass derjenige, den sie verfolgten, sich noch auf den Steinstufen der Wendeltreppen aufhalten musste. Cargo hoffte, dass er mit seinen Vermutungen, die er eben aufgestellt hatte, richtig lag, denn wenn derjenige weiter durch diesen Gang lief, würde er im Schlosshof landen, wo sich einige Soldaten mit Solon und dem König trafen, um dort über die bisherige Reise zu diskutieren. Wenn es jemand war, den sie kannten, wie zum Beispiel Secur, war sein Weg dort für ihn vorbei.

Es gab zwar jede Menge Türen, doch die führten nur in Räume und nicht in andere Gänge, womit sie ihn schon so gut wie gestellt hatten, sollten sie eine zufallende Tür hören.

Die Schritte wurden von einer Sekunde auf die andere leiser, was nur bedeuten konnte, dass der Unbekannte die steinerden Treppen verlassen hatte und sich nun auf dem Teppich des Flures fortbewegte.

Plötzlich hörte man etwas krachen und kurz darauf lautes Fluchen, dass der Wortwahl zu urteilen nur von Solon stammen konnte. Eine Tür wurde geöffnet und schloss sich wieder, genau in der Sekunde, als die Drei die letzte Biegung der Treppe hinter sich gebracht hatten.

Der General versuchte gerade wieder, auf die Beine zu kommen, was mit dem Brustpanzer, den er wie immer trug, nicht wirklich einfach war.

„Ich krieg ihn noch!" Aramas stürmte durch den Flur, sprang über Solon hinweg, riss die Tür zum Schlossgarten auf und war schon wieder draußen verschwunden.

Cargo und Surho halfen währenddessen dem General wieder auf die Beine, der wütend zur Tür sah, wo offenbar die Gestalt verschwunden war, der er gerade begegnet sein musste.

„Haben Sie ihn gesehen?", fragte Cargo gespannt. „Ich meine, haben Sie ihn erkannt?"

Solon schüttelte den Kopf. „Zu seinem Glück nicht. Ich bin gerade hereingekommen, da hat mich dieser Kerl umgeworfen, die Tür aufgerissen und weg war er wieder. Eigentlich hätte ich ihm eine verpassen sollen, bevor er mich umgestoßen hat. Ich meine, allein wie er angezogen war. Er hatte einen Mantel mit Kapuze an und ein Tuch über dem Mund. Deswegen konnte ich ihn nicht erkennen."

Er sah zwischen Cargo und Surho hin und her. „Wenn ich darüber nachdenke, dass ihr ihn verfolgt habt und Aramas ihn immer noch verfolgt, hätte ich das wohl besser wirklich tun sollen, nicht wahr?"

Die beiden nickten. „Wer auch immer das war, hat an meiner Tür gelauscht.", erklärte Cargo aufgeregt. „Als wir ihn bemerkt hatten, ist er abgehauen und als wir ihn hier runter gefolgt sind, haben wir schon Sie getroffen."

Solon nickte nachdenklich. „Ich wüsste zwar nicht, warum sich hier noch irgendjemand herumtreiben sollte, der einen Grund hätte, euch zu belauschen und sich dann zu verdrücken, aber man kann ja nie wissen. Andererseits hat Aramas ihn vielleicht…"

Wie auf Stichwort wurde die Eingangstür geöffnet und die Magierin trat herein. Ihre hängenden Schultern ließen nicht vermuten, dass sie Erfolg gehabt hatte, dennoch fragte Surho nach. „Wie sieht es aus?"

Aramas schüttelte den Kopf. „Keine Spur von ihm. Ich habe nicht einmal eine Ahnung, wo er hin sein könnte. Shiron hat ihn nicht gesehen und um den Schlossgarten zu verlassen, hätte er durch das Haupttor müssen, aber das Fallgitter ist unten. Wahrscheinlich hat er sich einfach irgendwo hingestellt und so getan, als würde er dazu gehören."

Nachdem sie den Unbekannten verloren hatten, sah Solon keinen Sinn mehr, weiter zu suchen. Wenn derjenige seinen Mantel losgeworden war, würde es unmöglich werden, ihn jemals wieder zu finden, da sie noch nicht einmal wussten, ob sie nach einem Mann oder einer Frau suchten. Das hatten alle eingesehen und sich darauf geeinigt, wieder in ihre Zimmer zurückzukehren und einfach darauf zu achten, ob der Unbekannte vielleicht wiederkommen würde.

Deswegen stand Cargo nun einige Minuten später wieder allein in seinem Türrahmen. Aramas und Surho wollten nicht weiter über den Fartur sprechen, da sie zugeben mussten, dass Cargo tatsächlich Recht gehabt hatte. Cargo wollte eben den Zettel nehmen und ihn wieder in sein sicheres Versteck zurückbringen, als er plötzlich etwas entdeckte, das ihn stutzig machte. Auf seinem Bett lag ein Buch, das ganz sicher noch nicht dagelegen hatte, als er sich mit Aramas und Surho unterhalten hatte. Er hob es auf. Es sah wirklich alt aus und war schon sehr abgetragen und voller Flecken. Der Titel glänzte jedoch noch immer wunderschön und war so sauber, dass Cargo fast sein Gesicht darin spiegeln konnte. *Die Geschichte der magischen Artefakte.*

Zwischen den Seiten steckte ein kleines Lesezeichen, das nicht so aussah, als würde es zum restlichen Buch gehören. Cargo öffnete die Stelle, die von dem Lesezeichen gezeigt wurde. Erstaunt stellte er fest, dass es sich bei dem Text um eine Geschichte über das Calvariaamulett handelte, das er schon seit Längerem suchte. Er wollte gerade damit beginnen, den Text zu lesen, als er sah, dass etwas mit sauberer Schrift auf das Lesezeichen geschrieben worden war.

Viel Glück, Kleiner. Möge der Bessere gewinnen.